日本轻文库

夜晚的远足

夜のピクニック

〔日〕恩田陆 著
林平惠 译

人民文学出版社
PEOPLE'S LITERATURE PUBLISHING HOUSE

图书在版编目(CIP)数据

夜晚的远足/(日)恩田陆著；林平惠译. —北京：人民文学出版社，2020
(日本轻文库)
ISBN 978-7-02-015161-5

Ⅰ.①夜…　Ⅱ.①恩…　②林…　Ⅲ.①长篇小说-日本-现代　Ⅳ.①I313.45

中国版本图书馆 CIP 数据核字(2019)第 064280 号

责任编辑　**甘　慧　周　洁**
装帧设计　**李　佳**

出版发行　**人民文学出版社**
社　　址　**北京市朝内大街 166 号**
邮政编码　**100705**
网　　址　**http://www.rw-cn.com**

印　　刷　**上海盛通时代印刷有限公司**
经　　销　**全国新华书店等**

开　　本　**890 毫米×1240 毫米　1/32**
印　　张　**10.125**
字　　数　**205 千字**
版　　次　**2020 年 7 月北京第 1 版**
印　　次　**2020 年 7 月第 1 次印刷**

书　　号　**978-7-02-015161-5**
定　　价　**55.00 元**

晴天真是不可思议。西胁融走在通往学校的坡道上时，心里想着。

碰上这样从一清早就万里无云的大晴天，人们便会视它为理所当然，很快就遗忘了它的可贵。不过，换个角度想，若今天是乌云密布的天气呢？甚至下起豆大的雨滴？或者是个狂风大作的坏天气？

他试着想象自己在那样的天气爬坡的景象：手里撑着把伞，两脚湿漉漉的，边走边咂着嘴。

如果在那样的情况下，自己心里想的一定只有天气这一件事：为什么偏偏碰上这种鬼天气？至少别下雨吧！我的要求也不多，就是别下雨……为什么我这么倒霉……想必自己此刻一定仰头望天，对着天上的某位神仙抱怨或祈求吧！

不过，事实上，今天是个无可挑剔、爽快的好天气。没有风，带点暖意，是个最适合在户外享受秋日风光的晴天。因此，我一定立刻就把天气的问题抛到脑后，将这份幸运当成应得的礼物，然后在被朋友从背后喊住的瞬间，彻底将天气这件事从思绪中驱逐出去。

“融！”

被人从后方狠狠拍了下肩膀，被疼痛惹得有点恼火的他回过头去，并且正如他前一秒钟所预测的，立刻把天气的事忘得一干二净了。

“好痛啊！”

“早啊！”

察觉到从后方靠近的户田忍企图要顶自己的后膝，融连忙躲开。

“别这样！饶了我的膝盖吧！我的伤还没有全好！”

“咦？是吗？”

“当然！接下来还得走一整天的路呢！”

“你要是上大巴的话，我会很无聊的。”

“别乌鸦嘴！”

“要是你因为膝盖的关系被迫坐大巴，感觉一定很糟吧？”

“我就是不想那样啊！”

尽管世界之大无奇不有，但是“大巴”二字在今明两天的北高中学生中，具有不吉利的含义。

融回想起一年级时的夜间步行。印象中，当时的天色还不算晚，团体步行的路程似乎才刚走完三分之二。

有一个三年级的男生嚷着肚子疼，蹲在路边无法动弹。老师们好说歹说，劝他搭上尾随在队伍后方的救护大巴。然而，看上去显然病得不轻的他，始终顽强地摇头拒绝。他流着黏腻的冷汗，却坚持要跟大家一起走完，费了九牛二虎之力站了起来。摇摇晃晃地走了没几米，他就由于剧痛而蹲下了。当朋友扶着他的肩膀再次站起来时，他哭了。

当时，融心想，怎么有人会为了这种事情掉眼泪？现在一回想，却心有戚戚焉。高中生涯最后一次团体活动，自己却孤零零地半途退出，一想到就令人背脊发凉。更何况，这次活动从一进学校起就被学长学姐们当作洪水猛兽般口耳相传，实际参加后更是骂声连连，直到第三次才总算体会到为何毕业生会心存怀念。若是这天没有办法从头到尾参与，那真的称得上是人生一大憾事。

“你明天还是不打算跑吗？”

“其实，我还在考虑。”被走在身侧的忍这么一问，融含含糊糊地回答。

通往校门的坡道上，挤满了背着帆布背包、旅行简便背包或平常的斜背书包，身穿白色运动服的学生。

北高中的运动服上下都是纯白色，脏污特别显眼，穿着它运动起来也带着一股傻气，再加上又属于膨胀色（尤其引发女生的不满），可以说是没有半个优点。尽管背负着种种缺点，它的使命却只有一个，就是每年一度、即将在今明两天举办的这次活动。要想在夜间行走时显眼，深蓝色或胭脂色都派不上用场。为了让全世界都知道我们全校学生正在进行集体大迁徙，服装非白色不可。

忍是今年才跟融同班的同学，两人意气相投。融高中生涯的大部分时间，都是跟硬地网球社的朋友一起度过的。能在高三跟忍成为死党，融深感幸运。网球社的成员间有种共患难的情谊，关系又像家人一样紧密。而忍不同，讲得肉麻点，融觉得和他才是真正的好哥儿们。

“如果你想跟网球社的家伙们一起跑的话，就去吧！何况你的膝盖还没好。反正不管怎样，我是一定要跑的。”或许是顾虑到融的心情，忍刻意轻描淡写地说。

“我也不确定膝盖的状况怎么样，所以等今天走完再决定好了。”

“也对，这样比较好。”

这个活动必须从早上八点进行到第二天早上八点，当中会在午夜小睡几个小时，前半部分是团体步行，后半部分则改为自由步行。如同字面所示，前半部分是以每班分成两列纵队的方式步行；后半部分的自由步行则是全校学生在同一时间出发，以校门为终点。依据抵达校门的顺序，会诞生几位优胜者，而一心求胜的基本上只有运动校队的主将们，大部分学生的唯一目标就是走完全程。

因此，跟亲密好友边走边聊、制造属于高中生活的永恒回忆，便成了自由步行的惯例。至于要跟谁并肩同行，几乎所有学生都在事前就决定好了。只不过自由步行仍然有时间上的限制，为了在规定时间内走完，刚开始难免跑上一段。此外，还有更多的学生因为走了一整晚而精疲力竭，根本没有余力去制造回忆了。

网球社的三年级学生们已经向融提出邀约，希望组成一个五人左右的小团体。毕竟是一起度过大半高中生活的好伙伴，融也并不排斥跟他们分享这样的体验。

不过，融这次想跟忍一起走向终点。忍似乎也有同样的想法。忍也知道网球社的社员向融发出了邀请，便没再多提。他隶属于游泳社，每年都一个人跑，成绩也总是名列前茅。

尽管如此，今年随着北高中耐力步行节的来临，忍也开始频频询问融：“跑还是不跑？”“跑”就是跟忍两个人单独自由步行，“不跑”则意味着融选择跟网球社社员组队。关于这个问题，融一直考虑到今天早上，仍然左右为难。

“啊，是甲田和游佐。”

忍抬起头来，看着前方。

“那两个人为什么那么要好？实在令人纳闷！”

融能够察觉到，忍说完这句话后瞄了自己一眼。

这小子一定在怀疑我。融佯装不曾发现他的视线，却这么想着。

还是应该带防晒霜出来才对。

甲田贵子一边享受着秋天清澄无比的早晨，一边回想起那罐红色瓶身、让她直到最后依然站在洗手台前犹豫不决的防晒霜。

“晴空万里”这个词俨然就是为了今天的天气而创造的。虽然很庆幸，却也能预料到接下来几个小时势必要饱受炎热天气的煎熬。

虽然对自己的体力还算小有自信，但自认是言情派文学系的贵子，最受不了的痛苦就是炎热。

“早啊，贵子！”

"早安，美和子。"

已经摆出厌烦表情的贵子回过头去，迎上的却是游佐美和子爽朗的笑脸。

"你总是一大早就这么有精神啊，美和子。"

"因为天气好，我很高兴嘛！"气质优雅、脖子修长、脸蛋尖尖的美和子笑了笑说。

看到这种完完全全"符合社会期待"的女孩子，贵子总会想，真的是一种米养百样人啊。美和子家经营着一家历史悠久的和式点心铺，套句如今已不常见的俗语，就是所谓"大和抚子"①一样的人物。举凡茶道、花道，就连日本舞蹈，各种名媛必备的修养全难不倒她。她的仪态和举手投足都透露出良好的教养，连同性都忍不住看得入迷。

她从不口出秽言，皮肤白皙又身材纤细，是个笑容可掬的和风美人。可是别以为她是个娇滴滴的大小姐，她不但剑道上段，据说滑雪技巧更是一流（贵子并不想在寒冷的雪山上摔个狗吃屎，所以从来没有参加过学校办的滑雪营，因此这个消息纯粹是听朋友说的）。再加上她成绩优秀，在北高中的公立理科班里总是名列前茅。据她自己的说法，她希望将来能考上农学系，从事生物科技方面的研究。

① 大和抚子，指性格文静矜持、温柔体贴、成熟稳重并且具有高尚美德的女性，类似于中国的贤妻良母。

由于志向不同，两人虽然一、二年级同班，但选择文科班的贵子升上三年级后就跟美和子分开了。贵子很早就认清了自己注定“沦落”到私立大学文科系的命运，跟美和子一同上课的次数越来越少。怕麻烦、不喜欢运动、爱迟到，很难跟品学兼优搭上边的贵子，会跟美和子意气相投真是一件不可思议的事。然而，人总是被自己缺乏的特质吸引。随着时间的推移，两个人的友情也越来越深，已经决定成为明天自由步行的伙伴了。

“贵子，休息的时候要来找我玩哟！”

“嗯，我会过去的！”

美和子小心翼翼地掏出一只小纸包。

“我带了我们家的艾草麻薯给你哦！我请师傅按照你的喜好，特地把红豆馅放得比较少。今天看起来会很热，你要早点吃掉哦！”

“哇！谢谢你，美和子！”

贵子最喜欢美和子家的艾草麻薯了。在这么匆忙的早晨，居然还按照朋友的喜好准备点心，由此就可看出美和子的心思细腻。

“啊，你看，你看，是户田和西胁！哇，他们在朝这边挥手呢！好高兴哦！”

美和子也兴高采烈地朝他们挥手。

贵子转移视线，发现户田忍和西胁融站在校门旁边，亲切地招着手。

“好羡慕哦！贵子的班上有这么多帅哥。”美和子目送着两人离去，叹息道。没错，这位千金小姐其实是个会疯狂追星的外貌协会会员。

“你不是已经有志贺了吗？”

“那是两码事嘛！”

两码事啊。贵子在心里玩味着她的话，一边回想着如今早已习惯了的西胁融那刺人的目光。

在教室里点完名之后，学生们鱼贯而出，环绕校舍一圈后，走下坡道朝操场前进。广阔而又空无一物的操场沐浴在明亮的秋阳下，发出耀眼夺目的光辉。全校学生清一色穿着白色运动服，追随着旗帜整队的景象十分壮观。

每班都拥有各自旗帜的习惯不知是从何时开始的，不过这的确是个聪明的做法——毕竟走到狭窄的路段时，会出现一千两百人排成一列的盛况。在长达几千米的队伍中，为了能从远处分辨出每班的位置，这个点子实在非常有效。因为休息场地的范围也广，回到自己班上同样需要旗帜作为引导。

在白色旗帜的最上方，写有代表班级的两位数字。一年级一班是“11”，三年级九班就是“39”。旗面下方则写着各班自行决定的标语。虽说是标语，但也慎重不到哪儿去，大不了就是引用当时流行歌曲的曲名、班主任的口头禅，要不然就是一段没有意义的文字。

顺带一提，贵子所在的三年级七班的标语是“目前正在大量制造乳酸”，这句话同样让人莫名其妙。旗帜会竖立在每班的最前方，由男同学轮流掌旗。

操场很快就因为阳光的反射而逐渐升温。

听着校长的致辞，贵子已经感到疲惫不堪。

在拉拉队长“北高——校歌——一起唱——”的呐喊声带领下，全体师生开始清唱校歌。北高中的校歌因为创作于昭和初期，歌词的内容虽然很古板，但旋律是进行曲风格，确实能够帮助提升士气。

“加油，加油，北高！”

“加油，加油，北高！加油，加油，北高！”

等到学生们高举拳头，喊完口号，执行委员长便高喊：“全体出发！”然后由最前排的一年级一班学生带头，分成两列纵队前进。严格来说，带头与压阵的应该算是老师以及拿着手提音响的执行委员才对。执行委员都穿着涂有橘色荧光涂料的背心，所以很容易分辨。他们的任务是引导学生，在中途的休息场地负责照顾大家，清扫大家借用过的厕所，总之就是处理一切杂务。一般学生的运动量跟他们相比，简直是小巫见大巫。

“我每次都在想，愿意当步行节执行委员的人实在太厉害了。”在等待出发的空当，贵子对后藤梨香这么说。梨香点了点头。

“就是啊。会当执行委员的人，不都是运动社团的吗？所以他们也会邀学弟学妹一起参加。有很多人还是连着几年都当执行委员的。”

“根本是世袭制嘛！不过，他们也是因为觉得很有成就感才去做的。”排在后方、身材高瘦的尾谷千秋以轻松的口吻说。

这三个人是班上打定主意“沦落”到私立大学文科系的伙伴，在一起的机会自然也就增多了。梨香是个古灵精怪、说话带刺的女孩，已经决定要考入早稻田大学攻读戏剧，而且目标还是导播或编剧。神情总是一派轻松的千秋，从入学开始，第一志愿就是庆应大学文学系，除此以外的大学一律看不上。在父母的压力下，她姑且选择了公立大学文科系，实际上却始终悄悄做着报考私立大学的准备。

三年级七班是倒数第三个班级，所以等了好久都轮不到他们出发。

大家心想反正时间还早，都七嘴八舌地在聊天。等到一抬起头，才发现整座操场空荡荡的，只剩下包括自己班在内的一百多个学生孤单地站在角落。过了一会儿，当自己也慌慌张张跟着前面的同学迈开脚步，才算真切地感受到今年的步行节揭开了序幕。

在这一天来临之前，会时常因担心能否走完全程而紧张、害怕；但是一旦迈出第一步，唯一能想的就只有眼前这条路了。刚开始走的时候，还无法体会到（或者应该说是回想不起来）接下来要连走八十千米的恐怖，其实刚开始是抱着要去远足的心情。

刚刚才走过的通往学校的道路，这次则换成走下坡。队伍很快就拉成了一长条，在坡道下方制造出一道白线。站在校门口的执行委员不时地发出“走快点”的喊声。就算大家拖拖拉拉的，也很少会耽误抵达中途休息点的时间。执行委员这么做，是因为严守时间是他们的最高指令。

这一天总算到来了。

贵子一边走下斜坡，一边想着。

高中最后的活动。

她抬头看天，眼睛眯成一条缝。

终于，我的小秘密——就在今天赌一把。

在坡道的护栏下方，载运货物的列车轰隆隆地驶过。

已经起跑，就无法回头了。

贵子用眼角余光目送货运列车渐行渐远。

“找父亲？”融不禁吓了一跳，看向忍。

也不知道什么原因，“父亲”这个字眼从以前就让融不知所措。尤其是这几天，情况特别严重。

“对啊，听说就是我们这届的学生！”忍似乎没有留意到融的心境变化，只是点了点头说。

他正在叙述一个八卦，是关于一个在北高中也很受欢迎、附近某所女子高中的二年级学生最近堕胎的传闻。

“可是，堕胎这件事情是真的吗？”

“应该是，有人目击到她跟妈妈走出妇产医院。”

“这种事情，一定会被人看见的。”

“我们这儿是座小镇嘛！听说她本人怎么也不肯说出对方的名字。

逼问的结果，只得到男方是我们学校三年级学生这个线索。”

“可信度高吗？要是我们学校的人在跟她交往，多少会走漏点风声吧！”

“你也这么想对不对？所以才教人想不通啊！她那么漂亮，有一堆男生喜欢她，要是跟谁走在街上或是泡咖啡馆，一定会有人通风报信的嘛！可是，我从来就没听过学校哪个家伙跟她走得很近的传闻。”

“会不会是刻意隐瞒？”

“这种事有什么好隐瞒的？”

“怕别人会眼红啊。”

“这个理由也说得通啦。不过，现在有个人被认为是第一嫌疑人哦。”

“谁？”

两人自然而然地压低声音，把脸凑近。

“八班的本间。”

“本间！不可能吧？那个大少爷？为什么？”

“嘘！他家开的医院跟住处紧挨着，他自己还有两间屋子呢！如果他都在那里约会的话，就可以解释为什么都没人发现了。而且，他也有必须隐瞒的理由。”

“他家不是管得很严吗？”

“对啊！在他考上医学院之前，家里是不准他交女朋友的。”

“我懂了。”

相信道听途说是人类很奇妙的一种习性。若是冷静下来想想，这种臆测其实根本毫无根据；但是经过一番有条有理的说明后，却像煞有介事。首先值得质疑的是，去妇产科并不能代表堕胎。高中生要上妇产科看医生，由母亲陪同也是理所当然的。

“所以，到底是谁在找父亲啊？”融回想起忍刚才的话，拉回正题。

“我们班的古川。”

“为什么扯到她？”

“咦？你不知道吗？她跟那个女生是表姐妹啊！”

“不会吧！她们两个长得一点都不像！”

“你要是仔细看，就会发现基本轮廓很像。比方说眼睛都很大，颧骨都很高。”

“嗯……就算基本轮廓一样，可是模样差那么多，真难想象她们是亲戚！那个女生比她漂亮多了。”

“听说她们小时候很要好，所以她现在很生气，扬言要报复那个男生。”

“所以她才要找出孩子的父亲是谁？这种事情私底下调查不是更好？”

融回想起古川一根肠子通到底、充满正义感的脸庞。这的确是她的行事风格。小心点呐，发挥过剩的正义之心，可是会让大家都受伤害的。

不知为什么，融在嘴里尝到一股莫名的苦味。

“那古川知道本间就是男方的传闻吗？”

“不清楚！她平常不太跟男生打交道，而且这个八卦都是男生在传，所以有可能还没传进她的耳朵里！不过，她到处在放风声，说要趁这次步行节揪出那个男的。”

“那真是辛苦她了。”融耸了耸肩说，突然感到忍刚才的话触动了内心某个角落。

趁这次的步行节。

是什么地方不对劲呢？

冷冷的风倏地滑过脸颊，附近好像有水。

前方出现一座浅绿色的大铁桥。这是第一座与国道相连的桥梁。星期五的国道上，许多车辆飞驰而过。不少驾驶员都讶异地回头看这支“母鸭带小鸭”的队伍。被踩踏得无比坚实的灰色河堤，是北高中学生专属的马拉松路线。虽然平常只有校队在使用，不过每逢步行节前，全校的体育课都会改为跑马拉松，于是河堤就会充斥着来来往往、穿着白色体育服的学生。至于融和忍，有时会逃掉马拉松课，躺在河堤上无所事事。

等到步行节结束，我们就不会再跑这条路线了吧！

融的情绪突然变得难以言喻起来。理所当然的某项事物，却会以某天为区隔，从此变得不再理所当然。正如同这件事一样，再也不重复的行为，再也不踏入的场所，都在不知不觉当中成为我们身后背负的行囊。他在这一瞬间，才初次领悟到自己即将毕业的事实。

“幸好今年是走这条路线。”忍低声说道。

“为什么？”

“这样就可以从学校出发，然后又回到学校啦！”

“嗯，对。”

北高中的步行节共有三条路线，每年依序轮换。所以，每个学生三年间可以体验三种路线。今年的路线则是离开北高中后沿着海岸走，绕了一大圈后再返回北高中。其余两条路线，都是一大早被大巴载到深山。除了路线不同，终点也分成北高中和距离北高中很远的一座运动公园两条线。以北高中为起点和终点的路线，就只有今年采用的这一条。

融感到很意外。他没料到会从忍的口中听到这种话。

忍总是泰然自若，任何人、任何事对他似乎都可有可无。硬要说起来的话，他端正的五官更令人觉得他冷漠、缺乏温情。跟他交朋友之后，会发现他的个性其实很可爱，甚至有点害怕寂寞。但是听他率真地吐露对学校的热爱，这倒是头一次。

走完铁桥后，步行队伍偏离国道，进入了住宅区。走在交通流量很大的国道旁，精神压力其实很大。因此一旦汽车的噪声消失，能够清楚看见前方的队伍之后，大家的情绪都放松了下来。学生们闲聊的声音开始此起彼落，就像是开班会时的教室一样。

这一带都是年代久远的小区，看上去像是一块潮湿、黝黑的大疙瘩。在一条小运河的两岸，似乎最近才刚种下的稚嫩柳树迎风摇曳着。没有人的气息，也没有车辆。不远处国道上的车水马龙，简直像是一场梦境。

理所当然地，道路持续延伸，最后终究会通往某个地方。地图上面有空白，也有终点，现实世界的每一个地方却都互相连结。这件理所当然的事，总能借着每年的步行节重新体会。从一个人懂事以来，总依赖着简化的地图、路线图或道路图来认知这个世界。像这样被世界从四面八方包围的感觉，反而教人无所适从。

然而，尽管世界看似无穷无尽地绵延，却又好像不是完整相连的。它并不是一整张的大地图，而是由许许多多小地图拼贴而成的，这就是融在行走的途中所感受到的世界。正因为如此，他发现有些地方的“接缝不太自然”，有些地方感觉“很淡薄”，另外有些地方的气息却十分“浓厚、重要”。

关于北高中步行节的由来，众说纷纭。

可能性最大的一种说法，是学校从前有举办班级旅行的习惯，但在一次前往关西的时候，发生了学生与当地高中生集体斗殴的事件，从此之后步行节就取代了班级旅行。据说班级旅行一旦取消了就不能再恢复。直到现在，北高中还是不举办班级旅行。不过，也曾听说其他几所学校有类似步行节的活动，所以也有可能只是当时的一种流行风尚。就像从前，全国的高中曾经一度掀起废止校服运动一样。受到当时风潮的影响，北高中也是不需要穿校服的。学校姑且推出所谓的

“标准服”，部分男学生甚至会整整穿它三年。

终于要结束了。融有种放下胸中大石的安心感。

相较起忍不经意间吐露的爱校之心，融的心情其实是五味杂陈。融当然也觉得高中生活非常快乐，不过对于急着向前进的他来说，这两年半简直是度日如年。他想快点上大学，快点找到工作，快点进入社会。早日学会独立，奔向属于自己的世界，融的眼光永远注视着未来。他了解自己这种心焦，完全是来自跟母亲相依为命的窘迫家庭环境。母亲对他来说是无可替代的，两人共同奋斗的这段岁月也是他的骄傲。正因为如此，他更希望早点经济独立，同时也认为自己跟母亲之间应该拉开一点距离了。他很明白，要是没有母亲娘家的援助，家里是没有钱供他上大学的。他希望尽早将这些人情还清。

我们家跟那个家庭是不一样的。

不知不觉中，融的脑海里浮现出那个女人的脸。

跟那个不靠任何人、白手起家创立公司，又一个人把小孩拉扯大的女人不一样。

“听说甲田啊……”

怔怔想着心事的融，被这个冷不防从忍口中冒出的名字吓了一跳。

“嗯？”融望向忍，发现他注视自己的眼神带着刺探，一阵焦急。

“听说她跟九班的芳冈在恋爱哦！”

“真的？什么时候开始的？”

“好像是最近。”

“你到底从哪儿听来这么多八卦的啊？”

忍并不是交游广阔的人，却是个顺风耳。或许正因为他寡言的个性，反而更让人放心地跟他分享心事或秘密。

“很多渠道啊。”

“嗯，芳冈啊。原来她喜欢那种类型？”

融回想着芳冈瘦长的身材，以及乖僻的表情。

他们是怎么认识的？通过社团吗？

发现忍目不转睛地盯着自己，融一脸讶异。

“干吗啊？”

“你无所谓吗？”

“什么事无所谓？”

“我还一直以为，你喜欢甲田呢！有一阵子，还有人传你跟甲田是一对。”

“那纯粹是谣言啦！我跟她根本没说过几句话啊！”融带点怒意地否认。

没错。当他听到自己跟甲田贵子正在交往的传闻时，一方面打从心底里感到吃惊，另一方面也从心里升起一股怒火。三年级同班这件事就已经够讨厌了，居然还背上这种黑锅，简直是倒霉到了极点。

“真的吗？”忍歪着头问。

“当然是真的！”

“可是，你们两人之间有种特殊的感觉！好像不用特别说什么话，也能够心灵相通似的。”忍低声说道，像在自言自语。

融被忍敏锐的观察力吓了一跳。

“你自己没有发现吗？你老是在看甲田。”

“我看她？”

“对呀。你可能没有注意到，每次发现你不知道盯着谁瞧，顺着视线看过去，都会发现对象是甲田。所以，我真的以为你对她有意思。”

融更加吃惊了。他完全没意识到自己有这样的举动。

忍一边不时瞄向融，一边继续说下去：“甲田也常常在偷看你。她的态度跟你就不太一样了，那个表情好像有种罪恶感似的。借由这两条线索，我才会觉得，哟，这两个人是一对！”

忍的眼力真是不可小觑啊。

融暗自叫苦。不过仔细想想，要是除了忍之外还有别人发现他们两人之间存在着共犯般的紧张感的话……

融苦笑着摇了摇头。

“别闹了！我最讨厌那种没精打采、懒洋洋的女生了。真要说起来的话，我比较喜欢游佐那样的大家闺秀！”

“哦？是吗？”

忍似乎依然心存怀疑，始终盯着融看。

“干吗？”

“算了，反正夜晚还很长，我就慢慢逼你说实话吧！”

融叹了一口气。就算对象是忍，有些话还是必须守口如瓶的。

“这么一说我想起来了，杏奈寄来了明信片哟！”贵子转过头去，向千秋说出突然涌现的念头。

“嘿，真的吗？她也过去半年了。她过得好不好？”

“嗯，她说真想再参加一次步行节呢。”

“杏奈老是说，她最喜欢步行节了。好羡慕杏奈哦！功课好，英语又溜，一定能够申请到美国名牌大学。”千秋带着无比羡慕的口吻说着。留学是她最强烈的渴望。

二年级的时候，杏奈曾和贵子、美和子、千秋同班过。贵子跟美和子与杏奈特别要好，有段时间三个人总腻在一起。

杏奈的父母都是化学家，杏奈从小在国外出生、长大，只有初三到高二是在日本度过的。但是，今年春天她又随着父母回到了美国。能说流利双语的她，为了准备大学入学考试，才会比预定的时间提早收拾行囊赴美。但是，对于无法从北高中毕业这件事，她十分耿耿于怀。她尤其喜爱步行节，这让全班女生都感到匪夷所思。记得千秋还针对步行节发过许多牢骚：“如果换成我，能够逃过步行节，要我去哪里都愿意！”

贵子却多多少少能够体会杏奈的心情。

不知道是否因为在国外长大的缘故（由于不清楚其他细节，只能这么猜了），杏奈总是自由且不受拘束，仿佛只有她身边环绕着不同色彩的空气。与生俱来的豁达与后天锻炼出的强韧相辅相成，使得她待人非常宽容。正由于经历过无数被切割的世界片段，她才会对这所日式高中这种可谓不近人情的旧传统抱持着憧憬吧。

在去年的步行节跟杏奈同行时，任何事都能让她兴奋大嚷，任何事都能让她感动。

大家一起在夜间行走，就是这么一件小事而已。

为什么这么平凡的事，感觉会这么特别呢？

杏奈的声音，至今还在脑海回荡。

另一方面，她所说过的、残留在贵子记忆当中的话，也就只有这么一句关于步行节的话。此外，还有她寄来的明信片，内容也有点让人摸不着头脑。“好想跟大家一起参加步行节。”这句倒可以理解，问题在于最后一段。

“杏奈啊，看起来就是那种加州女孩的腔调，可是骨子里很晚熟呢！猜来猜去，她最后到底把情书寄给谁了啊？”

梨香交替看着贵子与千秋的脸，那口吻就像认定了这两人肯定知道答案。贵子和千秋都摇了摇头。

“我哪知道啊！杏奈她在这方面真的是超级害羞。我想美和子应该也没听说过吧！”

“我也不知道。”

“她真的寄出去了吗？”

“啊，寄倒是真的寄了，她说是在出发到美国的前一天丢进邮筒的。”

“如果是这样的话，就算对方接受，也没办法回复她嘛！”

“这就是杏奈的作风啊！”

贵子重重地点了点头。

没错。贵子每当看到美和子与杏奈在一起，总会想，这两个人实在是有天壤之别的一对。外表完全是传统日本女性的美和子，以及顶着一头褐发、小麦色皮肤、看上去就是典型美国青少年的杏奈。尽管如此，美和子作风大胆、喜爱新事物，反倒是杏奈在某些地方意外地客气、害羞。

在恋爱方面也是一样，美和子向来积极主动，重视男生的外表，喜欢给各种男生打分数；杏奈却只会应着“还不错啊”，在一旁笑眯眯地聆听，从不参与类似的话题。她是个擅长伪装心思的女孩。纵使美和子跟贵子再怎么旁敲侧击，一直到最后，都无法从杏奈口中打探出她心仪的对象……

“为了聊表安慰，我就把我们班的头巾寄了一条给她。”

“你是说这条粉红得恶心的头巾？”

“是啊。我在回信上说，要她戴着这条头巾，去参加入学资格考。”

“考试应该早就结束了吧？”

“啊，是吗？”

“真像贵子会干的事。杏奈现在一定哭笑不得！”

三个人正哈哈大笑时，从遥远河岸吹来的风，抚过她们的脸颊。

突然，贵子下意识地在四周搜寻杏奈的身影，感觉她似乎正带着微笑，朝自己走近。

哨声“哔”地响起，休息时间到了。

走一个小时休息十分钟，是步行节的基本规则。毕竟才刚开始没多久，明明还有体力却被喊停，大家都露出不满的神色。只有现在，大家才能这么游刃有余。

听到哨声一响，第一件要做的事情就是坐下，然后把脚弄干。高年级学生都知道这是长时间步行的关键，所以会率先脱鞋、脱袜，并且仔细检查脚底是否有起血泡的迹象。

要是遇上好天气，这样的时刻是很轻松愉快的，可以随意坐在地上，不需要拘束，又能够晾干脚底的汗水。

时间大概是九点半左右，好戏才刚开场。

周遭的风景逐渐从住宅区变成了农村。房屋四周种植着树篱的农家逐渐增多，学生们开始在篱笆或树篱底下小坐乘凉。

气温蹿得极快。原先穿着连帽外套或连帽 T 恤的学生纷纷把衣服脱掉，系在腰上，于是几乎所有学生都只剩一件运动上衣，还有不少学生甚至戴起了遮阳帽。

在这个阶段，大家几乎都不补充水分，因为他们都很清楚，大量饮水正是疲劳的原因之一。步行节才开始不久，感觉却已经过了好几个小时。

哨声又响了。学生们穿起袜子，系好鞋带，跨出浓浓的阴影。

湛蓝的天上，飘浮着软绵绵的云朵。

好想变成那朵云哦！贵子心想。

飘荡在这样一片无风、舒爽的天空里，感觉该有多美好？

胡思乱想，就是试着逃避步行节的最佳证明。察觉到这点，让她觉得窝囊极了。

她这才想起来，昨晚其实睡得并不安稳。

睡意这种东西就像猫咪一样，总会在考试前夕不请自来，等到睡完一场大觉才让人悔不当初。真正等它来的时候，却又姗姗来迟，让人等得心烦气躁。

她知道昨晚睡不好都是因为反复想着自己为今天设下的小小赌注。真的打算执行吗？要是真的做了，结果会如何呢？在这些念头的纠缠之下，睡意就跑得无影无踪了。

“有一个男人啊，是专门搜集鞋子的……”

梨香和千秋正在闲聊。

“为什么？”

“我就是在想理由嘛！帮我一起想！”

“搜集什么不好，为什么偏偏选鞋子？”重新调整好背包，将毛巾卷在脖子上后，贵子问道。

除了准备大学考试，梨香似乎还分神参加了某项戏剧比赛。

“没有为什么。只是觉得一大堆鞋子在舞台上一字排开，应该很壮观吧！”

“是男鞋吗？”

“不全是，什么样的鞋子都有。有童鞋、高跟鞋、球鞋、木屐……不分性别或年龄，各种鞋都搜集。想象一下它们并排在舞台上的模样。很美，对不对？”

“美吗？说个比较实际的问题，一定很臭！”

“的确会臭。”

“你们认真一点想嘛！这个男人为什么要搜集鞋子？他到底有什么目的？”

“如果说他想当鞋子设计师，这个假设你一定不喜欢吧？”

“想个更有趣的理由！”

丢给朋友们一个天大难题的梨香，态度却咄咄逼人。

不过，步行节最初的兴奋一旦冷却下来，最持久的却是这种话题。有人会唱歌、玩接龙来打发时间，同时排解双脚的疲劳，不过这些游戏总是很快就玩腻了。话虽如此，默不吭声地走路只会让疲劳加倍。这时能够为大伙转换情绪的，就是这种脑筋急转弯了。

“那些鞋子是新的还是穿过的？”贵子提问。

“应该是穿过的吧！”梨香点头表示肯定。

“既然是旧的，那是活人的鞋还是过世的人的鞋呢？”

“嗯，这个嘛……那贵子就把它们当成活人的鞋，千秋就把它们当成死人的鞋，你们分头去想吧！”

“梨香，那你负责想什么？”

“我要想怎么导戏啊！”

“我怎么有种上当的感觉。”

“干吗这么计较呢？快想，快想！”

三个人冥思苦想了一会儿。

太阳爬到了头顶，四周飘散着草香。鸟鸣从远处传来。

要是鞋子被偷走，一定很伤脑筋吧！遇到今天这样的场合，就没办法走路了。

贵子漫无边际地想着。

小时候，她曾在小区里学过书法。班上几乎都是邻居的小朋友，其中也有一些特别顽皮的坏小子，曾经在下课前偷偷藏起她的鞋子。没有鞋子真的很糟，那种遗失了鞋子的不安、悲伤，直到今天她还是无法忘怀，就好像连自己的时间和行动能力都被剥夺了一样。

“啊，我想到了一个。”贵子灵光一闪，开口说。

“想到了什么？”梨香用一副老师听学生发言的神情看向贵子。

“那个男人是偷鞋子的小偷，专门偷活人的鞋子。然后呢，被他偷走鞋子的人的人生会静止。也有可能是，鞋子被偷走的这段时间，就全部属于那个小偷了。”

“哦？然后怎么样？”

“所以说，因为他可以借着偷鞋让别人的时间静止，这段空当他就可以动手脚。如果捉弄人，让他碰见不想遇到的人，只要偷走他的一只鞋就好啦！”

“真要说起来的话，你这个假设比较像喜剧！”

“我也想到了一个。”千秋慢条斯理地说。

“是死人鞋子的版本吧！”

“呃，这个男人拥有一项特殊技能，”千秋说明时依然不改悠闲的口吻，“他只要一穿上死人的鞋子，就可以知道那个人生前的想法。”

“他是感应少年。”

“感应少年是什么啊？”贵子从旁搭腔。梨香回答说：“就是专门利用别人留下来的东西找人的一种超能力者啊！”

“哦。”

“然后呢？”

千秋继续说：“有人把被车子撞死的小孩，或是遭人杀害的人的鞋子拿来给他鉴定，要求知道被害者死前最后看到的东西是什么。”

“嗯，很不错哟，有推理的味道！”

“有趣吧？”

“对呀。搞不好拿鞋子的人才是真凶。故事发展到最后，那个偷鞋子的男人反而变成被追杀的对象。嗯嗯，这个点子可以用哦！”

梨香点头如捣蒜。

“对了，那个男人第一次发现自己的天赋，就是在这样远足的时候。他不小心穿错朋友的鞋，才发现这个他自以为很要好的朋友，其实却讨厌自己。嗯，他一定受到很大的打击。”

心里的念头被朋友发现，确实是一大打击。就算是再要好的朋友，也有一些事是不希望对方知道的。

这是贵子现在的念头。

美和子是否也有不希望朋友知道的秘密呢？

贵子回想起她总是挂着笑容、气定神闲的表情。

“那个男人又为什么要搜集鞋子呢？当作纪念吗？”贵子说出乍现的疑问。

“这个嘛，应该不是他在搜集，而是别人都把鞋子留下来没有带走。一旦被这个超能力者穿过的鞋，对于拿鞋子来的人来说，大概就失去价值了。”千秋一边思考，一边缓缓地回答。她从来不说场面话，总是拥有一套自己的思考，也勇于坦率表达，贵子对于这点相当羡慕。相反，梨香乍见之下说话刻薄，却懂得在瞬间掌握在场每个人的表情与气氛，总是在寻找一句能够平衡各方的发言。出乎意料地，她反而是很在乎别人想法的人。

道路渐渐伸向了田园地带。

已经收割过的稻田另一侧，竖立着一排电线杆。

学生们走在田埂上的身影，从远方看来仍然连成一气。有一块或许原本是果园的空地，排满了许多高及腰际的残株，形成一种奇妙的景象。尽管距离红叶的季节还很早，田埂边已经摇曳着芦苇。

“秋天到了哎！”

“就是啊。”

“对了，听说明天是西胁的生日！”

突然听到千秋口中冒出这个名字，贵子吓了一跳。

“哦，这样啊。不错嘛，可以让全班同学一起帮自己庆祝。生日正好碰到步行节，真的挺走运的！”

“听说，内堀还帮他准备了生日礼物呢！”

“哇！真有心！要在半夜十二点跑去送给他吗？”

三班的内堀亮子喜欢西胁这件事，贵子也有所耳闻。她毫不隐瞒的态度让贵子很羡慕，依贵子的个性，绝对没办法那么坦然。

贵子早就发现，西胁融比想象中更受女孩子欢迎，应该是因为他的身材结实、长相也不差，还挺有男子气概的关系。然而对贵子来说，跟他同班后必须每天忍受荆棘般的眼神，这使得上学简直成了一件苦差事。要是没有分在同一班，倒还可以无视彼此的存在，相安无事地毕业。为什么命运偏偏要捉弄人呢？

曾在内心发过无数次的牢骚，又在贵子脑海重现。

“西胁没有女朋友吗？”

“好像没有。”

“他看起来好像对女生没什么兴趣。”

两人不断地交头接耳着。看样子，她们似乎也很在意西胁。的确，站在客观的角度，贵子也能理解他在女孩子眼中的魅力。

不过，真希望他别再用那种眼神看我了，好像我干了什么坏事似的。

贵子悄悄叹了口气。我并非不了解他的心情，但是我也无能为力啊！

“我跟你们说哦，我从以前就觉得啊……”千秋突然像是想起了什么事，看向贵子说道。

“什么？”

“你们不觉得贵子跟西胁有点像吗？譬如眼睛这部分。”

贵子的呼吸几乎停止了。

“我跟他？哪里像啊！”

“是吗？我倒是一直觉得你们很像呢！梨香，你觉得呢？”

“像吗？我看不出来。”

梨香仔细观察着贵子的脸。

“才不像呢！”

贵子露出苦笑，抬起手在脸前摇摆着否认。不由自主地，她逃避着两位朋友的视线。

“嗯，难道只有我这么想？”千秋歪着头，纳闷地说。

幸好，两人很快就转移了话题，并没有看出贵子的慌张，但是贵子依然在努力安抚着狂跳的心脏。

唉，吓死我了。没想到都快毕业了，居然还被这么说。千秋对于一些奇奇怪怪的事情，真的是特别敏感！不过，这倒是头一次有人说我俩长得像。

贵子不禁回想起融的脸孔。

几乎没有人知道，西胁融和甲田贵子同父异母的事实。学校的老师全都不知情，甚至连部分亲戚都没听说过这个秘密。

甲田是贵子母亲的姓。贵子的母亲甲田聪子二十五岁前就嫁了人，跟丈夫合力经营贸易公司。在离婚的同时，她也一手接下了公司经营权，事业还算小有成就。

说得明白点，贵子其实是西胁融的父亲西胁恒和聪子婚外情的结晶。聪子虽然是所谓的单亲妈妈，但是曾经离过婚，所以一般人都误以为贵子是她与前夫所生的孩子。

西胁恒的妻子似乎也知道聪子和贵子的存在，却从未有过任何表示。聪子不曾向恒要求过抚养费，同时，由于聪子坚持生下贵子，两人从此断绝关系。贵子并没有见过父亲。

聪子是个思想非常开放的人，所以从贵子小的时候，就陆陆续续对她解释过双亲的情况。因此，贵子从来不曾为了自己的身世而感到自卑，也没有让这件事留下任何阴影。反倒是西胁家，似乎始终对于聪子和贵子的存在耿耿于怀。贵子得知他们的态度，是在西胁恒过世的时候。

事情发生在贵子上高中前。据说是死于胃癌。

葬礼上，那个用凶恶眼神瞪着自己的男孩的脸，深深印在贵子的脑海里。至于男孩的母亲，则从头到尾都对聪子母女视而不见。见到聪子对家属鞠躬，也摆出一副若无其事的表情。贵子对于男孩散发出的怨恨感到非常困惑，甚至有点愤怒。自己跟贵子同龄这件事，似乎也让他难以忍受。

事后，贵子冷静想想，倒也不是无法体会他的心情。尽管能够理解，贵子依然是无辜的。我没有道理要被人家用那种眼神盯着看——贵子一直这样说服着自己，男孩的憎恨却印在了她的心坎上。

当得知两人进了同一所高中时，贵子确实很沮丧，不过两年来都没有同班，贵子也就逐渐遗忘这号人物了。融也当贵子是空气，因此两人没有任何接触。

偏偏升上三年级的时候，两人成了同班同学。

开学典礼那天早上，当贵子看到张贴出来的分班表时，那份惊愕至今都让她记忆犹新。

她环顾四周，视线却跟同样惊讶的融不期而遇。

“我跟西胁融被分到同一班哎。”

向母亲报告后，得到的反应却只有“这样啊”。从此之后，母女俩再也没有讨论过这个话题。

关于这件事，贵子连美和子都没有透露，并不是耻于坦承自己生长在单亲家庭，而是不希望让美和子为此产生顾忌。

融似乎也一样，没有把这件事告诉任何人。在他的观念里，甲田母女想必是父亲人生中的一大污点和耻辱吧。贵子对于他的这种观感既不悲伤，也不怨恨，只是平静地默默接受。

两人之间共犯般的默契，就这样持续了半年。毕竟一个是男孩，一个是女孩，贵子又长得比较像母亲，所以从不担心会被旁人由外表看穿，但被千秋这么一说，贵子真的非常震惊。若是说从未想过跟他友好相处，那就是违心了。参加葬礼的时候，贵子其实是很期待跟兄弟姐妹碰面的。然而，融冰冷的目光将她的梦想彻底粉碎了。或许，贵子对于这份失落感反倒是心怀怨恨。

有时候，贵子会觉得这种僵持很愚蠢，而忍不住想找融攀谈。

为什么我们要仇视对方呢？

贵子很想这么问融，这样的冲动有过无数次。当然，没有任何一次付诸行动。

不过，她还是很犹豫。步行节结束后，要开始准备高考了，等到今年过完，恐怕就不再有机会跟融见面。融似乎想维持这种关系直到毕业，但是这样真的好吗？

因此，她借着步行节下了一个小小的赌注。如果自己赢了的话，要跟融面对面谈谈彼此的处境。但是，她还弄不清楚，自己究竟是想赢还是想输。

道路变成了和缓的上坡，似乎进入了丘陵地带。学生们在崎岖不平的道路上鱼贯前进。除去服装不论，穿插在队伍中的白色旗帜，让这群人看起来简直像是战国时代古装电影的一幕场景。

爬到坡道中段后，到了休息时间。

哨声响彻整条斜坡。

就像骨牌倾倒一样，大家纷纷一屁股坐下。

融和忍发出“呼”一声，坐倒在地，脱下球鞋。

“好像有点危险！”

忍按摩着自己左脚大拇趾下方的红肿处。

“赶快贴一张创可贴比较好。”

“我想也是。”

忍从包里掏出创可贴，仔细贴在脚底。

融则按摩着脚踝和小腿。他褪去袜子，活动活动脚趾。

舒爽的风吹拂着脸颊。

抬起头，只见长长的队伍仿佛延伸到天边。

“我每次都在想，这个活动真的很诡异！就是一直走、一直走，特地走到一个很远的地方，然后再折返，完全搞不懂意义何在嘛！”

“就是因为内容很单调，才能够办这么多年吧？”

“虽然说很单调，准备起来不是很麻烦吗？又要借地方过夜，又要到处跟人家低声下气。”

“嗯……”

忍专注地将创可贴贴得完美无缺，找不到一丝皱褶。如果贴得不好，反而会使接下来的路程雪上加霜，所以在万里长征刚起了个头的时候，贴创可贴便成了必须全神贯注的一件大事。

“你记得吗？”忍看着创可贴问道。

“哦，你是说那个搬到美国去的女生啊。”

“她说过一句很有意思的话。我一年级的时候跟她同班过。”

“她说了什么？”

“好像是在夜间步行的时候吧。她说：‘不过只是走路而已，为什么感觉会这么特别呢？’”

“哦？”

融喝了一口装在水壶里的运动饮料，发了一会儿呆。

留着一头飘逸褐色长发的少女，在融的脑海中浮现出淡淡的身影。

杏奈。他完全忘记这个女孩的存在了。只要不在身边，很快就会被遗忘。一旦被遗忘，就像完全不存在。

相反，只要一在身边，就会不由自主地留意她。

就像那个甲田贵子一样。

融下意识地小小啐了一口。

又想到她了。

融感到一阵厌恶。

她当然是无辜的。这点融很清楚。但是，融痛恨她的开朗和无忧无虑。“反正跟我没关系。”她的表现总是像在如此诉说，让融莫名地一肚子气。

偷偷摸摸的应该是甲田母女才对，但是向来心怀愧疚、低头不敢见人的，是融的家人。跟自己家相比，她们母女反而活得逍遥自在许多，这种不合理的差异让融非常愕然。从发现甲田母女存在的那一瞬间，西胁家便永远失去了什么。自从“某种决定性的东西”改变之后，一想起家中那种不自然的气氛，就让融感到呼吸困难。由于父亲表明“不会再跟她们见面”“不会给她们一毛钱”，大家从此便失去了责备他的理由。

要是父亲一直在支付抚养费的话，或许自己还能够理直气壮地责备甲田母女和父亲。但是，自己的不满永远找不到发泄渠道。解不开的心结，让西胁家三人陷入凌迟般的痛苦，每个人的心中都累积着某种郁闷。父亲的胃癌会恶化得如此迅速，融确信跟家里的气氛是脱不了关系的。

父亲的过世，反而让融有种松了口气的感觉。再也不必忍受那种异样的气氛，再也不必伪装成感情和睦的家庭，这些都让融感到解脱。当然，融对于自己的心态也产生了罪恶感。正因为有这些心理转折，才更让他痛恨现身在葬礼上的甲田母女。就是她们让自己感受到这种安心和解脱，以及随之而来的罪恶感。

他想起贵子当时睁大眼睛的模样。好歹应该有点心虚的私生子，脸上却看不出半点愧疚。她反而很感兴趣地打量融，他当时对此感到怒不可遏，那种心情就像是昨天刚发生般鲜明。得知自己跟她被分到同一个班级时，不小心四目相接时产生的自我厌恶，也在脑海中鲜活地复苏。

好希望快点毕业。好希望明年快点到来。只要进入考前停课复习的阶段，就不需要再跟她打照面了，就不需要再这样反复思考她的事了，就不需要再憎恨她了。融意识到自己正在祈祷。

哨声让他猛然抬起头。

休息时间结束了。发现大家全都站了起来，融也急急忙忙地站起来。

太阳升到了头顶，距离出发已经过了三个小时，大家的体力都渐渐衰退了。

尽管大家依然在聊天，肢体语言却不像刚开始的时候那么多了。大家都尽量避免运动身体，以免消耗体力。

每个人都知道，下一个休息地就是吃午饭的大公园，便以此激励自己，默不作声地往前走着。接下来会休息整整一个小时！

不过，步行节才刚揭开序幕而已。接下来的三个小时、六个小时，甚至十二个小时，他们都必须走了又走。有些性子急的学生已经想到了这一步，正被不愉快的预感所侵蚀。走三个小时就已经够累人的了，之后又会有多惨呢？一年级的学生都在担忧这个问题。

在一年级的队伍中，出现了一个因炎热而贫血昏倒的女孩子，她成为今天救护车的第一位座上宾。

这个传闻像野火般蔓延，很快就传到了后方。

每个人都在提心吊胆中带点兴奋，一边偷瞄一边经过那个由执行委员和老师陪同、蹲在树荫下休息的女孩。有人心想那就是自己几个小时后的模样，有人则认为自己还能撑很久，每张脸上的表情都不一样。

“好可怜哦，这么快就不行了。”

“可是，真的挺不住的话，还是早点放弃比较好。”

“对呀，下午天气会变得更热的。”

贵子一行人在窃窃私语中走过贫血的学妹。

“哎哟，上衣和毛巾都湿答答了！”

“流汗真的太讨厌了。”

“肚子好饿，好想赶快吃便当！”

“啊，艾草麻薯不知道会不会坏！”

贵子想起美和子交给自己的纸包。

“什么？艾草麻薯？”

“美和子家做的，她今天早上给了我一点。”

“不会坏的啦！”

“真好啊，有艾草麻薯可以吃。你还是先留着，等到三点左右再当点心吧！少了这一点期待的话，下午可是很难熬的。”

“的确是。早上看到天气很好，本来还很高兴，不过还是阴天比较适合步行。”

“对啊！”

众人怨恨地抬头看天，却无法在晴空中找到一丝云朵。

不知是因为肚子饿还是炎热，三个人陷入了沉默。

不仅是她们三个，整个队伍都失去了朝气。

总算走到开阔的道路上，远方传来校歌的旋律。

那是先大家一步的教职员工和执行委员，正播放校歌来迎接大家。

“开饭了，开饭了！”

“万岁！”

在精疲力竭的时刻听见校歌，总让人莫名地精神一振。学生们个个都露出了笑容。

眼前是一座宽阔的运动公园，有红砖砌成的休息场所、厕所、许许多多的长椅，还有绿油油的草坪。学生们个个都活络了起来，脚步也加快了。

“喂！赶快占位了！”

“长椅都被抢走啦！”

“坐草地就可以了嘛！到那边去好了！”

贵子几个人东张西望地在散布着学生的草地上找寻吃午饭的场所。最后，她们决定在花季已过的荻草丛间坐下。

“嗯，这里不错哦！”

“累死我了！”

“哇！便当都变成温的了！”

大家各自摊开自己带的塑料布，拼成一大块，然后脱下鞋子，坐下来喘口气。

突然，贵子感觉有人朝自己的头顶盯着看，她抬起头来。

“我们可不可以一起坐啊？让我们也加入嘛！”

原来是户田忍。

这么说来，跟他在一起的人就是……

贵子偷偷朝他身后一瞥。

一脸心不甘情不愿的融随即映入眼帘，让贵子的心跳漏了半拍。

干吗要刻意一起坐啊？

双方的眼神都透露着同样的讯息。

“好啊，好啊！请坐！”

“你们把塑料布铺在那边，跟我们连在一起嘛！”

梨香和千秋似乎很欢迎他们的加入。

原本用埋怨的眼神盯着忍看的融，见到忍已经手脚利落地铺开塑料布坐了下来，知道大局已定，也只好一脸不情愿地从背包里拿出塑料布。

“啊，你看，有章鱼形状的小香肠！”

“好可爱哦！”

梨香立刻偷看西胁融的便当，还拎起一串小香肠加鹌鹑蛋的组合，让千秋笑得人仰马翻。

“笑什么！远足当然要带章鱼香肠啊！”融噘着嘴抢回梨香手里

的竹签。

“可是，一想到硬汉形象的西胁居然若无其事地吃章鱼香肠，我就……”

“太可爱啦！”

梨香和千秋相视大笑。

融露出深感意外的表情。

“我哪里是硬汉啊！”

“难道不是吗？你总是散发出一种‘不要接近我’的气息嘛！”

梨香用带点嘲弄的眼神看向融，让融更加惊讶了。

他马上转向旁边的户田忍：“我真的给人那种感觉？”

“对啊！”忍夸张地猛点头。

“不会吧？真的？”

“我不是一天到晚都跟你这么说吗？你根本就没把我的话听进去嘛！”忍一边用不以为然的口气说着，一边大口咬下饭团。

“我好受打击！原来是因为这个，才没有女生跟我讲话啊！”

“你才发现啊？晚了两年！”

贵子心想，西胁融和户田忍这两个人的举动，根本是在讨好梨香跟千秋嘛。就像早上他们向美和子挥手时一样，两人之间存在着一种共犯般的气氛，讲出来的客套话默契十足。

姑且不论他们的言行，户田忍为什么偏偏要选择加入我们这个团体呢？西胁融不可能赞同这个提议，况且彼此的队伍又离得很远。

发现贵子愣愣地望着自己手上的香肠，融先是吓了一跳，然后迅速从竹签咬下香肠和鹌鹑蛋，囫囵吞进肚里。

户田忍把自己的便当盒伸到贵子面前，用筷子指了指贵子的便当说："甲田，把你的煎蛋分给我吃吧！我用西兰花跟你换。"

"户田，其实是你讨厌西兰花对不对？"

"被发现啦？"

"你这样不行，西兰花对身体很好的！"

"我很怕它咬起来那种沙沙的口感嘛！"

贵子一面交换着便当里的菜，一面想着，他也算是个奇人了。

户田忍几乎从不表现出喜怒哀乐，该说他是面无表情还是冷酷呢？总之，他永远是冷静沉着的。尽管如此，他并不缺乏存在感，也不是那种独来独往的类型，反倒在同性的团体里人缘很好。他的精神活动的温度很低，却也很稳定，这就是他带给人的感觉。

"会不会是名字的关系啊？"贵子凝视着忍大嚼煎蛋的脸，突然冒出这么一句。

"跟什么有关系？"

"我觉得，户田的温度好低哦。"

忍一边继续动着嘴巴，一边呵呵地笑了。

"因为'忍'这个字吗？我给人那种蹑手蹑脚的印象？"

"对啊，深藏不露的。"

"哈哈哈！你的形容很妙哎！"忍笑得很开心。

“户田好像很适合留古时候的发型呢!”梨香一本正经地说,“你的五官立体,皮肤又好,化起妆来一定很美!嗯,没错,你的艺名一定要是平假名写的 SHINOBU① 才行!”

忍不停地眨着眼。

“话题怎么转到这里来了?”

“然后呢,我好想看你咬着手帕说:‘气死我了!’”

梨香拎起便当包巾的一角,摆出啃手帕的架势。

见忍和融目瞪口呆,千秋从旁解释:“别怕别怕,她的志愿是戏剧系啦!”

“哇,真让人羡慕!准备‘沦落’的人真悠闲!”融一半玩笑、一半认真地叫起来。

关于他非公立大学不上的传闻,贵子也多少听过。到了这种时候,班上什么同学有什么打算,差不多也传遍全班了。

贵子的母亲也隐约知道女儿以私立大学文科系为目标,但是并没有发表意见。虽不清楚融家里的经济情况如何,但是一想到他努力减轻家里负担的用心,贵子就为自己的自由自在感到汗颜。

“西胁,你一所私立大学都不去考吗?”千秋发问。

“是啊,我不会考私立的。就算考上了也不会去读,只是浪费报名费而已。”

① 此处为日语“忍”的发音。

“你真的很有勇气哎!”

“没你说得那么了不起。”

面对千秋打从心底钦佩的表情，融显得有点害臊。看到这样的融，贵子感到胸口隐隐作痛。

融和千秋、梨香聊得好开心。

这种有点闷闷的讨厌感觉，到底是什么呢?

“甲田，你和融应该不是读同一所初中的吧?”忍压低声音问。

不知道自己刚才的神情是否全被他看在眼里，贵子有点心惊胆战。

“嗯，不一样，我读的是一中。”

“是吗? 学区完全不一样嘛!”

“为什么问我这个问题?”贵子小心翼翼地观察忍的表情。

“我总有种感觉，你们好像对彼此很熟悉的样子。”

“哪有啊?”贵子一边隐藏起狼狈，一边装出难以置信的神情。

一个千秋不够，又来一个户田忍，这是个好兆头吗? 或者是……

“学校一些瞒着大家交往的情侣，不是都会故意装作跟对方不熟、没兴趣的样子吗? 根据我对你们两个的观察，倒是有点那种感觉! 很可疑哦!”

贵子露出苦笑。当她听说自己跟融是地下情人的传闻时，觉得很讽刺。融想必对这个谣言非常不快吧! 不过，忍的说法确实也有道理，那些自以为隐瞒得很好的情侣，总会特意跟对方保持一段距离，反而显得很不自然。如果大家是因为察觉到我和他之间这种不自然的气氛，才认为我跟他有些什么的话，那大家都有成为名侦探的素质了。

“才不是呢！我根本没跟他讲过几句话。况且，我觉得西胁应该很讨厌我。”

忍露出大感意外的表情。

“真令人惊讶！”

“为什么？”

“融也说过一模一样的话。”

“哦？”

“你俩果然有什么不可告人的秘密。”忍的脸上写着浓浓的怀疑。

“没有没有，完全没那回事！”贵子笑着摆摆手，紧接着反击道，“倒是你，不是有女朋友吗？好像是西高中的？”

“咦？我才没有女朋友呢！”

“少来了，我可是亲眼见过你跟西高中的女生走在一起。”

“什么时候？”

忍问得正经八百。贵子搜寻着记忆。

脑海中浮现出两个人走在河岸上的背影。两个人都低垂着头。忍的手搭在自己的肩头，握住橘色的背包带子。走在他身旁的人有着纤瘦的双肩，水手服的深蓝色衣领随风翻飞，脖子上有一颗痣。那是还没换下夏季制服的黄昏。

"嗯……九月底的时候，大概是连休假期最后一天吧！"

"在什么地方？"

"樱川的国道附近。"

"不会吧！"忍露出被逮住的表情，啐了一口。

贵子得意洋洋地扬起下巴，宣告着胜利："嘿嘿嘿，怎么样？甘拜下风了吧？"

"等等，事情不是你想的那样，我只是听她讲讲心事而已啊！"

"你的意思是说，她有烦恼找你商量？每个人一开始都是这么说的啦！"

"真的，这件事可不能拿来开玩笑。甲田，你跟别人说过吗？"

"没有。"

"求求你，绝对不要把这件事告诉任何人！"

既然忍都摆出拜托的架势，贵子也只好点头。

"好吧，我不说就是了。那个女生到底是谁啊？"

"你不需要知道。可恶！世界真的很小哎！"忍先是狂抓了一阵头发，然后突然一脸怒容地盯着贵子说，"我要强调，我真的没有女朋友！"

"我知道啦！反正你有苦衷。"

贵子并不打算追问。她是因为被忍逼急了才反击的，要不然也不会甩出这个话题。就连看到忍和女生走在一起的画面，也是刚刚才猛然想起的。她没有料到忍会这么狼狈。看到平日稳重的忍如此慌张的模样，反倒让贵子介意了起来。

啧，真应该把那个女生的脸看清楚!

因为当时贵子坐在公交车上，所以只是匆匆瞥见了忍的侧脸。

刚才应该虚晃一招，假装自己看到了女方的长相才对，一定可以让忍供出更多细节。

“总之，这是我们两个之间的秘密，说定了哦!”

忍再次确认。贵子也再一次点头。

“放心好了，我的口风很紧的。”

“还有，如果你有什么烦恼的话，可以来找我聊聊哦。”

“这话是什么意思?”

“比方说，关于融的事。”

“都说我跟他没什么了嘛!”

“什么事都可以谈嘛。”

“你这个人真奇怪啊!”

“你们在说什么悄悄话?”

被梨香一插嘴，两人先朝其他三个人讨好地笑笑，然后相视点头说：“没说什么啊！对不对?”

“对啊!”

“这是什么态度?”

“你们很可疑哦!”

察觉到融用诧异的神色看向这边，贵子转过头去，融却立刻移开了视线。那一瞬间，贵子知道了自己刚刚胸口刺痛的原因。

那是嫉妒。

连她自己都感到意外。

原来，我是对于融当时向千秋露出害羞的表情而吃醋了。那样的表情，是永远不可能对我展现的。

仔细回想，自从同班以来，胸口就一直被这样的疼痛折腾着。即使一开始只是微不足道的小伤，累积了无数个小伤口后，就形成了一股令人不快的疼痛。然而，贵子完全没有料到，这份因融的恨意造成的疼痛，居然转化成了对其他女生的妒意。贵子感到口中泛起苦涩的滋味。

为了抹去自我厌恶，贵子气势十足地站了起来。

“我去一下洗手间。”

“啊，我也要去！”

“喂，你们帮忙看一下东西哦！”

听着追在身后的梨香和千秋的声音，贵子才察觉阳光的猛烈，皱起了眉头。

“真是的，还真是没有不透风的墙啊！”

午休结束后，全校学生开始各自以班别排成队伍。

太阳即将攀爬到最高的位置。毫无遮蔽物的公园，被阳光所向披靡地灼烧着。几乎所有学生都只穿一件短袖，头顶则覆盖着帽子或毛巾。

听到忍一面随队伍走向旗帜，一面喃喃自语。融回过头问：“你刚刚说什么？”

“没什么。”

“你干吗一直说悄悄话？”

“什么悄悄话？”

“就是跟甲田啊！”融欲言又止地说。

忍发出不怀好意的笑声。

“我是在问她，你们两个人在一起的传闻是不是真的。”

融的表情像被击中一拳。

“混蛋！不会吧？”

“我真的问了啊！不过，结果还真有趣，甲田的回答居然跟你的一模一样。”

“怎么一模一样？”

“她说：‘我根本没跟他讲过几句话。况且，我觉得西胁应该很讨厌我。’”

融的感受，像是被一只冰冷的手抚过脸颊。

脑中掠过贵子怔怔望着自己的表情。

我觉得西胁应该很讨厌我。

是吗？说得也是。我一直都把她当空气般对待，有常识的人，都会觉得对方一定讨厌自己。融在心里告诉自己。这是理所当然的。她确实站在一个理应受人憎恨的立场，而我也的确憎恨着她。

但是不知为何，融像是咬了一嘴沙子，心情非常糟糕。

贵子是个心胸宽广的人，要是自己站在她的位置，绝对无法如此豁达，要不就是恶言相向，要不就是变得很神经质，再不然就是铁了心肠，从此不闻不问。然而，她却极其自然地承受着这一切。我从前一直以为她只是脸皮厚，其实她或许比我成熟多了。

我觉得西胁应该很讨厌我。

融仿佛真的听见贵子的声音在耳畔响起，赶紧将这种错觉逐出脑海。

“你们两个该不会是已经分手了？”忍搭上融的肩膀，低头观察他的表情，“我知道了，你们一定是遇到了什么危机吧？三角关系？还是个性不合？”

“你呀……”

“跟我谈谈嘛！反正这一天长着呢。”

“我没想到你这么婆婆妈妈啊！”

“你现在才发现啊？”

执行委员长打开了扩音器的开关，吱吱的尖锐声响传遍了整条队伍。

走出公园后，白色的队列再次拉成细细的一条前进。经过一个小时的休息，大家的体力都恢复了不少。一大早开始步行时那种不安和兴奋都一扫而空，总算能以放松的心情继续走下去了。一顿午饭带来的帮助也不小，让每个人心理和身体的步调达成了一致。整个队伍都显得轻松自在，就像是一只身体很长的生物，在柏油路面上缓缓爬行。

或许是因为离开了主干道，几乎看不到任何车辆。这一带遍布着宽广的沼泽与湿地，还有一些小型露营地和船场将它们包围起来，很适合周末前来放松。换个角度来说，像今天这样的工作日就乏人问津了。

微风轻轻吹起。

右手边出现一片硕大的沼泽。风似乎是踏过水面而来的。一艘红色的渔船朝岸边靠近。见他们晒网的动作，应该多少有些渔获。泛白、固体状的水面，摇晃着三角形的光芒。大家不约而同地眯起双眼，眺望着漂浮在沼泽另一端的树林。

“好美哟！”

“这里虽然叫沼泽，但还挺大的嘛！”

“沼泽跟湖到底怎么区分啊？”

“我记得，沼泽好像是指水深不到五米？”

“如果是这样的话，它就比看上去浅多了。这样看起来很深呢！”

到了这个阶段，大家的对话都失去了旁枝散叶，变得精简许多。从早晨持续到刚刚的亢奋心情，在此告一段落。对于早上不应该太兴奋、应该多保留一点体力的悔恨，也在此时悄悄涌现。明明感觉像是走了一辈子，却只过了区区四个小时。漫长的下午正要开始。

贵子愣愣地盯着发光的水面。

她并不喜欢运动，但却喜欢走路。走在像这样没有高低起伏、风景优美的地方，感觉实在棒极了。让脑袋放空，让许许多多的记忆和感情随心所欲地飘散，便会感觉心灵得到了解放，能够无边无际地驰骋开来。

一想到超过千人的团体像这样一边移动着，一边沉浸在各自不同的思绪里，就觉得很不可思议。

我们的日常生活往往被细微到无法想象的时间表所区隔，容不下一丝杂念。铃声一响，就移动步伐。上公交车，下公交车。刷牙，吃饭。这些都是只要养成习惯，就可以依靠条件反射、不用动脑就能完成的事。

与之相对，我们在尽可能地减少长时间连续思考的机会。不这么做的话，一定会对自己的生活产生很多疑问，而人是无法在质疑自我的情况下继续前进的。因此，我们必须将时间细细划分，必须填满各式各样的仪式。这么一来，我们的意识就可以经常保持在被切割的状态，让那些无谓的思考无机可乘。

就这个层面来看，步行节也是个不可多得的好机会。除了打瞌睡的时间之外，只要脚步不停歇，思绪便能像一条绵延的河川在内心持续地流动。这种感觉尽管类似旅行，却又与教学旅行不同。那样的活动反而比日常生活更拘泥于时间表，在每个不同的场景强迫参与者转换情绪。

所以，倒不如这样比较好。贵子漫不经心地想着。至于六个小时之后自己是否还会这么想，她试着不去深究。

刚开始大家都因为畏惧沉默而没话找话，现在却习惯了沉默。反而是太多的话积在心里，光跟自己对话就已经分身乏术了，开口说话反而变得多此一举。

另一方面，感到无聊的学生开始四处串门，使得队伍逐渐散开，原本的队形也被打乱了，前后位置不知何时已经换了人。

悠然欣赏着四周风景的贵子，发觉梨香跟千秋正在跟后面的女生叽叽喳喳地说话。

“贵子，你过来一下。”梨香朝她招手。

“干吗？”

“这是只传给女生看的。”

“什么？”

三个人边走边看得入神。

那是一张放在小小塑料套里的生活照，里面映着一个身穿水手服、面露微笑的少女。这张照片似乎正在全班女生中传阅。

“她应该是西高中的学生吧？为什么要大家看这个？”

“有人在问，知不知道我们年级的哪个男生正在跟她交往。”

“谁在问？”

“悦子。”

“为什么要调查这种事情啊？”

“她好像是悦子的表姐妹。”

“是吗？这我倒是第一次听说。她不是三年级的吧？”

“听说是二年级。不过，她交往的对象是我们学校三年级的。”

贵子认真地端详着照片。

西高中就在贵子上学的路上，因此贵子曾经见过她几次。她的气质出众，长相甜美，走在路上格外抢眼。贵子也听说过她是本校男生的偶像，却没想到她真的有个本校出产的男朋友。话说回来，悦子为何要打听这种事呢？

古川悦子做起事来一板一眼，一副精明能干的模样，正是那种深谙处世之道的女孩子。她虽然很多责任都会一肩扛下，却有点喜欢兴风作浪。老实说，她是贵子感到很棘手的类型之一。

“一点也不像哎。”

听到梨香这么嘟囔，千秋“喂”了一声，拍了一下她的肩膀。这个动作的含意，无非就是指责梨香对悦子太没礼貌了。

梨香却轻声地继续说下去：“我觉得啊，悦子给人一种‘光明正大’的感觉。仔细一看，她们两个长得是有点像，但是她就没这个女生这么‘女孩子气’了。”

“你说得对。”贵子不禁表示赞同。

“在悦子身边半径五十米之内，你们不觉得一点阴影都没有吗？

好像只要她在的地方，就是阳光灿烂。”

“没错没错，半径五十米，形容得真贴切！”梨香笑了出来。

“毕竟她的志愿是当律师嘛！以后还要跟邪恶奋战呢！不过，”跟着笑成一团的千秋，突然换上正经的表情，“她根本没必要做这种事。”

“什么叫‘这种事’？话说回来，她传阅这张照片，到底有什么目的啊？”

“嗯……我也是听来的啦！听说这个女生去堕胎了。既然连我都知道这个传闻，可见听过的人应该不少。被人家传成这样，怪可怜的。”

“啊！这么说悦子想找出元凶？”

“好像是。”

“换句话说，悦子还不知道对方是谁。真奇怪！”

“是啊，我们镇就这么一丁点大。”

在这个总人口不过二十万的城镇，高中生能去的地方就那么几个，走在路上随随便便都会撞见熟人，所以想偷偷摸摸约会，实在不太可能。

刚刚，户田忍是不是说过一模一样的话？

一瞬间，贵子回想起忍抓着头发的狼狈表情。

“果然还是有像青春偶像剧那样干的人啊！”

听到贵子这句感慨万千的话，梨香露出苦笑。

“不要为了这种事情感慨好不好！”

“不是啊，我们明明经常听到类似的故事，电视连续剧也一天到晚在演，什么一个夏天的回忆、不小心中了、去拿掉、一群好朋友偷偷帮忙筹手术费……之类的。可是，我一直以为那只是一种都市传说罢了！就是那种‘我朋友的朋友说的’，听起来很可疑的故事。”

“不过，要是真心相爱的话，那也没办法啊！”

千秋的口吻像一阵微风，没有重量。贵子一边想着，真像千秋的个性，一边感到自己词不达意，思索着该怎样表达比较贴切。

“当然，彼此相爱的话，怀孕生小孩也没什么好奇怪的，但是我要说的不是这个。”

“嗯，我知道贵子想说什么。因为太落俗套了，感觉反而很假，对不对？”

“嗯……差不多就是这样吧。”

贵子一边对梨香表示同意，一边仍然寻找着适当的字句。

我们的“人生”还很长很长，至少在上大学之前，我们的“人生”可以说还尚未展开。这是一条不成文的定律。窝在这个贴着“明星学校”标签的箱子里，一切的心力都只为了升大学做准备，只有寥寥无几的时间，能够专注于称得上“人生”的事物。我们唯一值得欣慰的，顶多只是榨取这少得可怜的空当，品尝人生的其中一部分——“青春”的滋味。用这一点可怜的空隙来体验还没有开始的“人生”，是我绝对无法想象的。

贵子在脑袋里编织着这样杂乱的文字，终究没有说出口。不经意地，贵子将装在塑料套里的照片翻了过来，却吃了一惊。

“哟，背面还有一张照片哎！”千秋轻声地说。

那是一张由后方拍摄几个少女背影的照片。传说中的女孩就在正中央，露出侧面的笑脸。

咦？我好像见过相似的背影？

贵子陷入沉思。

“我去把这个传给大家看！”

梨香抽走贵子手中的照片，三步并作两步地跑向聚在前方的女同学。

到底是在哪里看到的呢？就在最近，自己似乎还提过这个话题……

突然，某个画面跃然出现在脑海。

随风飘扬的深蓝色水手服衣领、脖子上的痣。

走在河堤上的背影！

贵子几乎叫出声来。

是那个女孩。她就是跟忍并肩走在河边的女孩。

对于自己意外的发现，贵子的心脏怦怦乱跳。

难道户田忍就是她的男友？所以刚刚才会表现得那么慌张？

我跟她不是那种关系。她只是找我谈心事而已。

贵子仿佛又听见了忍急忙解释的声音。的确，比起搞大女生的肚子，倾听女生的烦恼比较像他的作风。不过，凡事是不是都会有例外呢？

贵子倒转着记忆中的胶片，思考着。

不管犯人是不是他，贵子都不会跟悦子提起这件事。何况，她也向忍承诺过，绝不会泄露半个字。

贵子突然感到心虚了起来，偷偷东张西望。

忍和融并没有走在她附近，至少不在她的视野范围内，这让她稍微安下心来。

“不过，能在这个年纪就遇到那种爱得死去活来，甚至为他抛弃人生的对象，其实挺让人羡慕的！不过，实际上受伤害的还是女孩子，这个就很难解决了。”

千秋依然不改她悠然的招牌口吻。

转过头，贵子看向她的脸。

个子高高的千秋，正巧摆出仰头看天的姿势。见到她的一脸温柔和煦，贵子心想，千秋应该是有对象了吧！

贵子也说不上来为什么这么想，只是有种感觉，在千秋的心目中，已经存在着一个“爱得死去活来，甚至为他抛弃人生的对象”的具体形象了。

“贵子，你在跟芳冈交往对不对？”

千秋若无其事地看向贵子。

“也不能算是交往啦，我自己也搞不清楚。”

贵子有点狼狈。谈到这种关于恋爱的话题，尤其是针对自己，总让贵子格外难堪。

“是吗？我倒觉得你们挺般配的。”

“好了，好了！千秋，大白天不要聊这个啦！留到晚上再说好不好！”贵子察觉到千秋似乎想打破砂锅问到底，连忙打断她。

千秋呵呵笑了。

“贵子，你看起来懒洋洋的，倒是挺纯情的嘛！”

“我不是懒洋洋，只是反应慢而已啦。因为神经传导的速度慢，所以都要等好久，情绪才会表现在脸上。”

“哈哈哈！”

“我是说真的。常常听到别人说了什么话，我都是一开始没感觉，后来才越想越生气。每次都在事后暗骂：‘现在想起来，某某那个时候说的话好过分，可恶，居然那样说我！’”

融移开视线的脸庞隐约浮现，让贵子的胸口感到一丝疼痛。

瞧，就像这样。经过了这么长一段时间，我还在耿耿于怀。

无视于疼痛的存在，贵子继续说下去：“至于千秋，你表面跟内在的反应是完全同步的呢！”

“或许吧。而梨香和贵子正好相反，心里的念头动得比较快。”

“快得像飞的一样！所以，表面上根本看不出来。”

“不习惯的时候，还真的会吓一跳呢！刚刚户田那个表情，太可笑了！”

“梳起日本发髻，咬着手帕，艺名是平假名的‘忍’！”

两个人被戳中了笑穴，一发不可收拾，边走边捧腹大笑，吸引了前后的学生投来异样的目光。

“你们在笑什么啊？”

见到梨香从队伍前方圆睁着眼走来，她俩笑得更欢了。

“你……你回来啦。”

“讨厌！”

“你们两个一定在说什么不可告人的事！”

梨香对笑得满脸通红的两人投以轻蔑的目光。

“唉，好累，肚子好痛。”

“宝贵的精力就这样被笑掉了。”

等到两人好不容易收起笑声，梨香才开口：“结果，真的有不少人听说过那个女孩的事情哎！”

“你是说悦子的表姐妹？”

“根据我听来的消息，嫌疑最大的好像是八班的本间直志哦。”

“本间医院院长的儿子？”

“有人亲眼看见吗？”

“没有哎，就是因为没见过他们两人在一起，所以他才最可疑。”

“这话怎么说？”

“听说，本间一个人住在独栋的房子里。”

“就因为这个？”

仔细想想，这个谣言完全是捕风捉影。不过，因为这种八卦向来“耐人寻味”，所以没有任何一位智者愿意出面阻止。

经过了好几片沼泽，眼下景色转为收割后的农田，以及一望无际的芒草。

道路两侧立满了黄褐色的芒草，随风摇曳的景象，引人生出一股淡淡的乡愁。

刚才根本没在看风景。

贵子凝望着铺天盖地的芒草，想着。

跟朋友聊得忘我，只撷取了几幅无意间抬头看见的景色留存记忆，对周遭的事物几乎视若不见。

然而，确实有几幅画面，已经收藏在贵子的心里了。去年也是，前年也是。在今年的记忆当中，绝对少不了这片芒草。虽然再也不会经过这道平凡无奇的风景，这一瞬间却恐怕会持续到永恒。

我想，我可能也跟你们走在一起呢。

贵子突然有种错觉，杏奈仿佛就站立在芒草原野中。

杏奈？

竖起耳朵细听，轮廓朦胧的芒草正发出沙沙声。

对了，是那张明信片的最后一段。

这片芒草随风摇曳的景象，跟杏奈有种说不上来的契合感。这种令人怀念、广阔而不着边际、难以言喻的寂寥感觉，跟贵子记忆中的杏奈有几分相似。

曾经一度非常亲密的朋友，如今却分隔两地，是一种奇妙的感受。尽管每天都腻在一起却在分班后疏远的例子比比皆是，但是去了美国的杏奈，仿佛将包围大家的空气甚至时间整个带走了。贵子时而有种错觉，好像自己遗落了一件非常重要的东西。

当杏奈的明信片在十天前寄到手上时，贵子为上面写的最后一段话迷惑了。

直到“我好想再参加一次步行节”为止，都只是普通的近况报告，随后却冒出一段教人摸不着头脑的话：

> 我想，我可能也跟你们走在一起呢。其实，我去年许了一个愿。我会在纽约为贵子你们祈祷，让你们所有的烦恼都能够解除，并且平安走到终点。

这些话到底是什么意思呢？

贵子回想着信中的内容。由于反复读了好多次，她已经倒背如流了。

我想，我可能也跟你们走在一起呢。

这句话还能够理解。她的心跟我们走在一起。她试图表达的，应该是想跟我们一起参加活动的心情吧。

其实，我去年许了一个愿。

这句贵子就看不懂了。这个愿望是能够跟大家一起参加步行节吗？还是呼应后面那句“让你们的烦恼都能够解除”呢？而且，“去年”指的又是去年的什么时候？

不要想得太复杂的话，或许就是去年步行节的时候。不过，我们在去年的步行节上，曾经做过什么事情吗？去年的确是跟她同行，却没印象发生过任何特别的事。（现在想想，确实有件事有点离奇，不过应该跟杏奈无关。）话说回来，她怎么确定去年许的那个愿望，一定会在今年的步行节实现呢？况且，她是用什么神奇的方式许愿的？杏奈看起来实在不像是会相信占卜或迷信的女生。

你既然会两国语言，就要写得清楚一点嘛！

贵子暗自抱怨着杏奈。

更让人一头雾水的，是“贵子你们”这句话。“贵子你们”指的是谁跟谁？不去钻牛角尖的话，应该就是和杏奈亲密无间的贵子与美和子了。但是我们有什么烦恼？她怎会知道我们的烦恼呢？至少，我并没有跟杏奈谈过这种深沉的话题。我不认为美和子去年曾经面临过什么重大难题，现在也感觉不出来。美和子应该不会有心事瞒着我，却跑去找杏奈商量——不，很难说。美和子很成熟，细腻的心思不是同龄的女孩比得上的。或许，美和子有些心事是连我也不能说的——说不定，她的烦恼其实与我有关，所以才只告诉杏奈一个人？

想到这里，贵子心头一凉。

关于这件事，要趁自由步行的时候跟美和子谈谈才行。

贵子将这个决定记在心里。

一整片的芒草，勾起几乎融入天边的、遥远的记忆。

融一边眺望着这片景色，一边想起了杏奈。

只要不在身边，很快就会被遗忘。一旦被遗忘，就像完全不存在。

每次想起她，就会想起她说的这句话。

西胁以后还会记得我吗？

她是个奇妙的女孩，斯斯文文的，声音也没有显著的特色，却在融遇到的人当中最令他印象深刻。

我不知道。不确定的事情，我没有办法向你承诺。

现在回想起来，那是一句非常冷淡的回答。反正不会再有重逢的机会，说句“当然会记得”又不会少块肉。但是，当时的我不明所以地顽固。

西胁，你全身散发出一种“不要接近我”的气息哎。

脑中响起后藤梨香的声音。

没错，我不希望任何人接近我。目前的我只想向前疾奔，没那个闲工夫去管旁人的心事。

杏奈听了却轻轻一笑。

你误会了。我并不希望你记得我。你忘了也好。

融不可思议地看着她，他完全不明白这句话是什么意思。

为什么？

听到融这么反问，杏奈不减笑意地回答：“因为，既然不在一起，会被忘记是很正常的啊！”

察觉到她口吻中的严肃，融目不转睛地盯着她。

她沉稳的表情并没有改变。

融下意识地微张着嘴。

不过，要是被忘记了，不就跟消失了一样吗？你不会觉得寂寞吗？

“我记得就好啦！”杏奈明快地回答，“我不会拜托别人做不确定的承诺，也不相信人的记性。可是，我会记住的。我的记忆是属于我自己的，这样就够了。”

说完这句话，少女就挥挥手离去了。

几个月后，一封信寄到了他手边。那是在她即将出发前往美国的时候投递的。

他并没有不解风情到不明白这封信的含意。然而，信中的内容如同记忆中的她一般奇异与飘逸，在他心中刮起一阵风后，就不知去向了。

“开始了，开始了！”忍突然捅了一下融的腹部。

“啊？”

“古川展开调查了！”

“在哪里？”

“她正在把那个女生的照片轮流传给大家，看样子挺有一套的！

她大概是想通过所有女生搜集情报哦！”

顺着忍的视线看去，融看见一群女生正传阅着一张放在小小塑料套里、疑似照片的纸张，交头接耳。

“真是服了她了！参加步行节，还有闲情逸致搞这种名堂。”

“她也真够狠的。难道没想过，这么做反而让她那个表姐妹难做人吗？”

“应该是没想到吧！要是考虑到的话，就不会干这种事了。”

提示休息的哨音唐突地响起。

“哇，已经过了一个小时啦？”

“再过几个小时，就会越来越期待这个哨音了。”

因为已经经历过好几次，大家都反射性地迅速放下背包，边呻吟边一屁股坐下。脚掌开始隐隐作痛，整个脚底板也透出针刺般的麻痹感。融仔细检查自己的脚底和指缝，幸好还没有出现长水泡的迹象。

“哟！你还没长水泡？”看过融的脚底，忍不满地咂了一下舌头。

“哼！这就是我跟游泳社练习量的差别啊！”

“在地面跑跟在水里游，重力可差得多了。我也还没有长出水泡啊！只是有几个地方快要冒出来而已。”忍一边唠叨，一边掏出创可贴。

突然，坐在地上的融向前方望去，发现刚收割完、光秃秃的田地里有个黑色物体。

“那是什么？”

“嗯？”

“猪？又不像，还是狗的尸体？”

“我猜应该是尸体吧！”

那个黑色物体看起来沉甸甸的，埋在软泥中，一动也不动。

仔细一瞧，四周还有许多苍蝇在飞舞。

由于被污泥覆盖而变得黑黝黝的，两人看不清它的手脚或头部，也算是一种幸运。然而，生前的模样仍然活生生地残留着，体毛的走向也依稀可见。不过，毫无疑问，它已经死了。

不知为什么，两人目不转睛地看着远方纹丝不动的动物尸体，无法移开视线。只有那一块景象是鲜明的，是具有质量的，仿佛正缓缓朝两人释放出沼气。尤其因为它镶嵌在一片恬静的田园景色中，显得格外异样。与死亡不同的异样。

不知不觉，融联想起了父亲横卧在棺木中的模样。

没错。那样的父亲是十分异样的。他既不像自己认知中的父亲，也无法想象竟是同一个物体。那个物体已经从这个世上消失，再也不会苏醒过来了。

“这么说起来，去年好像有谁看到溺死的人，对不对？”忍悄声说。

“哦，是有这么一回事。”融也应和着。

去年的路线是山路。一大早，被大巴载进深山的一行人开始朝山下走，穿越一座铁桥的时候，某个眼尖的学生发现了一具卡在溪中石缝间的尸体。

当然，这个发现引起了轩然大波。老师立刻联络警方，并且指示学生们快速通过铁桥。后来经过查证，那是一个来溪边垂钓、失足滑落溪中的人。当时，有两位老师还留下来协助警察处理。

虽然老师要他们尽快离开，却阻挡不了他们的好奇心。记得大家走过的时候，都不时地往谷底偷瞄。当时发现尸体的是二年级的学生，因此一年级学生应该没有看到。融当然也用眼角余光看得一清二楚。不过，谷底离桥面很远，只看得见一个人趴在岩石上，并没有留下惊悚的印象。

他还回想起自己当时的一个念头：一具尸体被将近八百个人轮流目击，还挺诡异的。

异样的东西。已经不能称作是人类的单纯物体。

父亲就是被卷进了那个异质的世界。父亲过世时那种奇妙的、抽离现实的感受，或许就是源自这股异质。父亲离开现世，进入了那个从未见过的、活人无法得知的异质世界。那并不是一个能够尝试去了解的空间。因此当它近在眼前时，甚至让人感到荒谬。

“死亡真是一种荒谬的东西啊。”

听到融自言自语，忍看向他的脸。

“怎么说？”

“我也说不上来。你看嘛，我们活着的时候，根本不可能弄懂它是什么样子。”

“也对。据说那些死而复生的人讲的话，也都挺蹊跷的。”

“如果在世的时候就明白死亡是怎么回事，会不会不怕死呢？”

“搞不好反而会更害怕。”

“那就伤脑筋了。”

“实际上，死亡到底是怎么回事呢？在那一瞬间，人会知道自己死了吗？面对死亡的时候，大家都是怎样的心情？是眼前突然变黑，然后就结束了吗？就像睡着的感觉一样？”

“如果是那样就好了，我这个人最容易入睡了。”

“应该跟那个没关系吧……”

“你就很难睡着对不对？”

“被你发现了！都走到人生尽头还没办法好好睡觉的话，感觉很糟糕啊！”

哨音一响，大家七零八落地站起来。

奇怪的是，居然只有融和忍两人发现田里的尸体。

为什么呢？

背起背包，融一边扯平运动衫的衣角，一边想着。

是因为我在思考的事情吗？

只要不在身边，很快就会被遗忘；一旦被遗忘，就像完全不存在。

那么，要是一个人从此消失呢？

他慢条斯理地系着鞋带。

要是消失了，就会从记忆中抹除吗？爸爸呢？我呢？甲田贵子呢？她母亲呢？

“不过，我会记得的。”杏奈的声音如此回答着。

这样就够了。

午后的时光缓缓流逝，太阳转眼已经偏西了。

风微微地吹拂，气温依旧惊人。被太阳榨出的汗水风干后，上衣和头发都变得粗糙起来。

“我不行了，我要吃艾草麻薯！”

贵子感到双脚急速变得沉重，便在同一时刻想起了遗忘许久的艾草麻薯。

“我也要，我也要！”

“一起吃吧！”

想要一边走路一边从背包里掏出东西，竟是件出乎意料的苦差事。

膝盖以下的部位，开始释放出钝钝的抽痛。虽然称不上哪里出了问题，却感觉膝盖下方仿佛不属于自己。

尽管如此，步行节的路程还没有完成一半。

想到这里，贵子不禁胆战心惊。前半段就已经累成这样，后半段除了必须面对疲劳和脚疼，场景还换成了深夜，只会让人加倍疲累。

“有点硬掉了！”

贵子费了一番工夫，才把艾草麻薯从纸盒里剥下，分给两人。

虽然有些硬了，又被背包压得变形，柔软的红豆馅仍然甜润了全身。

呜呜，感谢你，美和子！

贵子在心中感谢美和子。下一次的长时间休息，得过去向她好好道谢。

“真好吃啊。”

“嗯。”

三个人边走边嚼着艾草麻薯。

走到这一带，去年、前年的辛苦才渐渐涌上心头。这个回忆勾起了另一个回忆，自己去年似乎也有过相同的感慨。

心灵有心灵的感触，身体也有身体的记忆。经过了这么长时间，身体总算想起了无止境的行走多么让人沮丧与心烦。开始之前与刚开始后的兴奋与激昂，现在全成了浪费精力的愚蠢行为。

活动一旦结束，大家只记得热热闹闹边聊天边前进的欢乐回忆，却忘了那只是其中的一小部分，其余大部分的时间都是摆着一张臭脸，在尽量忽略双脚疼痛的煎熬中度过的。

现在脚已经在疼了，更别说入夜以后……

不愉快的预感，一点一滴地渗透进队伍里。怀疑自己是否撑得下去的忧虑，已经在内心一角悄悄萌芽。

“走快点！前面有红绿灯哦！不要落后！跟前面的人不要拉得那么开！”

身穿橘色背心的执行委员站在田地中央的转角处，朝大家扯着嗓门喊道。

只有靠近执行委员的同学，脚步特别急促。也有些学生落后前面好大一段，于是加快脚步追赶。

妈啊，在这么高的桥上，我哪敢跑啊！

贵子在心里叫苦连天。大家恐怕都有相同的念头。

横亘在红色铁桥正前方的似乎是国道，像帷幕的一长排物体，则是家长和毕业生的欢迎队伍。

为了在家人面前争一口气，大家都加快了脚步。

道路两旁的家人笑容满面地挥着手。之前像是老牛拖破车般的队伍，顿时个个健步如飞，有种说不出的好笑。

穿越铁桥，由国道旁的坡道往下走，便见到一座小小的村落。

“你们觉不觉得好像离海很近？”

“对啊，再过不久应该就会看到海岸线了。”

用艾草麻薯填饱肚子后，少女们稍稍恢复了元气，又开始叽叽喳喳。

走在狭窄而弯曲的道路上，海的气息迎面而来。

离海近了的念头为何会如此令人振奋呢？队伍似乎再次找回了朝气。缓缓西斜的日光，已经微微染上了金黄色。折腾人的暑热越过了巅峰，气温总算逐渐回落。

四周弥漫的空气，也隐隐约约带着一股海水的香气。

海边的村落总有一种独特的氛围。那种感觉虽然难以言喻，却让人真切地得知身后存在着一片海洋。是因为看见考虑到海风而做了特殊设计的建筑，还是看到建筑上被海风侵蚀的痕迹？

风变大了。

海水的味道变得明显起来。

深深吸入带着粗糙颗粒的、咸咸的味道。

“是海！”

眼前豁然开朗，令人张口结舌的巨幅风景包围了每个人。

海平线呈现和缓的倾斜。

秋天的海洋波涛汹涌。冲击着黑色岩石与防波块的海浪，显得怏怏不乐。

前一秒还走在住宅区中羊肠小道上的学生们，被这突如其来的开放感侵袭，无不张大了嘴巴，目不转睛地注视着海面。

沿着海岸线铺设的国道路幅够宽，走起来相当舒畅。

“浪好大哦！”

“一直看会有点害怕呢！”

来到海边的学生们不约而同地活泼了起来。三百六十五度的美景，让大家忘了脚疼，找回继续往前走的动力。

浪花拍岸声包裹住全身，若是凝神去听，好像就会被吸进那狂暴的节奏。被影响的不只是心神。不断击岸后破碎的浪潮让人有种错觉，仿佛它随时会越过路栏，将人掳进海洋。

或许是因为临近黄昏，原本万里无云的天空，这时挂上了薄薄的云彩。

“像这样看着风景，会让人想睡觉呢。”梨香轻声地说。

“嗯，忍不住会想跳进海里。”千秋也表示同感。

尽管是十分单调的景色，却怎么看也看不腻。

海洋向来都担任分界线的角色。分隔着另一端的事物，与这一端的世界。

闪耀着金黄色的浪头，与每分每秒都变化莫测的泡沫交会、相拥。

真不可思议。所有人都这样走在海岸线上，同时凝视着海平线与波浪。只是这样的动作，有种无法形容的奇妙。

贵子撩起被海风吹进嘴巴的头发。

每当她望着海平线，总觉得像一个巨人朝自己伸出手掌。这个巨人并没有露脸，而是从云端伸长了胳臂。地球是圆的，而某人将它抱在怀里。

海平线总会激发贵子这样的想象。

另一方面，她也非常畏惧云端会降下“天声”。

那一定会是像敲击音叉般、难以辨认的嗡嗡声响，说着“没救了”“你们已经完蛋了”之类的话。当这个声音响起，也就意味着万物即将灭绝了。

贵子天马行空地想着。

波浪旁若无人地拍岸、后退、变成碎片。

想象着一群身穿白衣的学生走在世界的边界，像是绣在衣缘的白线一般，形成一副令人愉快的景象。

“气温总算降下来了，比较适合走路了。”

“嗯，好舒服哦！”

“不过，今天还真是挺热的。”

三个人伸起懒腰。

“啊。”突然，梨香低叫了一声。

“怎么了？”

“我想起来了，去年也是在这个时间对不对？”

梨香先是瞄了一眼手表，又抬起头来，交替看向两个朋友。

千秋反问：“你在说什么啊？”

“就是那个啊，之前不是发生过一件怪事吗？”

“有吗？”

一股摸不着边际的奇妙感受浮上贵子的心头。

怪事。去年的步行节。

梨香点了点头说：“有啊，就是有一个谁也不认识的学生混进队伍，但是后来还是没搞清楚那个人的真实身份。”

“哦，然后莫名其妙就不见的那个人？”

“大家不是议论纷纷，说那是幽灵吗？还拍到照片了呢！搞了半天，那个人到底是打哪儿冒出来的啊？”

默默听着两人对话的贵子，同时感受到怀念的情绪与一股寒意。

道路变得狭小而弯曲，暂时偏离了海洋。

潮声远了。前后同学讲话的声音也跟着变得清晰了。

不经意地，贵子的脑海中浮现出一个少年的身影。

那个少年是中等身材……不，应该算是娇小的。蓝色的上衣搭配黑色棒球帽，走路时手插在口袋里，一派悠闲。

“他到底是谁啊？”

“后来大家的结论，不是猜他是别校混进来的学生吗？”

“可是，他穿着我们学校的白色运动服啊！”

“夏天都过了，说鬼故事有点不合时宜呢。”

梨香和千秋有一搭没一搭地闲聊着，贵子则自顾自地专注在刚才一瞬间感到的寒意，以及那个浮现在眼前的背影上。

这么说来，我也看到了那个男生。

她细细回溯记忆。

去年的天气也是晴朗无云。就在现在这样缓缓西沉的暮色中，贵子静悄悄地走着。傍晚的风将少年的身影融入风景，记忆中的他宛如过去的电视画面一样，不太清晰。

贵子并不害怕。她觉得自己认识那个背影。

不管是刚刚那个女孩，还是那个谜一样的少年。今天还真是一个跟背影特别有缘的日子。

“我也看到那个男生了哦。”

听到贵子的低语，梨香转过头来。

“是吗？看起来像鬼吗？”

“我没看到脸，只看到背影。感觉很放松、很融入。所以，我还以为是其他年级的学生。”

“嗯，大家也都是这么想的。总不可能全校每个学生的脸都认得吧！”

“他是在什么时间点出现的啊？”

“就在队伍已经散掉、班级也乱成一团的时候，差不多就像现在这种时间吧！他一个人头低低的，慢吞吞地在走。”

“这件事被曝光，是在照片洗出来之后？”

“后来在晚上的集体照里，也照到他了嘛。”

千秋像是回想起当时的情景，打了一个哆嗦。

步行节有个传统，就是会在晚餐时分安排各班轮流照相。用餐的地点是跟附近学校借的校园。天黑之后势必只能在有灯光的地方拍照，又是大家吃饭的场所，所以难免会照到后面走动的学生。引发讨论的少年，无独有偶地出现在许多班级的集体照里面。每一张照片里的他，都是以茫然的眼神看着镜头，因此引起大家诸多揣测。

当编号后的照片被贴出来、大部分学生都浏览过后，有陌生学生出现在照片里的事情才曝光。各个年级都出现了几个好奇心格外强的学生，分头利用社团之类的人际网络进行调查，于是发现他根本不是本校的学生。一时之间众人哗然，用看待灵异照片的心态抢购这些照片。热情消退后，大家的共同结论是：应该是别的学校的学生觉得好玩，混进来捣乱的吧！这个推测应该八九不离十。

然而，最令贵子难以忘怀的，却是当时一股奇妙的感受。同学们对着照片指指点点、兴奋讨论的情景浮现在眼前。直到那一刻，她才明白平常被称为“全校师生”的集合名词，事实上只是一种具有匿名性、不确定的存在。

“不过，虽然我们不可能记住所有人的脸，总会在走廊或是集会的时候，见过其他年级的学生吧！如果是真的完全没见过，那种陌生感应该还是不一样的。”梨香一脸无法释怀地低声说。

千秋也表示附和：“对啊，会有种隐约在哪儿见过的感觉。不过，除非是常常有机会见到吧？有些人真的就是很不起眼啊。”

“所以说，那个混进来的学生还蛮引人注目的。”

那个少年将帽缘压得低低的。

贵子回想起记忆中那个模糊不清的身影。

他微微低着头，短发下露出的后颈雪白而美丽。现在回想起来，或许是因为他的背包轻得反常，才会引起自己的注意。长达一整天的脚程，难免必须携带一些杂七杂八的行李。男孩子多半行囊简便，但是他的背包也轻得太夸张了。难怪贵子会对他留下印象。

“应该是从晚饭之后，就没见过他了吧！”

“很难讲哦，搞不好只是因为天色太暗，看不到他。也许他一直都在呢！”

“如果他真的留了一整晚，想想还挺恐怖的。”

“可是，以前不是也有过吗？有学生的家人在傍晚的时候开车跟着队伍，还下来陪着走了一段。搞不好他是谁的亲戚，或是在其他学校就读的朋友呢？”

“但是，那天是平日的白天哎！难道是逃学来的吗？”

“不见得哦，下课后马上来，应该能勉强赶上吧！毕竟当时太阳也快下山了。”

“会不会是因为那个人逃学，所以认识他的学生才不敢说实话？”

“不过，如果是来找认识的人，照常理应该会走在一起吧？毕竟都特地追来了。”

“我们是分班走的，混进不认识的人，一定马上会被发现啊！”

“大家都累了，队伍也乱了，说不定真的瞒得过去哦？”

梨香和千秋并非在认真争辩，只是将它当作解闷的话题，聊胜于无地持续着。

她俩都没看到那个男生。看到跟没看到的反应，真的差很多啊。

贵子将视线移往深灰色的海平线。道路再次偏向海洋，无遮蔽的世界顿时被浪潮声填满。

眼前仿佛又迷蒙地浮现出少年的残影。

他现在在哪里呢?

走在长得无边无际的海岸线上，便会渐渐习惯海洋。耳边充溢着的浪潮声，也会渐渐变成不经意的节奏。不输给浪潮的喧闹声，也会变得理所当然。不过，大家早在靠近海岸前就显得沉默寡言，反而感谢浪潮声填补了空隙，免去编织话题的麻烦。

这片海岸布满岩石，并不适合游泳。稍稍挺直腰杆，窥视围栏的另一侧，便可以见到一波波浪潮击碎在黑黝黝的岩岸上。

走在沿海的道路上任凭海风吹拂，让人感觉自己像是世上最毫无防备的脆弱生物。迎向空无一物空间的肉体，仿佛赤身裸体地面对整个世界，无依无靠。想躲进建筑物，想找个藏身之处，想逃到看不见海的地方。这样的冲动很突然地袭来。

如坐针毡，指的或许就是这样的心境。

贵子一边拨开黏在脸上的头发，一边想着。

世上有无数让人如坐针毡的事。

明知今后不会再使用的化学、数学参考书，在书桌上一字排开；央求父母买来的双色鞋，却在穿过几次后确定不适合自己（而且还贵得要命），最后晾在玄关的鞋柜里面——不对，这些感觉与其用如坐针毡来形容，不如用罪恶感来形容更为贴切。

千秋以尊敬的目光说出的话，以及西胁融的腼腆。

胸口又感到隐隐作痛。这又算是什么呢？这能归作“如坐针毡”

的一种吗?

这真是有点自虐啊,贵子不禁苦笑起来。

奇妙的是,随着时间流逝,午休的那段相聚就显得越发可惜。

为何没有利用当时的机会呢?

贵子这么想着,惋惜的感觉就更强烈了。

那是一个可遇不可求的良机。能够像那样说话的机会,绝对不会再有第二次。唯一剩下的长时间休息,就只有晚饭时了。半夜的休息时间,只会恨不得倒下来蒙头大睡。不过,要趁晚饭时间接近他并不容易。再怎么想,当时都是最初也是最后的机会了。融的脸孔像是无数张定格的照片,在贵子的脑海中盘旋。眼神交会时吃了一惊的融、匆忙咽下小香肠和鹌鹑蛋的融、跟户田忍一唱一和的融、害羞的融、带着怒气的融。

讨厌死了。够了!

贵子下意识地摇头,想把融驱出思绪。

外表的反应与内心的速度。她想起刚才千秋的评论。

我为什么总是这样呢?总在事后才察觉自己的失策。总在事后才爆发出情绪。我会不会只是个脑袋简单的傻瓜呢?我知道男生都在背后说我"很酷""懒洋洋的",我一方面有点自知之明,另一方面却也害怕别人发现自己只是个迟钝、无能的傻瓜。而融是唯一发现这件事的人,他知道我的真面目,知道连美和子、千秋和梨香都不知道的秘密。所以,我在他面前才会如此"如坐针毡"。

我说你啊，干吗没事要去想这些呢？

另一个不耐烦的声音这样告诉自己。

这是高中最后一次步行节，走在海边还这样垂头丧气，你不觉得浪费时间吗？

这么说来，其他人都在想些什么呢？

贵子不动声色地观察身边的同学。

千秋目光呆滞地望着大海，梨香则低头看着脚尖。

这一千两百名学生，都在转着什么念头呢？

古川悦子想必在想着把她表姐妹肚子搞大的那个男生。没错，在这群人当中，有一个家伙就是让那个漂亮的西高中女生怀孕的元凶。那个人现在在想什么呢？是在想那个女孩吗？还是早就把她抛到脑后，享受着眼前最后的高中活动呢？

“喂，你在想什么？”下意识地，她对千秋发问。

“啊？”千秋一开始没发现贵子是在对自己说话，隔了一秒才转过头来。

见到她带点心慌的表情，贵子心想，八成在想男朋友吧。

“啊，没什么，只是在发呆而已。怎么了？我刚刚的表情很奇怪吗？”

“没有啦。我只是在想，不知道大家都在想什么。”

“哦，也对，大家都在想什么啊？”

千秋顺着贵子的话锋，东张西望着。天色渐渐变暗了。尽管一步步适应的双眼察觉不出阳光的远离，夜色却毋庸置疑地靠近了。

“听说，得是一座古老的城镇，不用太大，只要有可以让人散步的大自然就好了。”梨香冷不防地插嘴。贵子和千秋听得莫名其妙。

“你在说什么啊？”

“诞生独创学问地方的条件。”

“学问？”

“我在电视上看到的。据说很多学者都是在散步途中产生灵感的。所以说，一座适合散步的城镇，就容易激发出人的创意。像京都或金泽，似乎就很不错哟！不会太大，也不会太小，具有古老传统，又有自然景观。电视上说，京都和金泽都出现过闻名世界的哲学家，就是最好的证明。”

梨香跳跃式的思考，让贵子想起刚才的讨论，不禁有点好笑。

千秋虽然也嘴角上扬，却没有表露出来，只是顺着话题发问：“那东京就不行吗？”

“有点太大了吧！”

“可是，我散步的时候都会越来越兴奋，根本没办法思考。我觉得能够边散步边想事情的人，真的很厉害哎！我总是想可以背几个单词，把单词卡也带着，可是走着走着脑袋就空空如也了。而且我还带着阿园，根本没办法分心！”

千秋口中的阿园，是她家里养的狗。据千秋形容，那是一条“丑到无以复加”的狗。

收养这条公狗的原因，也只是因为熟人家里生了一窝小狗，唯独它没人认养，千秋家才勉为其难地带回家。

“阿园这个名字是谁取的啊？”

“我爸。”

“为什么要叫阿园？”

“是‘伊甸园’的简称啦。”

“伊甸园！”

梨香和贵子异口同声地惊呼。千秋苦笑着说：“喊一条狗‘伊甸园’，不是让人害臊吗？所以后来就缩短名称，直接叫它‘阿园’了。”

“令尊的想法还真前卫。”

“因为它小时候真的很丑，还老生病，一副倒霉相嘛！这是我爸的心愿！”

“真的吗？不会是你爸常去的钢球游戏店的店名吧？”

“我妈也这么说哎！不过，它现在就像这个名字一样，过着快乐的生活。不但身强体壮，吃得又多，身材又胖，活泼得不得了！”

“那你想跟它一边散步一边思考，根本就不可能嘛。”

“就是啊。它力气大得很，我每天早上都被它拖着跑，累得半死。”

“你跟哲学无缘啊。”

“梨香，那你刚刚在想什么？”千秋问道。

“我？我在想什么啊……太多了，我也搞不清楚哎！”

“什么叫搞不清楚？”

贵子皱起眉头。

“我脑中上一秒钟的画面，是大家在玩电车游戏。”

“电车游戏？”

“对啊。我在想，如果用一条绳子绕住所有参加步行节的人，不知道会变成什么样子。”

“好长的一列电车哦。”

“你觉得会变成什么样子呢？”

正常人果然无法理解梨香的想法。贵子和千秋面面相觑。梨香正经八百地回答：“我觉得是行不通的。遇上红绿灯的话，队伍就会被切断；如果道路弯弯曲曲，又有很多人会跌倒。要是有人走得快、有人走得慢，绳子又会扯紧。”

“你怎么会想到这个啊？”

“所以我才说，我也搞不清楚啊！”

“梨香的脑袋真的异于常人啊！”

“先不说这个，我现在好累。你们不累吗？”

梨香一副精疲力竭的模样看着两个朋友。两人同时皱眉。

“喂，我们是故意忍着不说呢！”

“你不知道‘累’这个字是不能说出口的吗？”

三人间的对话开始变得牛头不对马嘴。

第一波疲倦在第一天的黄昏达到顶峰。这是平常已经放学回家，在晚餐前短暂放松的时光。在理应结束一天活动的这个时间，却仍然必须不断行走，使得习惯于生理时钟的身体出现了排斥反应。同时，随着夜晚的脚步缓缓接近，自己正在参加步行节的感受也变得格外真实。以大部分的活动而言（不，是对大部分的人来说），这段时间都是最放松、最慵懒的。一大群人会在黄昏时分集体出动，也只有步行节这一天了。这就是今天之所以为步行节的原因。因果验证结束。更惨的是，重头戏现在才要开始。移动的路程越遥远，越让人感到太阳当空照时的远足心情非常愚蠢。

双脚的疼痛也越来越难忽视了。

膝盖以下的部分，好像是别种物质做的，贵子心想。小腿肿胀得像根萝卜，整个脚底板阵阵作痛，连脚趾根部都像针在刺。另外一个出乎意料的疼痛部位，则是紧绷到不行的背部。这是因为平常不习惯承受背包重量的缘故。

可是，我挺得住，还没到走不动的地步……贵子这么告诉自己。不可以倾听双脚的抗议。有些学生的脚磨破了水泡，走路姿势十分诡异；也有学生走得意兴阑珊，难掩疲倦。尽管所有的学生都尚未开口喊一声苦，脑袋瓜却不停地想着，这下完蛋了，这下完蛋了，还没走到一半就痛成这样，之后要如何继续？白天热得要命，好不容易凉爽起来，疲劳感却与时俱增。

尽管如此，还没完成一半。无论怎么算，剩下的路程都比前半段艰苦多了。

但是，只走了一半！

队伍上空似乎浮现出这样的对话框。就像漫画的表现手法一样，连成一串的泡泡里写着："但是，只走了一半！"

世界逐渐失去色彩，波涛加大了嗓门，仿佛刻意挑衅似的大军压境而来。大家的不安与不悦飘荡在空中，显得杀气腾腾，沉重地笼罩在每个人的头顶。正当心里想着再也撑不下去的时候，格外令人怀念与感激的哨音响起了。

"太阳快下山了哎。"忍轻轻嘟囔了一句。

回神一看，才发现席地而坐的长串队伍已经被染成了深灰色。

在国道另外一端的观光海产店的灯光，明明前一刻还与背景融成一气、毫不起眼，却在不经意间变得耀眼闪烁。风驰电掣般的往来车灯，在眼前印下直线形的残像。连风也沾上了夜的气息。

在一种莫名的寂寞、惶恐心情的驱使下，融转头看向大海。

尽管路面已经变暗，海洋却仍然保存着白天的景致。摇曳的波涛镶滚着橘色的边，天空也还是亮的。

海的世界属于白昼，陆的世界则属于黑夜。

融这么想着。而他们一行人，则恰巧坐在日与夜的交界上。

不只是日与夜，融感觉自己正处在各种不同事物的分水岭。大人与小孩、日常与非日常、现实与虚构。步行节给予他们的任务，就是别从那道分水岭上跌落。一旦落下，就会回到残酷的现实世界。是否能够成功演完扮演高中生的这场虚幻戏码，今晚就是关键。

“我们都老了哎。”

“什么？”

融不自觉说出的话，让忍错愕。

“都参加三次步行节了，也难怪我们上年纪了。”

“你干吗啊？讲话像个老头似的。”

“我现在有种感觉，好像自己真的变成老公公了。老到牙齿松动，然后在海边回忆着步行节。”

“嗯，我能理解那种感觉。”

原本以为忍会嗤之以鼻的，没想到却得到他的赞同，融吃了一惊，同时也感到莫名地高兴。

我还是跟他一起跑好了。

这样的想法掠过融的脑海，不过他仍告诫自己，不要轻易说出口。虽然忍答应会等到最后一秒，自己也不应该迟迟不给答案。比较有礼貌的做法，是在晚餐之前决定，然后告知网球社的朋友。

这种好像脚踏两条船的行为，让融有点自我厌恶。

“我想，肯定一下子就结束了吧！”忍一边喝着水，一边自言自语。

“你说什么事？”正犹豫着是否该换上干净袜子的融搭腔道。他带了三双更换的袜子，如果现在换上，就还剩两双可换。如果还是不够，也可以趁晚餐时间洗干净其中一双，吊在背包上，化学纤维的面料一个晚上绝对干得了。

“就是变成老公公的这段岁月啊。”忍边贴着创可贴边回答。不知不觉间，他脚底创可贴的数量增加了不少。

“对啊。哪天突然就发现，身上贴的不是这种玩意儿，而是关节炎或痛风膏药了。”融甩了甩手上的创可贴。

“没错。本人却以为自己还年轻，脑袋里想的是步行节时贴的创可贴，嘴里还念念有词：‘水泡又快要冒出来了。毕竟也走了八十千米，要当心一点才行！’然后媳妇在旁边对孙子说：‘爷爷真是的，又把高中的事情拿出来讲！’”

忍的解说写实得残酷。

忽然，融想起父亲的脚。横卧的父亲的双脚。

青白色、毛发浓密、一动不动的双脚。

记得当时自己心想，原来他这么瘦小，这么衰弱。总有一天，自己的双脚是否也会变成那样，躺在那么冰冷的地方呢？

那时，他条件反射地低头看自己的脚。见到自己远比记忆中的父亲强壮、笔直的胫骨，他松了口气。没问题的，我还这么年轻，我还有很久很久才会变成那样。

“你妈妈最近怎么样？”忍盯着脚底发问。

融稍稍乱了方寸。对于家人的话题，他总是难以用平常心看待。

“很好啊。”

“等你上了大学，她不就变成一个人了吗？会不会觉得寂寞啊？”

“应该会吧。不过，这件事是老早就决定的。”融尽量用就事论事的口吻回答。

“也对，”忍爽快地表示同意，“不过换个角度想，她跟你分开住之后，搞不好有机会再婚哦！”

“怎么可能！”

出乎意料的发言，让融失笑。

再婚。

他回想起母亲缺乏表情的脸孔。母亲永远只是母亲，从不扮演其他任何角色。很难想象与父亲结合而伤痕累累的母亲，会想投入另一段婚姻。

某处吹来凉飕飕的风。

“很难说哦！我有个姨妈都快五十岁了，也没跟任何人说，就悄悄再婚了。”

忍仔细擦拭着眼镜。

融曾经听过这个故事。忍的姨妈年轻时离异，独立抚养两个小孩，然后在孩子们进入社会的时候决定再婚。由于她之前完全没有表现出任何迹象，所以亲戚无不大吃一惊。

再婚。母亲的再婚。

融重新思考了一下这个可能性。

风又一次吹过身体的某个部位，触感却不令人讨厌。

那或许也不坏。

仿佛背后开启了一扇小小的窗，有阳光透了进来。

在这之前，他一直多多少少认为母亲是自己的责任，现在才发现是自己太自命不凡了。站在母亲的立场，少了需要照顾的孩子，才能换回属于自己的光阴。真要说起来，他反而自始至终都是母亲的桎梏，限制着她的行动。母亲结婚早，还年轻，人生还长得很。

再婚。

他猛然想起那个女人的脸。

堂堂正正地注视着他们母子，一派洒脱。

那个女人就很可能会再婚。融的疑问，反而是她为何一直没有再婚？比起全然是个平凡家庭主妇的母亲，她并未抛弃女人的身份，仍旧活跃而又亮眼。尽管与丈夫离别，与融的父亲离别，她却看不出长吁短叹的模样。追求她的男人想必有一卡车。

是因为有贵子在的关系吗？

母女俩感情和睦的模样浮现脑海。比起一般母女，她们更像是亲密的朋友。虽然母女与母子一定有差别，我们家是绝不可能达到那种境界的。

发觉自己内心的羡慕，融赶紧刹住思绪。

哨音一响，队伍立刻从沉睡中苏醒。大家拍拍屁股，站起身来。今天一整天，究竟重复过多少遍这个动作？

“大家都是女人啊。”

“大家？”耳朵特别尖的忍，一听到融的嘟囔立刻发问。

“母亲。”不想被发现自己对于两位母亲的感想，融没好气地回答。

人们总在转瞬间察觉夜的来临。

见到天色还亮，满心以为暮色正浓，明与暗的比例却在不知不觉间完全逆转。

道路依旧紧邻着漫长的海岸线。步道宽广，又与海隔着一道围篱，安全无虞却失于单调。

毫不减速的卡车亮着前灯，接二连三地疾驶而过。

长长的队伍完全陷入了沉默。一方面是因为交通流量大，聊天也听不清楚；另一方面是还要花一个小时才能抵达晚餐地点，大家都累得七荤八素了。从眼角由远而近流逝的车灯，更具有某种催眠功能。

萤火虫般的亮光被纷纷点燃。

那是手电筒的亮光。

沿着国道的步道当然装设了路灯，但是间隔很远。除了偶尔出现在路旁的餐馆，几乎看不到民宅。稍微偏离步道，就像闯进了一缸黑墨汁。

执行委员扯着嗓子，要大家在脚踝系上反光带。虽然刚刚休息的时候也指示过，但当时天色还亮，没几个学生乖乖照办。学生们从背包取出手电筒和反光带，在昏暗中蹲下身子，摸索着系上。

贵子一边看着前方同学的双脚在车灯的照耀下发出黄光，一边打开手电筒。尽管只是掌心大小的迷你手电筒，也足够照亮脚下的路了。她想起小时候参加的七夕活动。夏夜里，一群身穿夏季和服的少女手提灯笼，唱着歌，环绕小镇一圈。她已经几乎忘记那首歌的旋律与歌词，只记得最后总会喊出“嗨嗨”的吆喝声。

灯笼里插着的细细的蜡烛，是不是妈妈帮忙点上的呢？

灯笼会随着风吹或动作而摇晃，所以让火苗保持笔直并不容易。每个女孩在唱歌的时候，眼睛都不忘看着灯笼。

只有一次，贵子见过某人的灯笼烧起来。不记得是在公园，还是在路边了。

黑暗之中，粉红色的灯笼烧成一团火球。蜡烛顶上的火苗是那么渺小，却在转瞬间化成巨大的怪兽，张口吞噬整只灯笼。

那天风很大。漆黑的地面上，火舌左右翻腾，不一会儿便转弱、熄灭了。贵子记得大家都躲得老远，远观浴火的灯笼。

她现在手里拿的，是一支银色的手电筒。不是走在七夕的节日里，而是步行节。更何况，现在穿的是一套白色运动服，完全没有情趣可言。

黄昏的时候，眼见四周暗下的过程虽然令人疲乏、忧郁，但是随着太阳西沉，活力反而一点一滴地重新注入体内。这是因为习惯了夜，终于能够将自己视为这个全新世界的成员。尽管白昼的世界已落幕，夜晚却才初试啼声。一个事物的开端，总是令人充满了期待。

气温降了下来，缓解了走路的辛苦。或许是心理作祟，总觉得姿势也变得有模有样了。

走路时姿势不正，会特别容易累。

贵子刻意挺直脊背。在不知不觉中变得弯腰驼背，使她全身都筋骨酸痛。

“啊！”不经意看向海面的贵子，发出惊呼声。

“干吗？”

“怎么了？”

沉默了好一阵子的梨香和千秋有了反应。

“你们看那个！海平线！”贵子兴奋莫名地指着昏暗的海洋。

“哇，那是什么啊？”

“应该是太阳吧？”

“只有那一块是亮的！”

两人此起彼落地大叫。

远方点缀着一片不可思议的景象。

太阳早就沉没了，海平线却是闪闪发亮的。

天空与海洋都成了夜的居所，唯有海平线晕出淡淡的光芒。很明显地，海的另一边一定存在着某种光源。

三人同时看得怔住了。

那个地方不是空无一物。

就好像海平线是世界的一道裂缝。两个世界之间竖立着屏障，只有下缘较薄，于是透进了另一个世界的光线。

然而，夜朝着它上下夹攻。只要将视线稍稍往上或往下挪移，就能发现漆黑的夜空与波浪正蚕食着海平线。只有那条海平线，是白昼最后的碉堡。

没想到世上居然有这种景观。

贵子紧追着这幅画面，不错过任何一瞬。

那个地方有个人。有人在那里等待着自己。

她控制不住自己的想象。

那个人到底是谁？实在想不出来，等待我的人除了母亲之外还会有谁。

在黑暗中燃烧的灯笼浮现脑海。

某种东西在燃烧。就在白昼仅存的一道防线上，正任凭火舌吞噬。

“好奇妙的景象哦！”千秋低声说。

“嗯，会忍不住一直盯着看。”

“从来没有像今天这样，从头到尾看到日落的过程呢。”

“平常只要天一黑，我们就回到温暖的窝了嘛。”

“太阳的余光，原来真的可以留这么久啊。看，周围早就黑漆漆的了。”

“地球果然是圆的呢！”

三个人的语调都很亢奋，好像看到了什么奇珍异宝似的。

尽管偶尔会绊到脚，偶尔会撞到人，三人依然有好长一段时间都无法移开视线。恨不得那道不可思议的光线永不消失。不知何时吹起的海风，虽然让她们眯细了双眼，却阻止不了她们投向海平线的目光。

无奈，海平线渗出的光芒仍然渐渐转弱，最后变得昏暗，与海天融成了一色。

一入夜，一定会出现一个突然精神十足的家伙。

之前明明边走边板着脸，等到四周一暗，却会变得浮躁不安，甚至还唱起歌来。

仔细想想，这种活动跟林间夏令营、毕业旅行、共同集训一样。平常根本不会聚首的同学，到晚上还聚在一块儿，便让人有种莫名的兴奋。况且，步行节还聚集了全校的女生，想要不吵翻天简直是天方夜谭。

其实，这和小时候过年的那种心情是一样的。孩提时代的除夕夜，是可以打破惯例、正大光明熬夜的一个晚上。

融一边听着轻率的高见摇头晃脑地哼歌，一边想着这些事情。高见光一郎可说是“一到晚上就精神十足”的典型代表人物。跟他的名字恰恰相反，他在白天总是像行尸走肉，但是等到放学、天一黑，马上就变得生龙活虎。他热爱摇滚乐，据说经常在半夜听摇滚乐，不知不觉就看到了早晨的太阳。所以，他早上根本起不来，一整天都驼着背，走起路来像个醉汉。

“高见好像慢慢醒过来啰。”忍嘀咕。

“也就是说，他之前都在睡觉吗？真羡慕啊。”

“他只要一清醒，马上就变得精力充沛。他等一下八成又会跑来闹大家了。”

忍轻声的话音未落，融的肩膀突然被重重拍了一下，让他的呼吸漏了一拍。

“哎哟！这不是小融和小忍吗！你们幸不幸福啊？”

小个子的高见插进两人之间，像是挂在他们的肩上一样。

“很重啊！你不要整个人压上来啦！”

融瞪了高见一眼。高见用两手捧住脸颊：“哎呀，小融融，你心情不好哦！幸不幸福啊？”

“你很吵哎！还拍那么重，很痛！猪头！”

融有一半的怒意是认真的，高见却不以为意，戏剧化地摊开双说：“你们听我说嘛！我今年本来真的想逃跑。白天的时候，我还以为自己快死了！”

高见这个男生个头虽小，嗓门却很大，而且声音又带点粗哑，振动耳膜的频率格外剧烈。感冒、头痛的时候，听了真的会想动手。

“高见，你走路干吗这样扭来扭去？好好走行不行！你这样很挡路！”

忍用不屑的表情看着走得东倒西歪还不时撞上来的高见。没错，他走路从来都不会呈一直线，永远是步履蹒跚，靠在别人身上，在耳边大叫大嚷。

融心想，他该不会是因为整晚听摇滚乐，听力衰退了吧？他嗓门这么大，一定是耳朵有问题。

高见不服气地大叫：“我明明走得很直好不好？不要乱讲话！我小学的时候可是仪仗队的！我抛指挥棒的华丽演出，还让在场的妈妈们感动落泪了呢！（原来是这样啊……忍在一旁小声地说。）然后呢，为了帮自己打气，我昨天晚上特别放了一张珍藏的CD，想让自己更精神饱满地迎向这场最后的步行节。可是呢，不出所料，果不其然，只听一张根本就不过瘾！我深深沉浸在名曲的波涛里，一下子发现某些歌好久没听了，就忍不住翻倒柜子，全部找出来复习，听着听着，小鸟就在窗外啾啾叫啦！”

“你是要说翻箱倒柜吧？所以你真的几乎都没睡？”

“大概睡了两三个小时吧！太阳照得我眼睛好痛，所以我从一大早就要死不活的。”

高见转了转纤细的脖子。他的确有张女孩子般可爱的脸蛋，可是实在吵到让人无法消受。

“睡得那么少，精神倒挺好的嘛！”融用讽刺的口吻说。高见眨了几下眼睛。

“我很惨啊！一路上到底经过哪些地方，我一点印象都没有。老师一直苦劝我上大巴，但是我抵死不从。爬八甲田山也不过尔尔。这是天要亡我吗？藤卷可是真心要把我拖上大巴的。”

“所以你是现在才总算醒过来了，恭喜啊。”

“谢谢。你幸不幸福啊?”高见握住融的双手，上下摇晃。

“只要你不晃过来撞我的话。”

“哦，如果是甲田贵子撞你就无所谓吗?”

融一脸惊慌，像弹簧般迅速甩开高见的手。

高见的神情不是顽皮，而是天真无邪的。他直勾勾地盯着融的脸。

“干吗突然说这个啊!”融急吼吼地叫道，全身冷汗直流。

高见咧嘴一笑，然后又再次紧紧握住融的手。

“我现在衷心地感谢这个世界!感谢耶稣基督让我平安地迎接夜晚，感谢夜晚如此美丽!所以，我希望大家都跟我一样快乐!小融融，我也希望你能够快乐。放心交给我，我会负责让大家度过一个美好夜晚的，我保证!”

融感觉全身的冷汗正在狂喷。

这家伙真的是夜行动物。看他这副模样，不知道会干出什么好事。

他注视着高见闪闪发亮的眼睛，放低姿态请求:“拜托你，不要找我麻烦了!你一个人快乐就够了。我跟甲田贵子真的一点关系都没有。你的心肠这么好，就去帮助其他人吧!”

“其实，我还蛮喜欢甲田的。不过我可以让给你哟。我觉得，我们应该可以变成好朋友。这是一段美好友情的开始啊，兄弟!”

高见沉浸在自己的世界里。

“我来助你一臂之力。”

忍朝高见伸出手，两只手紧紧一握。融简直要吐血了。

“忍，你在想什么啊！我都说我们两个没关系了！”

“嘴上说讨厌，心里其实喜欢得要命吧。”

“比起远方的芳冈，近在眼前的西胁好多了。”

忍和高见一脸暧昧，净说些听不懂的话。接着，两人又开始交头接耳。

“你们两个够了！”

融背对两人，闷闷不乐地往前走。

手持无线电对讲机、身穿能够反射车灯的安全背心、正在四处奔走的执行委员，看在融的眼里特别面目可憎。

疲劳这种东西，似乎并不和时间成正比。

就像是越过无数座小山丘，疲劳如同爬阶梯一般在体内不断累积。

当天色渐暗，一想到还有一半以上的路程要走，当时的心情是那么绝望。但是，在真正入夜之后，最初的极度疲劳消失得无影无踪，就像时间又被重新设定了一样，大家都渐渐恢复了活力。

有可能是身体适应了，也有可能是出自放弃挣扎的心态。在这之前，难熬的未来太令人恐惧，于是受惊的身体抗拒着忍耐。但是经过了一整天，身体总算乖乖认命了。

又或许，这是大脑的错觉。据说，人会觉得回程的路比去程短，是因为大脑已经习惯了外在信息，处理速度变快的缘故。脑中的世界已经忘却了白天的时光，忙于处理新展开的夜之世界。四周是一片漆黑，也因为在与平常截然不同的时间点活动，所以大脑感到好奇而又新鲜，无暇顾及身体的疲倦。

不管原因为何，大家都在入夜后重拾活力，开始三三两两地叽叽喳喳聊起天来。环境一热闹，人的心情就会变得躁动，这是人类的一种直觉反应。

但是，要赶绿灯而跑过横道线时，就会惊讶于自己的身体像岩石般沉重。

脑子虽然生龙活虎，下半身却不听使唤。对身体来说，长途跋涉的疲劳是不可能靠意志力就一笔勾销的。

“动作快一点！请跑过这段路再减速！”执行委员甩动着像是工地指挥用的光棒，大声喊叫着。

同学们一方面对于他们过人的体力深感敬佩，一方面都累得半死还得听他们催促，心里实在很恼火。

“不过，他们真的很了不起！”

“平常到底是怎么锻炼身体的啊？”

“执行委员一定有一套独家健身课程！”

三个人气喘吁吁地跑过马路，贵子和梨香一半怒骂、一半赞赏地互相耳语。

不知不觉间，路线脱离了海岸。原先走的一直是沿着海岸的国道，现在则似乎转向了通往内陆的干道，交通流量也比刚刚的四车道锐减许多，四周只剩下学生七嘴八舌的嘈杂声。

随着街灯数量减少，大家必须特别留意脚下的安全。交错在柏油路面与护栏上的手电光圈摇摇晃晃，简直就像一大群萤火虫正在迁徙。

管不住拎着手电筒的手，东照照，西照照。

朦胧的椭圆形光环里，映出黑色的杉树、电线杆或是仓库的电卷门。尽管都是司空见惯的景物，在黑暗中的微光照射下，却显得陌生。

将光束朝向夜空，立刻就被宇宙吞没。

“贵子，你在干吗？”

“看得到星星吗？”

梨香和千秋边仰着头走路，边问贵子。

“看不清楚哎！”

路灯的亮光，对于观星来说是太过明亮了。

“感觉天气不是很好。”

“真的哎。云层是不是很厚啊？”千秋悄声说着。

“明天的天气不知道怎样。”

“我听天气预报说，今明两天都是大晴天。”

“要是下起雨来就伤脑筋了。”

“我记得好像有一次自由步行的时候，就下雨了。”

“是一年级的时候吧？早上下了大概两个小时的雨。”

“感觉是段很不好的回忆。”

“下雨真的很糟糕。刮风也很讨厌。”

“去年的星星就很漂亮啊！”千秋转头对贵子说。

“对呀。”

真的有种快要变天的预感。

突然，杏奈的声音又在脑海响起。

柏油路面的触感。以背包为枕，伸展双腿，仰躺在路面上的少女们。就在短短一年前。已经事隔一年。

贵子仿佛感到杏奈就在身边晃动着脑袋。

去年走的是登山路线，坡度的起伏大。由于是杳无人迹的深山，四周当然没有任何照明。

在半夜的短暂休息时间，累得无法动弹的学生们纷纷坐在路上。贵子和美和子也把杏奈夹在中间，朝路面一躺。

唉，好累哦！这么喊完后一睁开眼睛，映入眼帘的是打翻了糖罐子般的璀璨星空。

少女们发出尖叫般的欢呼声。眼前可以用繁星点点来形容的夜空，她们生平头一次见到。平常生活在文明世界里，看到的顶多是天文图鉴或是教科书上面印刷的星空，只有寥寥数点而已。

“不会吧！原来天上有这么多星星！算起来，星星占的面积比黑色部分大哎！”

“简直到了让人觉得不舒服的地步，太热闹了。星星的大甩卖。”

“我们家卖的点心，也长这样哎！水羊羹里面加了好多流动的金箔。”

“哦，我想起来了。那种点心叫‘银河’，对不对？”

“没错，没错！可是比起我们家做的，这里的金箔多好多哦！”

大家七嘴八舌地发表着感言，全都仰望着星空。如雨般的繁星不足以形容此情此景，反而像大家落进了天空，几乎被淹没在星海里。像是被淹没在天空中的三人，想象着用手将身上沾满的星星拨去的场景。

“有一种莫名的恐惧。好像不断朝彼方坠落。”

杏奈喃喃地说。

“嗯，像要被吸进去一样。如果被弃置在那种地方，一定再也回不来了。”

贵子表示同感。

“多到数不清的东西，就一点都不稀奇了。我不觉得数量大就是美，反而觉得东西一多，看起来就好恶心。”

美和子照例发表了现实主义的感想。

“哈哈哈哈！”杏奈突然放声大笑。

“你笑什么啊？”美和子似乎在黑暗中转头看向杏奈。

“没有啦，没什么事，”杏奈摇了摇头，嘟囔了一句，“真想让我弟弟也看看这个景色。”

“对哦，你弟弟还留在美国。”

美和子附和着。

“可是，美国乡下的星空应该也很漂亮吧？想要欣赏大自然，那边可是自然风光的大本营呢。”

“也对。”

杏奈语带寂寥地回答。下一秒，她却又发出感动到不行的赞叹：“哇，真的好多星星！好像真的要掉下来似的！”

“这哪叫流星啊，那么多星星像枪林弹雨一样掉下来，逃都来不及了，哪还有闲工夫许愿！”

听到贵子这么说，杏奈又发出愉悦的笑声。

没错，星星的倾盆大雨！

“我们好不知足哦，可是多成那样根本是给人添乱嘛！”

三个人朝着天空发出的爽朗笑声，仿佛重现在贵子耳际。

很难相信，那样的场景已经消逝了一年，感觉就像昨天才发生一样。

贵子用手电筒照向双脚。因为记忆太过鲜明，她几乎有着杏奈和美和子就近在身旁的错觉。按捺不住的怀念袭来，贵子有种很想见美和子一面的冲动。从今天步行节开始以来，连她的面都没见过。贵子下定决心，晚餐休息时一定要去找她说话。

不过，或许是一直行走在黑暗中的缘故，就像陷入了一场梦，往事不断浮现于脑海。白天也曾发生过几次这样的情况，但是日落之后就更明显了。一、二年级的时候，就从未有过这样的心情。

突然，后方传来“哈哈哈”“哇呀”的热闹欢呼声。

似曾相识的沙哑声音，震天响地逐渐接近。

“咦？是高见哎。”梨香回头一看。

“他晚上总是很有精神。”

“他是吸血鬼啊？”

“白天的时候，根本不会去注意他人在哪里呢。”

高见光一郎的破锣嗓子越来越近，八成是在轮流骚扰班上每个同学。

平常总像条鼻涕虫般黏在桌上的高见，亢奋起来却是一发不可收拾，看到任何人都非得抓起来东拉西扯一通才过瘾。光一郎的个性比起一般人都害羞、矜持，这种莫名的兴奋只是一种反常举动，所以尽管听的人被搞得既烦又累，却都对他颇有好感。

“嗨，宝贝，你幸福吗？”

比刚才更亢奋的声音传来，随即被女孩们的笑声掩盖。

“来了，来了。”

“光听到他的声音，我就觉得好累哦。”

千秋跟梨香低声交谈着。

“千秋、梨香、贵子，你们好吗？”

光一郎火车头似的从后方猛然撞上来，让贵子和千秋差点摔了个狗吃屎。

“我好想你们哟，宝贝！”

光一郎插进两人中间，作势要搂住她们肩膀。虽然这是个不太庄重的举动，但是来者是光一郎，所以完全不会引人反感。只不过千秋的身高略胜他一筹，使得场面有点尴尬。

“高见，你从太阳一下山，就一直在鬼吼鬼叫对不对？等会儿会很累的，劝你收敛一点比较好哦！”千秋一边呵呵笑着，一边提醒他。

“你的嗓子已经够沙哑了，你还要虐待它啊！”

听贵子这么说，光一郎用鼻子哼了一声：“我可是差点就被推上大巴哎！为了迎接这么美好的夜晚，我当然要把我的喜悦分享给大家啊！”

“听说你昨天一整晚没睡？”梨香问道。

“就是说啊！摇滚乐不放人家去睡觉呢！”

“真有你的，白天还有体力走那么久。”

“我的小命就像风中残烛，差一点就熄灭了。可是，神并没有放弃我，感谢您！”光一郎朝上空抛出一个飞吻。

“你太夸张了！”梨香苦笑着说。

“你们听听我的悲惨经历嘛，宝贝！你们都不知道，为了不上大巴，我和藤卷展开了多么激烈的攻防战！”

光一郎摊开双手，口若悬河地把从昨晚到白天的艰辛历程描述了一遍，让三个女生捧腹大笑。同样的一个故事，他恐怕已经重复了不下十次。

该说他是“人生以服务为目的”吗？还是不甘寂寞呢？

贵子一边笑着，一边凝视着口沫横飞的光一郎。

看到她的表情，光一郎咧嘴露出不怀好意的笑，把脸凑近她耳边说：“甲田，你等下要不要参加我们的派对？”

“派对？”贵子纳闷地睁大眼。

“星期六晚上当然要开派对啰，宝贝！”

“明天才是周末，今天才星期五而已。”

“啧啧！不要讲那么艰深的东西，人家听不懂啦！”

“一点都不艰深吧。”

“想那么多干吗呢？来吧，宝贝！”

“那个什么派对要在哪儿办啊？我们要一直走到凌晨两点哎。”

“人生就是一场派对，步行节也是一场派对，交给我就对了，宝贝。十二点之前我会过来叫你的，记得哦，灰姑娘。”

“我是不会忘记的，只不过到时候可能累瘫了。不好意思，我一累脾气就会变得很差哦！”

“没问题，宝贝！”

光一郎朝贵子摆了摆手，又嗖的一下不知道蹿到哪里去了。八成是发现还没听过故事的同学，赶紧跑去分享他的心路历程。

“亏他还说自己快死了，明明就跑得很快嘛！”

梨香哭笑不得地目送他的背影。

“一定是白天囤积了很多能量吧。”

“真是个莽夫！”

道路变成了缓缓朝上的长长斜坡。

高耸的路灯映照出菱形砖块砌成的围墙。看着如同蚂蚁般在夜间整队行进的学生们慢吞吞地沿着这片无边无际的墙往上爬，会有一种自己化身为朝圣者的错觉。

“这个时候还爬坡，真够呛。”

“我们是不是爬了好久？”

“坡虽然不陡，走久了杀伤力还是很大的。”

大家你一言我一句地抱怨，却还是坚韧不拔地往上爬。

体力恢复只是瞬间的假象，身体立刻敏锐地察觉到了倾斜。虽然并不陡峭，膝盖和跟腱却没有忽略这小小的变化，率直地做出反应。不知不觉间，大家的呼吸都紊乱了起来。

刚入夜时的亢奋消失得无影无踪，每个人都将意志集中在双脚。曾经闹哄哄的闲聊声也谢幕退场，连高见光一郎也静悄悄地隐匿进了人群。

啊，真的是步行节呢。

贵子气喘吁吁地想着。

刚刚才想着还剩一半路程，现在剩下的却已经不到一半了。等待的时间感觉那么漫长，却在开始之后一转眼就迎向了终点。

自从踏出第一步，贵子仿佛始终在找寻一份属于步行节的真实感。然而，她的期待落空了。吃午饭的公园，沼泽边的芒草，海平线的余光，这些都是她亲眼所见，却又像过往的梦境一样遥远。像这样辛苦地爬着斜坡，心头却是空荡荡的。说不定，步行节就会在这种虚无缥缈的心情中步向尾声。

就连对于去年的步行节的感想，都是在不久之前才历历在目地涌上心头。

杏奈的笑声从远方滑过。

这么一想，才发现那真的是同学的喧嚷声。抬起头，队伍前方的热络气氛传了过来。

正前方的高处灯火通明。

“哇，是休息的地方！”千秋发出傻傻的欢呼声。

“吃晚饭啰！”梨香的叹息声夹杂着欣慰。

“为什么这所学校要建在山坡上嘛，盖在低一点的地方不行吗？”贵子也叹了一口气。

借来供学生们休息的这所中学，似乎就坐落在小山丘上，虽然已经可以看到队伍的前端被吞进校门口，但是应该还要花上一段时间，后段的人才能结束这场苦难。话虽如此，一旦看到了目的地，之前的疲劳全都奇迹般一扫而空了。

“好累哦！”

“肚子好饿！”

三个人一边埋怨着，一边将注意力集中在眼前的坡道上。

位于高地的中学校园内竖立着好几盏探照灯，照得整座校园白晃晃的。

一直走在幽暗环境里的贵子一行人，走进校园时不由得眯起眼睛。光线太强，反而让人感到一股无处容身的羞怯。

一、二年级的学生，已经散坐在校园各处，吃起领来的便当。

正前方站着一群自愿前来帮忙的家长，将猪肉味噌汤、橘子、牛奶糖之类的食物发送给大家。还有些住在附近的家人，跑来跟学生聊天作伴，或是拍照留念。

“哇，贵子，你晒得好黑哦！”来到明亮的地方一转身，千秋才看到贵子的脸，诧异地喊着。

“我想也是。你也晒黑了。”

“真的！”

听贵子这么一说，千秋低头看向手臂，才发现自己也晒得红通通的。也难怪，毕竟在那么炎热的天气下走了好几个小时。

果然应该带防晒霜来的。

贵子想起早上的犹豫，忍不住啧了一声。不过，天都黑了，再多的后悔都为时已晚。

“我好想洗脸哦！”梨香大叫了一声。

“要不要先去厕所？人好像很多的样子。”

“我想等一会儿再去。那我去拿便当，连梨香的份一起拿了，顺便占个位子。啊，你要不要先把背包放下来？”

“好，那就麻烦你们啰！”

贵子和千秋加入排队领便当的行列。上千个学生齐聚一堂，整个操场吵翻了天。或许是跟之前黑漆漆的道路落差太大，两人的眼睛还没适应人工照明，表情呆滞地排着队。

“我觉得眼神怪怪的。”

“灰尘满天乱飞嘛。要不要猪肉味噌汤？”

“嗯，我想喝。”

“好，那我去排队。”

“谢啦。”

目送千秋脱离便当队伍的身影，贵子一边眨着眼，一边打量校园。正前方的大门口堆砌着一座讲台，看似一年级的学生正呼朋引伴地往上爬。

大家已经开始拍班级合照了。也对，现在不赶快拍照，就会影响出发时间。

突然，贵子想起了去年的合照，也想起了那个戴着黑色棒球帽的少年。

她发现自己忍不住东张西望了起来。

她在下意识地寻找那个少年。

怎么可能嘛！

贵子露出苦笑。那个陌生的闯入者，不可能连续两年出现在同一个地方的。

虽然这么想，眼珠却不由自主地转动。

话说回来，如果他又出现，这次才真的会闹得天翻地覆。大家都见过那些照片，一定会有人认出他来的。

贵子想象着在讲台上照相的人群中传出尖叫："哇！你们看！是那个男生！就是去年出现过的那个男生！"然后大家会全部朝他行注目礼，校园里充满了诡异的气氛。

人墙唰的一声散开，少年就立在正中央。他双手插在口袋里，默默无语地环视着每个人……

不可能的。贵子打消脑中的想象，那种事情是不可能发生的。

不过，直到接过了千秋帮忙盛的猪肉味噌汤，贵子仍然不死心地张望着。

吃完饭后，洗了把脸，上过厕所，总算觉得清爽了许多。

贵子开始寻找美和子。

校园里坐满了饭后休息的学生，依然像是被惊扰的蜂巢一样吵闹。

扩音器播放出呼叫三年级一班的声音。

似乎终于轮到三年级拍摄班级集体照了。

要在人满为患的校园里找人，实在不简单。

正在跟另外两个女生站着聊天的美和子，却一下子就跳进了贵子的视野。

“美和子！”

贵子把手作成喇叭状放在嘴边叫了一声。只见美和子的背部一震，立刻就转过头来。

“贵子！”

美和子嘴角上扬，朝这边奔来。

两个人像是八百年没见似的（真实的心情，真的很像久违了八百年），哇哇大叫了一阵后，才开始闲聊起来。

“艾草麻薯很好吃哦！大家一下子就分光了。”

“那就好。没有坏掉吧？”

“只是在背包里被压扁了而已，完全没问题！”

“那这个给你们当夜宵。”美和子从口袋里掏出一只小纸袋。

“噢！”

“是‘落雁’① 啦，正好可以补充糖分。因为吃起来粉粉的，你们要配着水吃哦！”

“完美！你真是无微不至啊！”

贵子看着纸袋内的白色甜点，又蹦又跳，让美和子哭笑不得。

“贵子，你也太夸张了吧！”

---

① 落雁，日式点心，以米、麦、黄豆、红豆或荞麦磨成的粉，加进砂糖或麦芽糖，再放进模型里压制而成。

“谢谢你，准备得这么周到！”

“你自由步行有什么打算？”

“到了小睡的地方，我会去找你的，我们可以一块儿睡，这样醒来之后就可以一起出发了。”

“好主意。那我们就约在团体步行后见啦！”

“好！”

呼叫美和子班级集合的广播声传来，于是两个人都加快了语速。

“那就再见了。剩下的路程好好加油吧！”

美和子嫣然一笑，回握住贵子的手。

突然，贵子感到一束视线。

有人正看着我。

抬起头，发现是刚才跟美和子聊天的其中一个女生。另一个女生也看着这边，不过两人的眼神截然不同。

那是一个眼睛细长、五官分明的女孩。

贵子连忙拖住挥挥手要离开的美和子，咬着耳朵问：“那个短头发的女生是谁啊？”

一个年级差不多有一百个女同学，上了三年级之后，差不多都能记住长相和名字。不过如果没什么交集，还是没办法把脸和名字联系起来。

“她是内堀啦。那就待会儿见啦！”

美和子简短回答后，就快步跑开了。

内堀亮子。对，就是她。

贵子目送美和子离开。在她加入另外两人的小团体后，贵子看见内堀亮子偷瞄了自己一眼。不过只有短短一秒，三人就跑向了讲台。

我知道了，她就是喜欢西胁融的女生啊！

贵子直到美和子三人与讲台边的同班同学会合，才离开那里。

虽然没有跟她说过话，不过贵子经常见到她，也觉得她长得很漂亮。内堀亮子这个名字确实听说过，却不知道就是她。

贵子不是那种会打探别人隐私、在小团体里消息灵通的人。所以，她并不在乎自己关联不上同校同学的名字和长相。至于美和子，她拥有一种与生俱来的社交特质，搞不好跟全校女生都交谈过一两句。

她在心中试着将内堀亮子和西胁融放在一起进行比较。

嗯，很登对嘛！

听说内堀帮他准备了生日礼物呢！

贵子想起梨香说过的话。

从外表看不出来，原来她这么积极啊。不对，好像看得出来哦。

回想起她用凛然的目光望着自己的表情。

她是在看我吗？还是在看美和子？

突然有种不好的预感。她该不会误以为我和西胁融在交往吧？

如果真是这样，她散发出来的就是敌意了。

苦涩与甜美的心情同时涌现心头。真要比起来的话，甜美的部分更多。内堀对于自己和西胁融的妒意，让贵子沉浸在短暂的优越感当中。原因没有别的，无非是贵子白天看到千秋和融讲话时的嫉妒在这时得到了补偿。

“三年级七班的同学，请到大门集合！要拍集体照了！”

在广播响起之前，学生们就三三两两地开始聚集了。因为知道其他年级的学生已经整装待发，摄影时间非常有限。

“好，大家在那边集合！往中间靠一点好不好？这边这边！”

摄影师挥着手，指挥左右两侧的学生往中间靠紧。众人的走动，让讲台发出咯噔咯噔的声响。

“甲田！”

一个声音从天而降。

回头仰望，原来是高见光一郎扯着粗哑的嗓音在对自己招手。从他比刚刚更沙哑的声音听来，想必是在休息时间整整讲了两个小时的话。

“你过去一点啦！”

“我站这边有什么关系？”

“挤一下好不好！你挡到大家啦！”

是户田忍和西胁融的声音。转头一看，忍和光一郎正左右簇拥着融，想把他强行带到后排的正中央。

融的声音听起来相当不高兴。

内堀亮子真的打算一过十二点就把礼物交给他吗？

贵子边想边瞟了融一眼，不料却跟他四目相对。

融的眼神明显透着怒气。贵子直觉他愤怒的对象正是自己。那份怒气之强烈，让贵子的胸口一阵刺痛。

错愕之下，她不动声色地快速转头。

为什么？

心脏怦怦跳。

"好，大家忍耐一下，不要眨眼睛哦！准备好了吗？要拍了！"

摄影师举起一只手。

疼痛缓缓扩散着。

凭什么我要遭受这种待遇？

痛觉很快就被无处发泄的怒意取代。

我到底做了什么？

双颊烫了起来。

你就永远自己在那边生气好了！

贵子一边盯着镜头，一边强忍着炙人的愤怒和屈辱。

我好傻。我真是个傻瓜。

刚刚短暂而甜美的优越感令她悔恨。她好恨自己居然那么天真，也好恨让自己尝到这种屈辱的内堀亮子和西胁融。

众多亲友站在校门口，目送大家启程。

学生们照例为了面子，挺直腰杆，精神抖擞地走出校门。事实上，吃饱喝足后又休息了将近一个小时，大家的精神确实不错。

出发之后，贵子的心情依然无法平复。

她以为自己已经习惯了融几年来的冰冷眼神。

但是，他的眼神还是刺伤了她。她沮丧极了。

贵子为了纾解紧绷的表情，吁出一口长长的气。

融的怒意刺穿了她的心。

他的眼神太伤人了，我暂时没办法从打击中重新站起来。而且，这还是最后一次步行节。

好几次想借着叹息抚平情绪，受伤的感觉却始终紧黏在内心深处。

愤怒、屈辱和打击三方交手，起初还分不出高下，最后还是愤怒占了上风。

可恶，可恶！果然不出我所料，那种人最讨厌了！做错事的又不是我，还一直对我记恨在心。你自己去恨吧！这个小心眼的男生！

怒骂融的字句一串一串浮现脑海，贵子在想象的世界中将它们全都掷向融。

我不打赌了。打什么赌嘛，蠢得要命！

太阳穴依然滚烫，心脏也跳得厉害。但是，不断在内心谩骂，总算让心情平复了下来。

再一次深呼吸。

幸好是夜间步行。我不想让任何人见到自己现在的表情。

或许是由于夜半行军的压力，大家都难掩紧张地默默走着，这对贵子来说是一种幸运。若是刚才有人开口跟她说话，一定会发现她澎湃的情绪。

当情感的巨浪散去，激动后的虚脱向她袭来。

他为什么会那么愤怒呢？话说回来，他那个时候的脸色真难看。平常的融，总是强装着一张扑克脸。

有心情思考前因后果之后，贵子产生了疑问。

他发生了什么事吗？

走下刚刚爬上的长长坡道是很轻松的，速度也比去程快了许多。学生们的队伍再次找回了活力。

白晃晃的灯光已经成了过去式。

在经过连绵无尽的住宅区之后，应该很快就会进入田园地带。学生们的脚步声被吸进了暗夜。自己的身影、朋友的身影，全都融在黑暗里，无影无踪。在脚下左右晃动的手电光线，将红色背包、反光带、穿旧的球鞋……全都染上了一层古老的色彩。

抬头看天，虽然还是有星星露脸，却不出所料地积起了厚厚的云朵。透过云层，能够隐约看到上方的天空。

看不到像去年一样的星空。

杏奈的侧脸倏地闪过。

今年走的是平原路线，本来就无法看到跟去年深山路线相同的景色。况且大家手上都点着灯，就更不可能奢望满天星斗了。

贵子有种遗憾的心情，却又觉得无所谓。

好安静。

除了远方干线道路传来的卡车声，就只剩下学生们的足音。

大家之所以安静下来，似乎是因为走进住宅区的缘故。可能是走在最前方的执行委员下的指令吧。

不过，这份宁静相当舒适。大家齐心朝同一个目标加速前进，身为这个团体的一员令人感到安心，既想要一直这么走下去，又觉得好像已经这么走了一辈子。

不经意地，贵子察觉到某种动静而抬起头来。

是什么呢？

她也说不上来。随意望向四周，只见到一片漆黑的住宅区。

突然，某个物体快速扫过她的脚边。

“哇！”她发出小小的惊呼，低头仔细看，发现一双小小的眼睛仰视着自己。

是猫。

伫立在道路正中央的猫，朝学生的队伍瞥了一眼后，灵巧地钻进某户人家的围墙缝里。

是那只猫吗？贵子一边纳闷着，一边继续前行。

不过，过了一会儿，她又因为某种动静而抬起头来。

什么东西？那到底是什么？

学生们沙沙的足音持续响着。大家都用手电筒照着脚下，低着头，小心翼翼。

前方似乎有一片开阔的风景，许许多多的光点在远处晃动着。

走出住宅区，进入了田园。原来，远处的光点来自走在田中小径的学生队伍，是他们手中的手电筒发出的光亮。

哇，队伍真的很长呢。

贵子凝望着渐行渐远的光点行列，然后随意移动视线。

咦？

前面走着一个人。

隔着道路，恰好在贵子的正对面，某人正低垂着头，步调一致地走着。

原本以为或许是附近的居民，仔细一看，那人却背着背包，戴着一顶似乎是黑色棒球帽的帽子。

与我们一同步行的少年。

不会吧？

一瞬间，时光的底片仿佛倒转了。

刹那间，她心想，刚才在校园里面想象的画面，侵入到现实世界来了。

少年在今年也出现了，趁大家拍照的时候站在后面，被发现后引起尖叫连连。

不可能吧！我看到了去年的景象？不对，不是幻觉，是确实发生在今年步行节的事。

贵子虽然思绪混乱，视线却不曾从少年身上移开。

似乎只有贵子发现了少年的存在，队伍井然有序。

该不会只有我看得见他吧？他对大家来说是隐形的吗？

贵子的嘴巴不由得一张一合，连忙戳了戳走在前面的千秋的背。

“千秋。”

“干吗？”默默走着的千秋，转过头来压低声音问。

“你……你看，那个男生！”贵子战战兢兢地指向道路对面。

“咦？”

在千秋和贵子同时望去的一瞬间，站在对面路旁的少年猛然抬头。

三人的视线撞在了一起。贵子听见千秋把想发出的声音咽回喉咙深处。

少年抿嘴一笑。他一边与贵子她们的队伍并列同行，一边将雪白的脸孔朝向她们，脸上始终带着微笑。

一瞬间，贵子以为时间暂停了。

少年轻飘飘地走近凝固了一般的贵子和千秋。

由于没料到少年的动作会如此敏捷，两人根本来不及逃跑。

然而，少年大模大样地地盯着贵子瞧。

“请问，是贵子吗？贵子·甲田？”少年笑脸盈盈地问道。

“啊？”

两人面面相觑。

少年从口袋里取出一张照片，仔细比对。

前后的学生也都注意到了少年，纷纷投以好奇的目光。走在前面的梨香也发现了，兴致盎然地回过头来。

尽管如此，两人也无法停下脚步，只得不停地往前走。

少年也配合着她们的步调，并肩而行。

“不好意思，你是？”

“哦！”少年点了点头回答，“我叫顺弥，神木顺弥。”

嗯？这名字好像在哪儿听过。神木顺弥。

千秋露出恍然大悟的表情：“你难道是……”

少年满意地点点头：“我是杏奈的弟弟啦。”

“骗人！”贵子和千秋，再加上看热闹的梨香，全都异口同声地叫出声来。

怎么会有这种事？原本以为是鬼魅的神秘人，居然是杏奈的弟弟。

料想不到的答案，让她们忘了疲累。

“哇！”

“这样说起来真的有点像！”

“没错！”

她们连声兴奋大叫。

周围响起无数个嘘声，她们连忙掩住嘴。

“喏，这个就是贵子吧！”少年说着递出手上的照片。照片似乎是去年步行节上拍的，也同时映着杏奈和美和子的身影。

“你好厉害，居然能够找到贵子。不过，她的发型一直都没变，也许比较好找吧？”梨香发出敬佩的赞叹。

“杏奈呢？杏奈也回来了吗？”贵子压低音量，急切地询问。

顺弥摇了摇头。

“只有我一个人，杏奈没回来。”

“这样啊，好可惜！”贵子失望透了。

“杏奈决定要上哪所大学了吗？”千秋问道。

顺弥理所当然地回答：“决定啦！斯坦福大学。”

“哇，不愧是杏奈，真优秀！”

“名校哎！”

三个人同声叹息。即将面临高考的她们，对于已经在大洋彼岸拿到名校入场券的杏奈除了羡慕还是羡慕。更何况，杏奈是念理科的。在“堕落”到私立大学文科系的她们眼里，会讲英语的理科生简直就像是另一个世界的人。

“你现在住在哪里？日本的家吗？”贵子向笑嘻嘻的顺弥询问。突然冒出来的男孩竟是杏奈的弟弟，这点就够让人惊讶了，但是他又为何会在这个时候出现呢？

“不是，我住在朋友家。我在美国那边的朋友先回日本了，我住在他家，他还开车送我。”

“原来如此。”

“你朋友呢？”

“他在前面很远的地方等我。他很喜欢露营，所以觉得这个活动很好玩。”

“你是从什么时候加入的啊？”

“白天的时候一直开车跟着，看着大家。走路的话，是刚才出了校门才开始的。”

“就是我们吃晚饭的地方呀。”

“不过，真不知道该说你大胆还是鲁莽！”

“你居然特地跑回日本来参加步行节，兴趣真是异于常人！”梨香半是叹息地发表感想。

贵子突然想起一件事。

“我问你，你该不会也参加了去年的步行节吧？”

贵子盯着顺弥的脸。她想起了那个出现在照片上、身份不明的少年。

顺弥瞬间露出狼狈的神情，又立刻咧嘴一笑。

“对。”

“果然没错！”贵子重重地点头。

“原来灵异照片的主角就是你啊！”

千秋和梨香愕然对望。

“什么？那个鬼就是你？”

“杏奈怎么都没跟我们说！”

顺弥轻轻耸耸肩。

“我从好久以前就一直听杏奈在说‘步行节、步行节’的，所以回到日本的时候，就忍不住跟过来啰。后来被发现之后，杏奈狠狠骂了我一顿。”

“原来是这样，杏奈当时也不知道。”

“我刻意躲远了一点，没让杏奈看到。”

“因为我弟弟是个美国人。”

看着顺弥毫无障碍地回答着千秋和梨香连珠炮似的疑问，贵子听见了杏奈的声音。

现在回想起来，她几乎没有提过自己的弟弟。每当贵子或美和子问起她弟弟时，她总是一脸不痛快，不愿多吐露一个字。

确实如杏奈所说，她弟弟说话的腔调有点像外国人说日语。尽管长着一张日本人的脸，但是无论走路的模样、表情、散发出来的气息，都是十足的外国人。

从杏奈平日的言谈，可以推测她拥有身为日本人的强烈自觉，对于生活在日本也抱持着一种眷恋和憧憬。相较起来，弟弟顺弥却已经在美国生活中找到了自我定位。他对日本的兴趣不高，也不向往日本的种种。以心态上而言，他是个不折不扣的美国人。因此，当双亲被派到日本工作的时候，杏奈毫不犹豫地决定回日本度过高中生涯，弟弟却选择留在美国。杏奈似乎对于他的行为很不认同。

“你怎么今年又跑来了呢？杏奈又不在这儿。”

听到贵子不解地发问，顺弥笑了。

“为什么呢？”他露出雪白的牙齿，歪着头说。

他笑起来的样子，还是跟杏奈很像呢！贵子心想。

他沉吟了几秒钟，才又开口：“我觉得自己去年太傻了。一直听杏奈说起，我还以为这个活动有多好玩，结果只是不停地走走走而已，风景也没什么特别的。这算是日本人的团队主义加上精神主义？我觉得这个活动残留着浓浓的旧思想。我后来跟杏奈这么说，她气得不得了，好久都不跟我讲话。她还骂我：‘你懂什么！’”

讲话真直接哎，不愧是美国人！贵子苦笑着想。

“去年我会偷偷摸摸跑来，也是为了挖苦杏奈：‘没什么大不了的嘛！’杏奈回美国之后，还是对步行节念念不忘，所以我就自己跑来参加，好让她羡慕！”

“为了这种原因特地跑来日本，你这个人真有意思！”梨香从旁吐槽。顺弥发出“哈哈哈”的爽朗笑声。

“杏奈的个性很认真，责任感也很强，她是那种会订出很完整的计划，然后努力完成的人，跟我完全不同。她说我什么都不想，只顾自己。杏奈从以前就很看不惯我这点，动不动就唠叨我。我们两个感情不好。”

“的确是，你们的个性感觉很不一样。”

“不过呢，我本来以为自己是想让杏奈刮目相看，但是我今天和朋友坐车跟在你们后面，才发现我错了，”顺弥露出一丝腼腆的表情，“我发现，其实我也很希望能够参加这个活动，我是很羡慕你们的。像你们走在海边的时候，看起来真的好开心。是一体感吗？所有人一起做一件事情的活动，在美国几乎没有。我现在有点明白，杏奈为什么骂我什么都不懂了。”

“这样啊……”

“我觉得啊，你是因为没有一大早就跟我们一起走，才会这么想的。要是你从早上走到现在，保准你说不出这种话！”梨香的话把大家都逗笑了。

“没错，没错。我们可是从早上走到现在哎！”

“等到自由步行时间，你要不要跟我们一块儿走？”

“什么嘛！那你一开始就找杏奈一起来，不是很好吗？”

“就是啊！”

“我觉得，就算我邀她，她也不会来的。”面对贵子三人的惋惜，顺弥摇了摇头说。

“怎么会？杏奈还在明信片上说，她很想参加步行节呢！”

“嗯，我也跟她说，反正这活动只有一天，就回日本跟大家一起走嘛！可是，她说中途才插进来就不好玩了，反而感觉更寂寞。”

“哦，也有道理啦，很像杏奈会说的话。”

杏奈要是真的身处此情此景，一定会觉得这个地方已经不属于自己，自己的家乡已经变成美国了，因此而更加黯然神伤。

“等你回去，不怕杏奈又教训你一顿？”千秋看着顺弥说。

顺弥笑了。习惯了他的表达方式后，便会发现他的个性大而化之，是个很可爱的小男生。显然大家都感受到了他的魅力。

“或许吧！不过，我这次会老实告诉她，我玩得很高兴，很羡慕她。”

“对啊，你要说哦！”

跟顺弥谈得起劲时，四周已经完全被田地包围。

黑漆漆的高丽菜田一直延伸到天边，视野良好。学生们的手电光束排成一列，闪动、摇晃着。看起来似乎是毫不起眼的微弱光点，站在远处一看，却会发现一道道直线光束反射在云端。

“好奇妙哦！”

“手电筒照在云上面哎！”

“光真的是直线前进的呢！”

这种不经意的小小发现，就能带来快乐。习惯走在黑暗中之后，呼吸与步调都与黑夜融成一气，令人感到安心。

顺弥也自然而然地融入了大家，好像从一开始就是队伍中的一员。他也效仿大家穿着白色运动服，就算被老师看见，也不至于被骂。他的朋友应该是把车停在某处等他吧！顺弥已经够疯狂了，暗夜守候在车上的那个朋友，也跟他半斤八两。

“喂，贵子。”顺弥低声喊着。

“什么事？”

“班上跟杏奈最要好的，就是你跟美和子对不对？”

“嗯。”

顺弥的声音压得更低了。

“你知道杏奈喜欢谁吗？”

“什么？”贵子吓了一跳。她没料到会被问到这个问题。

“杏奈对这种事情真的很死脑筋哎！我知道她应该有喜欢的男生，但她就是不肯告诉我！”顺弥不服气地念叨着。

贵子摇了摇头回答：“对啊，杏奈不太爱提这种事的。其实，她也没有跟我说过！我只知道，她在出发去美国前，曾经寄了一封信给那个男生。”

“什么嘛，原来连贵子都不知道啊！”

顺弥叹了口气。

“你想干吗？问出杏奈喜欢的男生又怎样？难道你想帮她传话？”

“开玩笑！要是被杏奈知道我背着她在打听，我就真的会被她碎尸万段的。我只是想看看，那个家伙是什么样的人而已。”顺弥表现出纯粹的好奇心。

贵子也点头表示同意。

“没错，我也很想知道呢！话说回来，杏奈到底喜欢哪种类型的男生？她连这种事情都不会跟别人讨论的。”

“我觉得可能是那种很正派的男生吧！根据我的观察，她从小有好感的男生都有个共同点，就是虽然沉默寡言，却很有男子气概。”

听到这个形容，为何心中某处猛然一凉呢？

“哦，对了，贵子跟美和子的兄弟也在队伍里吗？”顺弥突然想起什么似的抬起头来。

兄弟。贵子胸口又是一凉，不过还是佯装平静地回答：“不在。”

“那就是我猜错了。”

“为什么这么说？”贵子忍不住追问。

顺弥丝毫没有留意到贵子的狼狈，继续说：“杏奈有一次不小心说漏嘴，说她觉得有个朋友的兄弟挺不错的。”

“啊？”贵子一瞬间停止了呼吸。朋友的兄弟。

“所以，我还以为是贵子或美和子的兄弟呢。既然这样，那就是在说其他朋友了。”

顺弥歪着头思索。贵子的心头却涌起了骚动。

“我问你哦，她是什么时候跟你提到的？她什么时候说过这样的话？”

“嗯……大概是一年前吧。是杏奈在跟妈妈说话的时候，我碰巧听到的。”

朋友的兄弟。贵子在外人面前一向自称是独生女；而美和子虽然有兄弟，哥哥正在东京念大学，弟弟又还是初中生。贵子并不认为杏奈跟他们碰过面，就算见过，也不可能视他们为恋爱的对象。

难道……不会吧？

她一边否认着，却止不住内心的翻江倒海。

照理说不可能的。杏奈怎么会知道我跟西胁融的关系？

但是，她无法否认自己在听到“沉默寡言、有男子气概”的描述时，刹那间确实想到了融。当然，除了融之外，还有数不清的男生都属于这种类型。不过对融有好感的女生在谈论他的时候，经常会使用类似的词汇也是事实。贵子觉得自己的直觉应该没错。

如果她的直觉成真的话……贵子突然感到非常恐慌。

如果杏奈口中的朋友就是我，如果杏奈知道融是我的兄弟，那么她写信的对象就是融了。

仿佛在打断贵子的推论，远处响起震天响的哨声。

“喂，那个人是谁啊？”忍轻轻捅了一下融的腰。

“啊？哪个人？”一直盯着脚下、怔怔走了好长一段路的融，这才抬起头来。

“就是那边走在队伍外面的家伙啊！我们学校有这个人吗？”

朝忍下巴指的方向望去，远处一个戴着棒球帽、突出于队列之外、拖着双脚走路的少年映入眼帘，背上的背包在黑暗中微微发光。

“至少绝对不是我们班的。”

“行李会不会太轻了点啊！”

当两人交换着疑惑，前方依序传来了耳语。

“你听说了吗？”

“真的吗?”

“听说是神木杏奈的弟弟，从美国跑回来的!”

“据说去年集体照里的那个幽灵就是他!”

“他是中途才加入队伍的!”

前面的学生转过头来，窸窸窣窣地咬着耳朵。

“不会吧!”从融和忍的背后传来一声惊呼。

“真的吗?那个人真的是杏奈的弟弟?”融也忍不住提高了嗓门。

今天动不动就听到杏奈的名字，难道是因为她弟弟就近在身边的缘故?还是因果正好颠倒，是因为融惦记着她，她弟弟才会出现呢?想着想着，融感到缘分真的非常奇妙。

“喝过洋墨水，作风果然特别大胆!大老远跑到这种地方来，会不会太有兴致了啊?而且，他还穿着我们学校的白色运动服哎!”

让忍感叹的却是另一件事。

“啊，杏奈该不会也一起来了吧?她对步行节一直很执着。”

听到忍抬起头来这么一问，融猛然一惊。如果杏奈现在就出现在眼前呢?

不知道什么原因，融突然很想逃离。要是杏奈的眼睛出现在面前，盯着他瞧，他一定会羞得无地自容，怕得无处可躲。

“他好像是一个人哦!说是坐日本朋友的车来的。”听到忍的话，前面的同学再次回头解答。

“什么嘛!”

融听着忍深表遗憾的声音，如释重负。

“他在跟谁讲话？”

“应该是甲田吧！她跟杏奈那么要好。”

这么说来，印象中似乎经常看到游佐美和子她们三人走在一块儿。不管是游佐还是神木，似乎都打从心底喜欢着贵子。两个人的个性那么截然不同，贵子却出奇地与她们意气相投。

“嗯，跟甲田要好的都是些怪人哎。看她一脸不想跟别人做朋友的样子。”

“没那回事，”听到融的自言自语，忍间不容发地反驳，“我倒是觉得，甲田比她外表看起来情深义重！”

啧！不应该多话的。融皱了一下眉头。

“怎么？你跟她很熟吗？”

“一看不就明白了吗？她跟你一样，都不太擅长表现自我。”

“喂，干吗扯到我身上来？”

“本来就是嘛！你们都一样，被别人当面说了什么，不会顶回去，也不会为自己辩驳。”

“不要老把我跟她扯在一起啦！”

话题不知不觉转到了贵子身上。融觉得自己中了忍的圈套，心里有点不痛快。不过，类似的话忍已经在白天说了好几回，现在才发脾气，似乎又显得很没风度。懒得抬杠的融，发出疲惫的声音：“高见也是，你也是，干吗老爱把我跟甲田硬配成一对？我真的是搞不懂哎！这样耍我很好玩吗？”

融忍不住说出口的抱怨，却让忍难得地动气了。

“才不是这样！正好相反，是你们两个人表现出一副很想被别人凑成一对的样子！”

融忍不住凝神看他。

“怎么可能？不要乱说好不好！”

“我是说真的。只是你们自己没有发现罢了。”

“我发现什么啊，根本就……”

你到底在胡说八道什么？我们压根不可能凑成一对好不好？我们是兄妹哎！融在心里放声呐喊。

“怎么了？你话干吗说一半？‘根本就’什么？”

忍打破砂锅问到底，融才猛然惊觉。

“没有啦！”

融感到错愕。我刚刚在想什么？

自始至终，他从来不曾认为贵子是自己的妹妹。虽然理智上知道这个事实，却不曾把它化作具体的语言。然而，不知道什么原因，融在刚才那一刻强烈地感受到自己与贵子之间的血缘羁绊。毋庸置疑地，两人的确流有同一个父亲的血。然而，更让融觉得惊讶的，是这个念头并非今天才第一次出现。虽然这个一直在自己体内流动的事实不曾用语言来表达，却是一份早就熟悉的情感。

不过，承认这个事实不但让融整个人乱了方寸，还让他有股莫名的焦虑。

喂，这有什么大不了的？值得这么紧张吗？这只不过是个既成事实罢了。就算我承认“天空是蓝的”，世事也不会有任何改变。既不会改变过往的关系，也不会影响往后的关系。

“融，我觉得你很了不起哎！”忍悄声说。

“啊？”一时之间听不清他的话，融反问道。

忍又重复了一遍：“你真的很了不起，什么事情都自己一肩扛下。我知道你心里有一个目标，也一直很努力想去达成。”

“怎么啦？干吗一副欲言又止的样子？”

融回应的口吻是半开玩笑的，忍却维持着严肃的表情。

“我可以对你说教吗？”

“对我？”

忍轻轻点点头。

“对。我本来想等夜深了再跟你说，或是干脆闷在心里。不过团体步行的时间转眼就要过去了，你一会儿又要跟网球社的人一起跑，所以我才想趁现在……”

“嗯，你说吧！”

融对于忍想说的话感到莫大的兴趣。两个人平常的对话内容总是兴之所至，只凭借着只字片语来交谈，旁人无从窥见他们共同描绘的那幅画面。

即使不点明“那里有一只苹果”，只要稍稍透露出苹果的踪影或香气，就能够对苹果产生充分的共鸣与满足感了。如果真的提起苹果，反而会显得刻意而扫兴。通过无视那只实际存在的苹果，他们感受到了更加深刻的同党意识。对于这样的行为，他们甚至是引以为傲的。

然而，有时也会碰上某一方不得不说出“苹果”二字的情况。这种时候，另一个人就面临如何妥善处理的考验。是要丢掉苹果？吃掉苹果？还是让苹果自行腐坏呢？话说回来，这只苹果究竟是什么滋味？恐怕，现在就是两人必须揭开真相的时候了。接下来进行的对话，势必会对他们的将来造成重大影响。

“我有一个表哥，现在是小学老师。”忍用吊儿郎当的口吻，开始说起故事。嘴上虽然说要说教，却不改他一贯的轻松语调。“他一直以来的志愿就是当小学老师，也一直很喜欢图画书和儿童文学。到我家玩的时候，还偶尔会带他推荐的童书给我们。不过，我对小说或是奇幻文学这种东西没什么兴趣，几乎都没看。我姐姐倒是看了不少。不过呢，我最近闲着无聊，跑去翻我姐的书柜，发现有一套书叫作《纳尼亚传奇》，讲的是奇幻世界的故事。”

“哦？”

“你有没有看过？”

“没有，我也很少看书。”

“是吗？那我就稍微介绍一下内容好了。这套书有好几本，因为我当时闲得无聊，又很想知道结局如何，就一口气把它看完了。”

“最后怎么样？”

“情节跟我现在要说的事情没有关系，所以先略过。如果你有兴趣的话，我可以借给你看。言归正传，你知道我看完之后有什么想法吗？我脑中浮现出的第一个字眼，就是‘糟了’。”

“糟了？”

“对啊。我的想法是，糟了，我错过时机了。为什么我不在读小学的时候就看这套书呢？我后悔得要命。至少初中的时候看过也好，应该在刚过十岁左右的年纪读它的。如果我那么做的话，它一定会变成我人生中很重要的一套书，然后成为架构起现在的我的养分之一。一想到这里，我就后悔得不得了。我表哥并不是随随便便送书给我们的。他是考虑到我们的年龄，还有当时感兴趣的事物，才会选择那些书。当他送书的时候，我应该马上拿起来看的。要是我乖乖照着表哥挑书的顺序看，就不会有这种遗憾了。仔细想想，我还不曾这么懊悔过。”

“哦？”融感到有点意外。他原本以为忍是那种不拘泥于过去的人。

“所以说，所有事都要看时机啊！”忍嘟嘟囔囔地继续说下去，“你想早点独当一面，让你妈妈享福，然后独立自主，这些我都明白。你把所有杂音都排除，想早点爬上楼梯顶端的心情，我也比谁都清楚。当然，对于你的这些坚持，我是抱着敬意的。不过，杂音也是成长的一种要素啊！虽然杂音很吵，有时候还是得静下心来听听。也许它们对你来说只是‘噪声’，但是过了当下，你就听不见这些声音了。就算你之后倒带重听，也没办法再听见了。总有一天，你一定会后悔‘当初为什么不好好听’的。”

忍的语速越来越快。

融原本以为自己会生气，结果却只觉得这样的忍很新鲜。他从来不知道，忍可以连珠炮似的说出这么一长串肉麻的台词。直到咬下去之前，我们无从得知面对的是只怎样的苹果。

“你说的杂音，是指女生吗？你要我试着去跟女生交往？”

“嗯……我也不确定。可以说是一部分，但不是全部。”

“那你希望我怎么做比较好？”

“我也不是要命令你啦，只是希望你可以活得再没有秩序一点。”

“我觉得，我的生活已经够乱七八糟了。”

“我的意思是，还可以再乱一点。”

“再乱一点啊……”

两个人同时沉默了，无语地走了一段路。

气温明显地逐渐下降。动的时候还不觉得冷，但是在无意之间，便会察觉肩膀和袖子出乎意料地冰冷。

“活在这个世上，时机真的很重要。也可以说是顺序吧！”忍夹杂着叹息低声说着，看向融，“你没有想过，有些事情如果调换顺序，结果就会很不一样吗？”

“好像有吧。”

“我真的觉得她很可爱。不过，第一次认识她的时候，我只是个配角罢了。”

融转头看忍。

他在说什么？

融吃了一惊后，才发现忍嘴里说要教训自己，真正的动机其实是吐苦水。

虽然很想问“你到底在指谁”，最后还是决定不作声，任他发泄。

忍继续说下去：“是游泳社的一个朋友邀请我去的，那个女生是他小时候的玩伴。我朋友说，太久没见面了，跟她说话会觉得尴尬，也不知道她会不会接受表白，所以要我陪他壮胆。听到朋友这样拜托，通常都不会拒绝吧？”

“嗯。”

融姑且应了一声。这段话有多么颠三倒四，忍应该也察觉到了。

“我就傻傻跟去啦！我是觉得她很可爱，但是知道朋友喜欢她，不就会退出了吗？”

“也是。她不是我们学校的学生吧？”

“嗯，别的学校的。她虽然有点意外，还是答应跟我朋友交往了。当然，那小子高兴得要命。我也为他祝福，打从心底为他高兴。”

“哦。事情就这样结束了吗？”

“怎么可能，接下来才要进入正题呢！”忍耸了耸肩，“我以为我的任务就到此为止了，没想到大错特错。他说两个人独处时会害羞，要我陪他一起去约会，所以我就当了好几次电灯泡。不止是他，连那个女生也说我在比较好，那我还能说什么？虽然感觉很怪，但是为了帮朋友，我也豁出去了。我逗他们笑，为他们制造话题，还会不经意地离座让他们独处……我自己都觉得好人当得太彻底了！”

“我大概猜到是怎么回事了。后来，你就把她抢过来了，对不对？”

“别急，别急，事情没这么单纯，”忍不让融打断，“三人约会持续了一阵子之后，情况就慢慢诡异了起来。我朋友跟他女朋友都会单独邀我出去。我朋友说不了解女生在想什么，也不知道女生喜不喜欢他；女生也说，她没有自信能够谈好这场恋爱。朋友要我去打探女生的心事，说服她情况没那么糟；女生却希望我能给她建议，怎样提分手才不会伤了我朋友的心。我完全变成了夹心饼干。三个人痛苦了一段时间，最后还是没办法。既然无法挽回，他们还是分手了。不过，后来我还是会跟他们两个分别碰面。他们都把我当成心理咨询师了。女生有什么烦恼，也会跑来找我商量。她本来就很有异性缘，老是要拒绝别人的追求，让她不堪其扰。如果对方是我们学校的学生，我甚至还帮她调查过人家的底细。”

“你也太苦命了吧！”

“我也觉得。因为也算是认识很久的朋友了，不帮忙总觉得说不过去。”

“然后呢？你和她之间就萌生了爱意吗？”

融忍不住切入核心。

“问题就出在这里，”不知道忍是否发现了融的催促，不过他的语调还是一样气定神闲，“并没有，至少我没有。”

“那她又是怎么想的？”

“嗯，这点傻瓜都看得出来。她找了那么多借口，无非就是想跟我见面。”

“所以说，她没有直接跟你表白过啰？”

“是有几次，几乎已经说破了。”

“那你有什么反应？”

“所以我才说，这是时机的问题。当初认识的时候，她是朋友的女友，我只是帮他们牵线，长久以来都在中间传话。如今要我换个角色，我实在办不到。我一直努力扮演好自己分内的角色，然后对她的好感视而不见。”

“她还真可怜。”

“她或许是很可怜，但是当初把那个角色派给我的，也是她自己啊！如果这么说的话，我长久以来的努力又算什么？”

“这么说也对啦。那后来呢？”融追问后续发展。

“还能怎么样？事情就这样悬着了。后来她为了跟我赌气，跟很多男人交往，然后巨细靡遗地跟我报告。”

“好恐怖！你就不能跟她断绝来往吗？”

“要是可以的话，我就不必伤脑筋了。如果我不跟她见面，就等于承认知道她喜欢我了。所以，我绝对不能放弃扮演‘好哥哥’的角色。”

“有这么严重吗？你是真的对她一点意思都没有？完全没有意愿跟她交往？”

“真的没有，”忍斩钉截铁地回答，“刚开始或许还有一点吧。朋友刚介绍我们认识的时候，我或许有过一点那种念头，但是自从他俩开始交往，那种感觉就慢慢变淡了。”

“这样啊！”

“所以，我就把时间倒退回去想，如果刚开始认识的时候，我和她都没有对象，或许我就会跟她在一起了。不过，她会对我产生好感，应该是因为在那种情况下认识，彼此有一段距离，又经常有机会跟我谈心事的关系。如果我们是以陌生人的身份认识，搞不好交往不了多久就会分手。”

“我懂了。”结论即将水落石出，融重重点了点头。

顺序的确很重要。

如果老爸认识那个女人在先，如果老爸没和那个女人分手，如果真是那样，我现在会变成什么样的人呢？不，说不定我根本就不存在？也说不定，老爸会跟那个女人和贵子一家三口过着幸福的日子。或许现在住在我家那栋房子里的不是我跟我妈，而是他们三个人。

“不过，我都不知道你身边有这种对象哎！一点蛛丝马迹都没有。”为了抹去那三人的影像，融说道。

“我是故意隐瞒的。因为我不想让朋友知道我和那个女生还有联络，每次出去都躲躲藏藏的。”

“哦？这个技巧我应该好好学学。”

“而且，今年以来我们就没有联络了。老实说，我以为她大概死心了，还松了一口气呢！”

“听你的口气，事情似乎不是这样？”

忍满脸无奈地点点头。

“我真是被她打败了。还想着她好久没找我出来，结果居然跟我说她堕胎了。”

“啊？”融的脑袋一时之间停止了思考。这样的情节，似乎最近在哪儿听过。“喂，你说的那个女生，该不会就是……”

“没错，就是那个西高中的女生，古川的表姐妹，刚才照片被传来传去的传闻女主角。”忍皱着眉头肯定了融的猜测。

“哇，原来就是她啊！我怎么从来没听过你和她的绯闻？”

“我一直都很小心啊！何况，我跟她真的没发生什么事。”

“你真的不是孩子的父亲？”

“都说不是了嘛！”忍没好气地回答。

“所以说，她并没有告诉你对方的名字啰？”

“对啊，只说是我们学校三年级的。”

“这百分之百是为了刺激你嘛！”

“我也觉得……”

听着忍夹杂叹息的声音，融感到一股心虚的喜悦。

发现各人有各人的烦恼，各人有各人的心酸；发现忍独自烦恼了这么久，却对自己吐露心事，安心与感动交错，让融久久无法言语。

“我觉得，你和那个女生都很可怜。”

好不容易挤出来的话，却被忍暧昧地带过。

“还好啦！尽量站在客观角度来看的话，确实会觉得她挺可怜的。不过，我现在很恨她。”

“我想也是。”

“话说回来，她告诉我这个秘密，希望我有什么反应？就算问出孩子的父亲是谁，我也帮不上什么忙。我不知道自己应该生气呢，还是为她掬一把同情的眼泪？她好像已经搞不清楚自己的动机也不知道自己希望我怎么做了。她说完‘我堕胎了’这句话之后就闷不吭声，只是一直盯着我看，不知道是在责备我还是希望我安慰她。我真的被她搞糊涂了，只能像傻瓜一样呆呆站着。”

融想象着这幅画面，女生的脸居然换成了贵子。

惊吓之余，他赶紧抹除脑中的想象。为什么她会在这种地方冒出来？

“套一句你说过的话，”融无意识地开口，“她大概是希望你变得‘乱七八糟’吧？希望你参与她的人生，希望你觉得应该对她负责任，所以才会那么做的吧？”

活得再乱一点。这是几分钟前忍亲口说过的话。

忍用大梦初醒般的表情看向融。

“是吗？原来是这样啊？”

忍目不转睛地盯着融。

“果然是旁观者清！”

“就是说啊。”

两个人感触良多，彼此点了点头后，沉默地看着脚尖，继续往前走。

然而，这份沉默却是前所未有的亲密，还带着些许温暖。

“现在出现什么东西，会让你觉得很高兴？”似乎闷得发慌的梨香，提出这个问题。

“嗯……”

贵子和千秋发出拖得长长的鼻音。对于思考的倦怠，与回答朋友问题的意愿，正在她们心中交战。

“还是棉被跟枕头吧！如果那块高丽菜田里出现一床被子，我一定毫不犹豫地躺上去。”千秋发出怨怼的声音。很显然，她是在懊悔自己居然想象出这么舒服的情景。

“真好啊！棉被和枕头。只要能够两脚伸直，躺下来休息，我就要偷笑了。”

“要是高丽菜田里出现一排棉被，肯定吓死人。”

“等到天一亮，大家一定同时被晒醒。”

“算了算了，说点别的好不好？光听就觉得好累！”先说起棉被的千秋，却摇头提出抗议。

“我比较想要拉面！最好是店员骑摩托车追上来，打开外卖箱，端出热腾腾的拉面，我会乐坏的！”梨香双手合十地说。

“现在开始聊食物了吗？既然这样，我要吃白酒蛤蜊面！要那种热乎乎、会烫到舌头的！”

“我也想吃上面有好多鲜奶油的蛋糕哎！”

“啊，说到这个！”贵子在口袋里掏啊掏的，“刚刚美和子给了我‘落雁’。”

“什么？”

“怎么不早说！”

在欢呼声与责备声中，贵子一边赔罪，一边分发点心，自己也往嘴里扔了一只。当甜味在上颚缓缓化开的同时，也发现口中异常干燥。

“真好吃。”

“嗯，可是喉咙好干。”

“有活过来的感觉！”

“晚上吃这么甜的东西，不要紧吧？”

“没关系啦，我们一直在走路哎！”

吃甜食带来的幸福感，即使换到这种场景依然不变。不，或许变得更强烈了。何况又是在三更半夜不睡觉步行的情况下吃的，罪恶感加上对自己的愧疚，让大家的心情莫名兴奋。

“对了，贵子还没有回答哎！”

梨香把点心吞进肚里后，又猛然想起什么似的抬起头。

“回答什么？”

“就是刚才的问题啊！现在出现什么东西，你会很高兴？”

“哦，还要玩啊？”

“当然啰！问答游戏还要继续！”

梨香似乎不想结束这个话题。

“大概是杏奈吧。嗯，我会希望杏奈出现在这里。”贵子一边清脆地啃着“落雁”，一边喃喃地说。

“哇，这个回答好棒哟！顺弥呢？顺弥在哪里？一定要让他听听这句友情宣言！”

“八成跑到美和子那边去了吧！”

听到千秋的回答，贵子再次感到轻微的刺痛。

顺弥八成也在问她相同的问题吧？

朋友的兄弟。听到这句话，美和子不知道会有什么反应呢？当然，她首先应该会想起自己的兄弟，不可能联想到我的。

虽然贵子试着说服自己，一颗心却躁动难安。不知道顺弥会对美和子说出什么奇怪的话，让贵子不禁忧虑。尽管也说不上来哪些话会让她担心。

况且，刚刚会说出杏奈的名字，并不是像梨香所说的思友心切，而是因为很想问清楚杏奈到底知道多少，还有那封信背后的含义。

“不知道内堀会送什么礼物哦？”千秋低声说。

“哦，你是说西胁的生日礼物？正好，要不要来猜猜看？在步行节的途中，送心上人什么礼物最合适？”梨香竖起食指。

贵子暗暗在内心叹息。唉，西胁融，为什么只有你桃花这么旺呢？

“不可能送体积太大的东西哦！昂贵的、容易碰坏的、重的礼物，都不适合今天的场合。”千秋似乎很认真地在思考。

“与其收到礼物，我现在更想要有人帮我代劳哎！比方说提行李之类的，或是在休息时间帮我按摩。”梨香喃喃说着。

“那，我猜按摩券！”

“又不是母亲节。”

“伤筋膏药、创可贴之类的？”

“那不成了救护大巴了嘛！”

听着两个人一唱一和的对话，贵子想象着。

送给西胁融的礼物——我能够为他做的，就是彻底消失吧！离开他的视野，离开他的生活圈，大概是他最乐意的事情了。

“贵子觉得呢？”

被这么一问，贵子拍了拍口袋说：“就这个，‘落雁’，你们收到也很高兴吧？”

“哦，也对，甜食不错哎。”

“原来如此，还有这条思路啊！甜食既不占地方，又可以马上拿来用。”

原来重点是占不占地方啊。内堀亮子真的会送融礼物吗？如果是，融收下时会有什么样的表情呢？

那我又希望收到什么？希望他能送我什么？

不知道为什么，“宁静的心”四个字浮现脑海。

哇，我的思想会不会像老太太一样啊？贵子不禁埋怨自己。

不过，这倒是一句真心话。我想要以平常心跟他对话。只要他不用那种眼神看我，愿意跟我一起欢笑。

可是，她怎么也无法想象两人一起欢笑的情景。真会有那么一天吗？一想到这里，就禁不住心情低落。

“话说回来，时间真的很晚了哎！我每年都觉得，这个时候走在这种地方，真的好不可思议哦！”梨香看着手表说。

贵子跟着看向手表，发现指针已经转过十点了。

这是孩提时代早该上床睡觉的时间。然而，现在别说是爬上床了，居然还必须熬夜走路。长大真是一件不合情理的事。

此外，一直试着遗忘的脚疼，也越来越强烈了。

不要紧吗？还能够撑得下去吗？

不小心踏上一块石头的贵子，在痛得咋舌的同时，也强压下内心的不安。

每前进一步，脚底就阵阵刺痛，简直像是鞋底垫了一块插花用的剑山①。脚踝肿胀到无以复加的程度，膝盖也快要报废了，更别说大腿连抬都抬不起来，一遇到地面高低不平或小石头就险象环生。

尽管知道累的不可能只有自己，但是听不见任何人抱怨，难免会疑心自己是不是特别虚弱。连眼睛也出乎意料地疲倦。因为一整天都走在陌生的道路上，眼睛疲于奔命地搜集信息。想看手表，才发现双眼对不准焦距，条件反射地一眨一眨。

当然，也伴随着背疼。背疼跟长时间背着背包的肩膀疼痛连成一气，就好像背部和背包之间夹着一块坚硬的板子。

身体一旦自觉到疼痛，痛觉立刻扩散至全身，变成不除不快的一根芒刺。每走一步，疼痛就贯穿躯体，蚕食着精力。

当注意力集中在疼痛上面时，人就变得沉默了。说话成了苦差事，与人对话更需要耗费莫大的精力。

入夜后，兴奋降温，大家不自觉地陷入沉默。

队伍静悄悄的，只有仿佛拖着恨意的脚步声如影随形。

然而，只有高年级的学生知道，辛苦还在后头。过了午夜十二点到抵达休息处的两个小时，是最难熬的。往前挪步成了一种酷

① 剑山，插花用具，将铜针固定在不同形状的铅块上做成，大小形状各不同，适合放在不同的容器中使用。

刑，连修饰表情都提不起劲。情绪不佳到达一个临界点后，疲劳掏空了感情，让人变成只会移动的生物。大家正缓缓地迈向这种境界。

“生日快乐！小融融！”

融似乎已经一脚踏进梦乡了。当有人大喊他的名字，用力拍他背后，他惊恐地转过头去。

“啊？”

他也不得不承认，这句问话实在充满了刚睡醒的傻气。

“恭喜你满十八岁！干得好！现在你有资格结婚啰！”

光一郎不知何时偷偷站在融的身后。看到他散发出精力十足的光芒，反而让人更疲倦了。

十八岁。不说还真忘了。今天是我的生日啊！

“对哦。”

看看手表，时针刚过十二点，日期已经跳到了第二天。

“你成大人了！长大了哟！”

“高见，你的生日是什么时候？”融边伸懒腰边问。光一郎抬高下巴。

“我是三月出生的！所以，我要等毕业之后才会满十八岁！”

“你早上一年学？看起来就比较小。”

“哼！反正你就是想笑我矮，对不对？我从小就被班上长得高的女生欺负，这个时代不容许英雄的存在啊！”

“英雄在哪里？你好歹拿个礼物来吧！”

见到融伸出手，光一郎左右晃动食指。

“别这么着急嘛，派对马上就要开始了！”

“派对？”

“星期六晚上有派对啊！”

“现在还是星期五晚上哎。”

“哼！两个人说一样的话！”

“一样的话？”

“这就叫作‘心有灵犀’吧！”

“你到底在说什么？”

“再过一会儿，就会有人来喊你了！”

光一郎照例用他沙哑的嗓音自顾自说完，瞬间消失无踪了。他一走开，气温顿时下降，融不禁松了口气。人越累，对那种家伙就越没耐心。

“都三更半夜了，他还是那么兴奋啊。不知道会持续到什么时候？”

“生——日——快——乐——”忍在旁边一顿一顿地说。

“多谢多谢。”融夸张地弯腰道谢。

“这真的是件值得庆贺的事。我想，你妈妈一定也很高兴。”忍用正经的声音说。融也正起脸色点点头。

“就是说啊。能够长到这么大，真的很不容易。”

周遭已是深沉的夜。长长的队伍耗尽了体力，每个人都靠着惯性在移动双腿。空气虽然冰冷，身体却呈现过热状态，就像是久开不关的机器一样，散发出浓浊而令人不悦的热气。尤其是全身的关节，闷痛中还伴随着灼烧感。一路走来，融尽量不去留意膝盖，却有种旧伤即将复发的预感。

看着前方同学一明一灭的手电光束，不禁觉得自己的队伍好像是僵尸出巡，或是百鬼夜行。

搞不好，谁也没看见这幅景象。他突然冒出这个念头。

他凝视着远方的白色队伍。他们，真的是活人吗？

我们以为自己正在参加步行节，说不定我们全都错了。其实我们都是鬼，好几十年前就已经去世，只是自己没有发现，还以为自己仍旧在念高三，永远无限循环地进行着步行节……

“我们或许已经死了呢。”

“啊？”忍把耳朵凑近。

“不是常有那种‘一整队士兵半夜在深山行军’的鬼故事吗？刚从西伯利亚撤退，正在返家的途中就被整队干掉之类的。要怎么证明我们不是那种故事的主角？”

“你是说，证明我们不是鬼？”忍发出讶异的声音。

“没错。”

“不知道哎！鬼也会觉得累吗？也感觉得到疼痛或疲劳吗？”

“应该还有记忆吧？”

忍轻轻耸了耸肩。

“你想见你老爸？”或许是从鬼魂的话题联想而来，忍过了一会儿问道。融歪着头想了想。

“不知道。也许听起来很无情，不过，我现在还没有想见他的念头。”

“你不想他吗？”

“嗯，现在不会。”

他觉得没有任何话想对父亲说。虽然有几件事想问清楚，但是并没有把握能够表达得周全。父子俩一碰面，恐怕只能大眼瞪小眼。

“不过，等到过了很久很久以后，等我有了小孩，也许会想跟他见面吧！”

“哦？”

很久很久之后。很多年后的事。很难想象，现在走的这条路会通往那样的未来。目前唯一能做的，就是朝道路的尽头前进，走回学校。

好远好远的未来。该如何才能抵达那个远方呢？

期待已久的哨音响起。

白天时感觉哨音的间隔好短，现在却像永夜般漫长。

“唉，累死了。”

夹杂着哀号的骚动声也变得虚软无力了。学生们坐在路边，像是一团团烂泥，个个都邋遢地伸长双腿。四周全是暗的，没有半个行人。

延伸到田间的柏油路面上，有些学生甚至枕着背包，睡起觉来。

一个气氛凝重的团体蹲踞在黑暗里，景象非常诡异。

“已经过十二点啦！”梨香挤了挤眼，专心盯着手表。

“现在大概是最难熬的时候了。”

“全身都好痛。为什么手臂和腰也会这么痛啊！”贵子想做做伸展体操，却因为肩膀酸而发出哀号。

“要是没有行李，多少会轻松一点吧！”

“会累很正常啦，从生物学来说，用两只脚走路本来就是违反自然的。”

“还要走两个小时才到休息站，接下来会很辛苦哎。我好像都快发不出声音了。”千秋摸着喉咙说。

也难怪。从早上到现在不断聊天的结果，虽然不至于像高见光一郎那么夸张，但声音已变得沙哑了。纵使身体已濒临极限状态，喉咙仍然是被使用得最厉害的器官。

“脚好疼哦。脚底麻麻的，都没感觉了。”

“梨香，你也是吧？”

“对啊，好像脚底还黏着一层一米厚的脚皮一样，那个部分好痛！”

“没错，疼的不是脚本身，是距离脚一米的部位一直在抽痛！感觉好像多长出一双大一号的脚哦。”

“差不多就像洗浴室穿的那种雨靴一样大吧！”

“对，差不多就是肿成那样。”

“如果明天——不对，应该是今天了——等到活动结束回到家，一定会腰酸背疼到没办法睡觉，一躺上床就忍不住尖叫也说不定。不过，因为真的累坏了，还是会瞬间昏睡过去吧！”

“嗯，一想到今天中午就会全部结束了，就觉得好不可思议哟。”

“我们为什么要跑到这种地方、做这种事呢？太没天理了。”

听着千秋和梨香的对话，贵子突然不安了起来。

这股不安，让她独自在黑暗中变得慌乱。

一眨眼的工夫，步行节就要结束了。已经完成了三分之二，还剩下三分之一。到时候，早晨的日晒、中午的紫外线、海风、艾草麻薯、坡道、猪肉味噌汤、纪念照全成了过去式。就连现在，也会变成“昨天发生的”，像是因高烧而神智不清，只凭着一股冲动，就不知不觉地来到了这里。

对于逝去的时间，现在觉得格外可惜。这个高中生涯最后的活动，本来是想为它好好构思一些花絮的。

好好构思一番。

可是，现在被疲劳感占据了大半，光想着何时才会抵达终点，就已经无暇思考别的事情了。仔细想想，其实过去每年都是相同的情况。直到当天，都忐忑不安地担心自己有没有办法走完全程；一旦开始，就糊里糊涂结束了，只留下记忆最上层的精华。一直要等到全盘落幕后，点点滴滴才会慢慢在记忆中定位，经过好长时间，才能形成步行节整体的轮廓。

届时，它会在脑海中留下什么样的印象呢？

我或是西胁融，会被归在记忆中的哪一个位置？我是会后悔，会怀念，还是苦笑着说“当时真年轻”呢？我希望能够早点回头看。希望早点定位。但是，我现在还弄不清自己的位置，不知道自己属于拼图中的哪一块……

“喂！”

远处传来一个熟悉的声音，渐行渐近。

“哇，来了！”

“他还这么有精神哦！”

梨香和千秋窃窃私语着。贵子吃了一惊。是高见光一郎，那小子，该不会在这种大家快要不支倒地的三更半夜，提出要开派对的馊主意吧？

“甲田同学！”

有个笨蛋宁可牺牲宝贵的休息时间，摇摇晃晃地跑向这边。果然不出所料，正是在黑暗中用力挥手的光一郎。

“辛苦啦！”贵子将两手垂在膝上，有气无力地应了一句。

光一郎两腿一弯，蹲在贵子面前，睁大他那双小动物般圆滚滚的眼睛，直盯着贵子看。

“甲田同学，你记得我们的约定吗？派对，派对！”

“我记得啦，不过我已经不行了。我没力气了！动不了了！”

“怎么这样！我有好消息要告诉你，你一定要来啦！好不好？好不好嘛？梨香、千秋，你们也要捧场哦！我准备了好消息要告诉你们。”

“你到底要开什么派对啊？话说回来，步行节也用了‘节’这种字眼，可是听起来一点都不值得庆贺！”

“才不会呢，很值得庆贺啊！我要办的可是融的生日派对！大家一起帮他庆祝啊！”

“是吗？那我要去！”

千秋很现实地改变了立场。想起融白天时的笑脸，贵子胸口一阵刺痛。算了，反正跟我没关系。

“这样哦？那，我也要参加。”

梨香也兴致高昂。这么一来，贵子就非去不可了。被迫参加社交活动不打紧，对象是西胁融麻烦可就大了。就算她不介意，西胁融难道不会讨厌这个不速之客？

“高见！你很讨厌哎！怎么都丢给我拿！你快滚过来拿一半啦！”不远处，看似两手抱满东西的户田忍扯着嗓子喊。

“我马上过去！等一下哦！”光一郎保持着蹲姿，转过头去应了一声。

“好了，站起来，站起来！比队伍晚出发的话，等一下会更追不上哦！”

被光一郎一把抓起，贵子不情愿地背上背包。

“呜，站起来好辛苦哦！”

身体像散了架一样，骨头发出吱吱嘎嘎的响声。

“别坐啰，大家都起来！”

只有光一郎仍然满不在乎的样子。这小子白天到底都在干吗啊？

贵子摇摇晃晃地站起来，放眼望过其他瘫在路旁的学生。没有任何人瞄一眼开始走路的贵子一行人。他们几乎都抱着膝盖，头垂得低低的，甚至很少有人跟同学交谈。原本由男生轮流扛的旗帜，也被凄凉地抛在地上。到了这个阶段，扛旗子走路想必是举步维艰吧？还好，我不是男生。贵子暗自庆幸。

“快过来，快过来！”

户田忍手上的防风外套里，似乎包着什么东西。

“户田，你衣服里是什么？”

“看上去好重。”

“喏，赶快一人拿一罐！”忍望着自己的手说。

四周黑漆漆的看不清，大家凑过去看，才发现是一罐罐的咖啡。

“哇！是罐装咖啡哎！”

“你在哪儿买的？”

贵子一行人发出低调的欢呼。要是被旁人听到了，总觉得有点过意不去。

“嘿嘿，大爷我在半路发现饮料贩卖机，马上就飞奔过去买的啦！”光一郎掀动着鼻翼说。

忍狠狠地嗤之以鼻：“没错，然后他就塞进我手里，说句‘你拿一下’就跑了！”

“因为我要去叫梨香她们嘛！”

“我很乐意帮你执行这项任务！”

贵子怯怯地拿起咖啡。

“真的可以拿吗？”

“一罐多少钱？我把钱给你。”

“不用啦！这次本大爷请客。因为我只有六个一百元硬币，所以只够买六罐。”

“六罐就足够了。”

跟摊开双手的光一郎相比，忍显得非常冷静。的确，在这种时候被迫抱着六罐咖啡，就像在骆驼背上放上最后一根稻草般残忍。

“真的吗？高见，你好帅哦，爱死你了！”

“可别爱上我这个坏男人哟，宝贝。”

“有完没完？高见，赶快把你的咖啡拿去啦！”

忍的怒气终于爆发了。光一郎匆匆忙忙拿起一罐咖啡。

“唉，我的手都冻僵了！喏，还给你！”

忍拿起剩下的两罐咖啡，接着就把外套丢还给光一郎。

“哇，连外套也变冰了，好冷！”

把外套接过披上的光一郎，不经意碰到冰冷的部位，起了一身鸡皮疙瘩。

“好高兴哦！这种时候喝到甜甜的饮料，真的会让人打起精神哎。”

“对了，主角跑哪儿去了？”

五个人拿着罐装咖啡，四下张望，然后视线同时停在一个点上。

“哎哟！”光一郎发出傻乎乎的叫声。

哨音同时响起，周围的学生不约而同地发出呻吟，纷纷像是伤员似的东倒西歪地站起来。贵子一行人却落后了。

虽然视线被黑暗遮蔽，还是隐约能看见西胁融坐在路边，而一个女孩蹲在他的面前，就是这一幕吸引了他们的目光。然后，融听见了哨声，扶她站了起来，两个人肩并肩地加入了队伍。

融完全被搞糊涂了。

听到哨声一响，他条件反射地率先站了起来，然后看到眼前的少女想直起腰却失败了，一个顺手就握住了她的手腕，帮她站稳。就这样顺水推舟，她就在不知不觉中走在自己身边了。

早知道，就不该扶她一把。

融暗自后悔不已。

可恶，忍跑到哪里去了？突然就不见人影了。

他很想回头找找看，但是又怕这个动作像在赶旁边的少女离开。

那个家伙到底在哪里？说不定他不好意思跟上来，所以一直在后头注视着我和她的背影。换句话说，只要这个女的不走，忍就没办法回来了。左思右想后，融发现自己出了一身冷汗。

但是，身旁的少女完全没有要离开的迹象，反而是边走边默默散发出某种怨恨，让人喘不过气来。更不幸的是，他居然还把少女递来的运动毛巾傻气地绕在脖子上，简直就是在邀请她同行。不过，在刚才的情境下，他并没有拒绝的余地。

快要进入休息时间前不久，忍就神不知鬼不觉地消失了。

疲劳、呆滞，加上黑暗，让融没有察觉到忍的离开。虽然在发现的当下东张西望了一下，但是又觉得没什么大不了的，就自己找个地方坐下了。

或许是因为独自一人的关系，才让少女觉得机不可失吧？

“西胁同学！”听到有人喊自己的名字，抬起头来，正对上少女的脸。

眼角一瞄，发现附近似乎有两个她的朋友在观望着。黑暗中虽然难以辨识，他还是认出其中一人是游佐美和子。

是三班的内堀亮子。

他有种被设计的感觉，又觉得自己受骗了。老实说，他很想狠狠啐一口。

他曾经听过这样的流言。不记得什么时候，其他同学曾经这么说过。况且，有女孩子喜欢自己，是多多少少察觉得出来的。或许是眼神，或许是看向自己时的神色，也或许是刻意躲得远远的举动。

当然，这种感觉并不坏。他也有自觉，这阵子似乎桃花朵朵开。另一方面，他也猜测会不会是大家对于即将结束高中生活的焦虑所致。到了高三下学期，他很能理解大家急于留下某种感情纪念的心情，但是，被当成短暂时期的纪念品，让他有点不是滋味。

说实话，融从未跟任何女孩正式交往过。

尽管有过几次约会，却是紧张而又尴尬，一点都不好玩。初三的时候，也曾经有女生向他表白。他之前就对这个女生印象不错，所以对约会是充满期待的。岂料，两个人不但没有共同的话题，也找不出其他替代的话题，既麻烦又无聊的感受不断膨胀，让他只想早点脱身。

到了最后，连她的视线都变成了毒蛇猛兽。不断逃避的结果，就是让这段关系无言地结束了。当时融唯一的感受，就是一股深深的解脱感，至今他还印象深刻。

那时社团活动很忙，又要面对升学考试，才刚进高中不久就必须担忧大学的去路，老实说，融根本没有交女朋友的打算。或许，他一直觉得谈恋爱是进大学后才应该做的事。

他并不是对异性毫无兴趣，只是现在既没有兴致，也有种将来说不定会变成花花公子的预感。这其中当然有一点自恋的成分在。他确实自信满满，认为自己的魅力能吸引女孩子主动接近。

在我的个性里，有某个部分是残酷而又刻薄的——融有这种自觉。

我会变成像父亲那样的男人吗？若无其事地在外面偷情，让妻子以外的女人怀孕生子，让妻子和情妇的孩子之间产生抹杀不掉的芥蒂。

想到这里，心中就会觉得冰冷。对父亲的轻蔑，是因为对父亲的心情了如指掌，甚至拥有跟他几乎完全一样的某种思维。

融不擅长和成长中的少女相处。她们软绵绵的，不着边际，表情变得比翻书还快，有时眼神像麦芽糖一样黏，有时又露出满怀恨意的举止。他承认这种不成熟反而很吸引人，却也不想出手，以免惹祸上身。

还是等到我成人了，对方也是个成熟女性，再来谈恋爱比较好。我不想被那种不定型的女孩子耍得团团转。

不知何时，脑中形成了这样的理念。

所以，他总是小心翼翼，避免成为不成型少女们的青春纪念品，不要被收藏进她们的毕业册里，成为回忆的一页。

在学校大型活动前后，有这种意图的人会特别蠢蠢欲动，所以融还提醒自己千万当心，别落入圈套。

没料到，居然真的中招了。

当步行节进行到午夜，张着嘴呆坐在路边时被袭击，这根本就是欺诈行为。

“我是三班的内堀。西胁同学，祝你生日快乐。这个是送你的。在这种地方交给你虽然很怪，请你一定要用哦。”少女用大黑眼珠直盯着他，这么说道。手电筒微弱的光线，映出她十分认真的表情。

融拼命故作镇静。

“哦，谢谢你。那我就收下了，”融用不悦的表情，接过少女递出的毛巾，“这是黑色的？”

毕竟是深夜，无怪乎她会做出这么大胆的举动。

“不是，是深蓝色的，旁边有红色的绣线。我已经洗过一次，应该很吸水。”

“真是谢谢你了。”

融轻轻点了一下头，也察觉到少女红了脸颊。

“请问，等到步行节结束，你愿意再跟我见一次面吗？”

“等步行节结束？”

“是。我可以打电话到你家吗？”

融一瞬间迟疑了。他想象着母亲接起电话的画面。

他的迟疑，似乎被少女做了另一种解读。

“只要一次就够了，我想跟你好好聊天！”

听见她真挚的声音，融无法拒绝。

“好啊。”

“谢谢你！”

少女的口吻坚定。她是个很独立的女孩，想说的话都能够完整地表达出来。换成我的话，有办法像她这样笃定吗？

说实话，她是融喜欢的类型，有股英气，个性直爽、不做作，身材苗条，脸蛋也很甜美。他知道有好几个男同学都对她有意思，她对融情有独钟的传闻却始终不断，而她本人也没有否认，这些人就渐渐放弃了。

就在这时，哨声响起，把融和少女都吓了一跳。当融猛然站起时，她的身体晃了晃，所以融才不经意地伸出手去搀扶。

被握住手腕的少女，露出融也能辨识出的、惊喜交错的复杂表情。

在远处观望的两个女同学，静静地留下她离开了。

喂，不要丢下她一个人。求求你们，把她一起带走！融内心的祈求却为时已晚。

“自由步行时间，你有什么计划？”身旁的亮子踌躇地问。

“大概会跟网球社的同学一起跑吧！”融一边回答，一边留心不让语气显得冷漠。

“哦，这样啊。你不在乎排名吗？”

“还好哎。低年级学生会拼命想挤进前三十名，不过我们都已经退出社团了。”

“也对。”

“你该不会想跑吧？”

“刚开始会跑一段。要不然，我会比规定的时间晚很多的。”

“跟班上同学约好了？”

“嗯，就是刚刚跟我一起来的那两个女生。”

“也包括游佐吗?”

“没有，她说要跟甲田同学一起走。”

回答过后，亮子一瞬间沉默了，似乎是在观察融的反应。这个举动让他有点不快。另一方面，他也觉得自己会提起游佐美和子，似乎就是想诱导亮子说出甲田贵子的名字。

“在这种地方问，似乎很失礼……不过，西胁同学，你真的跟甲田同学在交往吗?”

这个女生实在是坦率得很彻底啊！融在黑暗中露出苦笑。

“我也听过这种八卦啦。虽然不知道是谁传出来的，但完全不是事实。”

“对不起，问你这种问题。不过，从上学期就传得很厉害了。”

“我们看起来像在交往吗?”

“嗯，至少甲田同学似乎对你有好感。”

“才没那回事!”

“是吗?”

听见融断然否认，亮子出乎意料地不再追究了。

要是我跟她交往的话呢？融想象着。我们会聊些什么话题呢？我们会一直有话说吗？在一起会开心吗?

因为她有话直说，相处起来应该不会有压力。比起乖巧的女孩，他更喜欢开朗活泼型的。

是吗？亮子睁着黑亮的大眼睛询问自己的表情浮现脑海。他反问着这双眼睛，跟我聊过一次就够了吗？你真的想要跟我维系一段关系吗？你该不会只想跟我在准备升学考的这段时间彼此鼓励、作伴回家吧？在我认识的学长学姐里，没有人的高中恋情维持到大学的。我们唯一的期望只剩下升学考。你是不是想趁这段时间，留下一张“高中时代男友”的纪念照呢？在纪念册的最后一页贴上照片，贴上说明标签，就觉得可以给自己一个交代了。你以后还可以告诉别人，这个男友是确实存在过的。

突然涌起一股厌恶感。

我讨厌不成熟的女人。我讨厌幼稚、只想寻找纪念品的少女。如果我要谈恋爱，对方必须是一个轮廓完整的女人才行。

融瞬间对身旁的少女产生一股强烈的憎恶。

“喂，现在怎么办？”

“还能怎么办……”

“你看他们聊得那么忘我！”

“我好想喝咖啡哦！”

光一郎、忍、贵子三个人，走在融和亮子身后稍远的地方。

罐装咖啡依然原封不动。再这样走下去，恐怕到达休息的场所前都必须拿着咖啡了。刚刚还是冰凉的罐身，现在慢慢有了温度。

“可恶！那个女人完全搞砸了我的计划。”光一郎偷偷嘟囔着。

忍一边点着头，一边表示敬佩：“恋爱中的女人真的很厉害！居然会选在这个时候表白，我想都没想到。”

“内堀好直接哦！”千秋充满敬意地低声说。看她并没有为此感到震惊，贵子暗自松了口气。

梨香感到佩服的部分就不太一样了：“结果，礼物就只是条运动毛巾啊！果然是走实用路线。”

“有什么关系，我们就别管那么多了啦！他们好不容易才聊开的。换个角度想，这个生日礼物不是挺棒的吗？要不要先把咖啡喝了啊？”

贵子这么一说，梨香和千秋表示同意，光一郎和忍却持反对意见。

“这是我特地为了融的生日辛辛苦苦买来的哎。”

“而且我还被迫抱了老半天！”

“好啊，高见，那你去把他带过来嘛！”

对于梨香的建议，光一郎摇着头说：“那怎么行！我要是去叫他，那个女人会恨死我的！我觉得她是那种会记仇很久的人。”

“会吗？户田，那你要不要去？”

“算了吧。让他们再独处一会儿，我再喊他。”

“那咖啡怎么办？”

“就忍到他来了再喝。”忍毫不犹豫地回答。

“怎么这样！”

“看得到，喝不到，好惨！”梨香和千秋发出惨叫声。

“我们还要忍耐多久啊？”

“再过十五分钟就让你们喝。”

大家怀抱着满腔怨怼，玩弄着手里的罐子。

“甲田，差不多是告白时间了吧？”

不知何时跑到身边的忍轻声地冒出这么一句，让贵子扑哧笑了出来。

“你在说什么悄悄话？恶魔的呢喃吗？”

“没错。夜深了，又黑漆漆的看不见脸，想说平常不敢说的话，当然要趁现在啰！”

他戏剧化的口吻，让贵子忍不住“哈哈哈”地放声大笑。忍似乎颇不以为然：“怎么？你看了不会不甘心吗？内堀居然轻轻松松就占去他身边的位置。你怎么不跑去抗议‘你想对我的融做什么’呢？”

“我才不要呢！他才不是‘我的融’，我看他也挺乐在其中的嘛！看他刚才的举止那么绅士。”

“嗯……”

“而且，我已经知道跟你一起走在河边的女生是谁了。”

“什么？”忍一瞬间倒抽了一口气。

“放心好了，我没有告诉任何人，以后也不会。要不然你就会被当成孩子的父亲了。”

“哇！求求你，甲田大人，千万要饶小的一命！”

黑暗中，忍做出两手合十的动作。贵子重重点了点头。

“我知道啦！不过，你真的不是孩子的父亲吧？”

“我的名声这么坏啊！我看起来很像禽兽吗？”

“因为那个女生真的很美嘛。”

“我保持中立，她只是我朋友的前女友罢了。”

“哦，我懂了，原来是这么回事，你被人家当作‘分享心事的好哥哥’了吧？”

“了不起，女孩子果然对这种事情特别有慧根。”听到贵子的回答，忍深表佩服。

“不小心一点的话，你会被拖下水的。”

“我已经两脚都下水了。我是完全帮不上什么忙的。”

“真是一场灾难呢。”

“对她来说是这样啦！”

贵子不禁转头看忍。当然，她看到的只是一小部分侧脸。

忍的语气变得严肃起来。

“事情被传成这样，然后古川又想偏了。不过，我也在想，‘找父亲’的举动搞不好是她策划的也说不定。当然不至于直接拜托古川去找，但是有可能她说了什么，故意激起古川的正义感。她真傻，这么做，受伤害的还不是她自己？女孩子为什么老爱这样孤注一掷呢？为了一个目的，就不惜牺牲一切，也不想想未来还长得很。”

“因为她很寂寞、很不甘心啊！”

“寂寞、不甘心？”

“对啊！女孩子都很清楚，男生会把自己捧在手掌心的时间是很短暂的。那种事情一旦传开来，她就不可能继续当从前那个清纯玉女，这点她比谁都清楚。跌倒过一次，女孩子的价值就大不如前了。既然没办法挽回，不如拖对方一起垫背——她或许是这么想的吧？”

“哦？”

“户田，你的心地真善良，又有西胁这个好朋友。”

“嗯，我很喜欢融啊，”忍率直地点头承认，“啊，不过，我不会跟你抢的啦！”

“那还真是多谢了。”贵子苦笑着说。

“说到这个啊，我最近一见到那小子，就觉得好烦。”

“为什么？”

“能够心如止水、不受外在事物的影响，当然是很了不起啦！不过，我很看不惯那种视若无睹的态度。”

“视若无睹？关于什么事？”

“该怎么说呢？像是青春的摇摆不定、一种光芒、年少轻狂……类似这样的东西吧！”

“好惊人的台词，真想让梨香也听听！”

忍低声笑笑说：“我不是很会形容，大概就是那种感觉吧！一种很糟糕、很凄惨、很丢脸、很没面子的东西。我觉得，他应该要去碰碰那种东西才对。”

“你说的是爱吧，户田。”

“没错，他缺乏的就是爱，是爱啊！”

“是吗？他缺乏爱吗？你看，他不是正沉浸在爱里？”

“不对，不对，那样的不算。”

“那要怎样的才算？”

“我觉得他需要那种像战斗一样的爱，要彼此冲突、碰撞的爱。他好像觉得爱就是应该不求回报的。像他妈妈，就是典型的为独生子奉献一生的类型。这样下去不好，总有一天，他会让女人伤心的。”

贵子佩服得五体投地。

不愧是融的好哥儿们，忍的看法简直是一针见血。至今一些关于融的、无法解释的感受，全都被他贴切地说出来了。

融有一种不经意的、自认高人一等的特质。当然，这是出自他的防御本能。母子俩相依为命，不拿出气魄来是撑不下去的。而对于母亲，他也保持着一种“是我在照顾她”的心态。换句话说，或许可以称之为“责任感”。但是在面对旁人或其他女性的时候，融给人一种以力量对比或贵贱关系决定态度的印象。

这些感想，贵子终究说不出口。

“不过，这也难怪嘛，他是跟妈妈一路苦过来的，不拿出点气魄怎么行呢？”

以忍的情况来说，他的旁若无人经常被误读成冷静、能力强。这些特质让忍的外表显得帅气，显得可靠。或许，这就是他受女孩子欢迎的原因吧。

“咦？那你家的情况呢？”

“嗯，我家也是只有妈妈的单亲家庭。只不过，我妈不是那种牺牲奉献的类型。”

“哦，原来是这样啊。”

贵子暗自冒冷汗，她担心自己不小心爆了太多料。

“嗯，是因为这样吗？所以你们两个给人的感觉才会那么像。”

“我们给人的感觉很像？”

“对啊，很独立、很稳重，成熟的感觉。”

“我一点也不独立哎。”

“你错了。那种对待别人的体贴，就是成人的体贴方式，叫作‘减法的体贴’。”

贵子又笑出了声。

“户田，你会不会太厉害了？搞不好比梨香更适合当编剧哦！”

“哇，我是不是唤醒了自己未知的才能啊——话说回来，我们这种小孩子的体贴，都是‘加法的体贴’，就是为别人做些什么，或是真的给对方一些什么。但是你们两个表现出的那种体贴，是让别人不需要为你们做什么。我觉得这样是很成熟的表现。”

“是吗？”

姑且不论融是否成熟，贵子实在不觉得自己如忍所形容的一样。

不过，听忍说出这些话，倒是一个有趣的经验。一方面，乍看很酷的忍居然意外地拥有“热血”的一面；另一方面，她也没想到居然会在三更半夜边散步边谈论融的性格。此时，她发现脚疼不知何时被抛到脑后了。

莫名地，她现在才第一次涌现参加步行节的真实感。

像这样，交换着大白天绝对说不出口的对话——虽然全身疼痛、疲惫不堪，在看不见彼此脸孔的黑暗中，边说话边点头赞同着，这就是我想要的步行节。

“来啊，来啊！现在没什么好害羞的。你也说说看嘛，我都讲了一堆肉麻的话了！”

忍的诱导让贵子不禁发笑。不过，当下确实有一瞬间，真的想把心事都说给他听。

然而，融冰冷的视线闪过脑海，让贵子立刻打消了这个念头。连对忍这么亲密的朋友，融都没有吐露实情，也轮不到我来爆料。这是道义问题。

“我觉得那种类型很适合西胁呢！两个人做起事来都很干净利落，感觉是很聪明的一对，你不觉得吗？”贵子用下巴指了指前方的两人。

事实上，当贵子第一眼看到内堀亮子，就已经觉得她锐利的视线很像融，而且，目光中也没有顾忌和犹豫。

“是吗？我倒觉得有点恐怖！看那两个人站在一起，感觉像是一对心机超重的情侣！”

“你好严厉哦，才没那么夸张呢。”

“不，内堀是个城府很深的女人。”

“你为什么这么肯定？”

“因为我以前跟她交往过啊！”

“什么？”

她不禁看向忍。不过，还是黑漆漆的。正因为看不清，他才会透露这个秘密吧。

“不会吧？我都不知道。户田，你真的很会保守秘密哎！”贵子一半是感叹，一半是嘲讽。

“还好啦。我们交往的时间很短，大概也没有被朋友发现。这么说虽然不太厚道，不过我很庆幸早早就跟她分手了。”

“是高一的事？还是高二？”

“刚升高二的时候。是她主动接近我的，态度也很积极，等到我对她有意思了，她却说我们个性不合，马上就提分手了。直到现在，我还搞不清楚原因到底是什么，只知道她好像不满我很爱搞神秘，不肯把我们在交往的事情告诉大家。”

“是吗？我好意外！”

“她话也说得很直：‘我觉得户田同学跟我想象中不一样！’”

“真敢讲哎。”

“听说，好几个人都有跟我类似的遭遇。”

“她很忠于自我嘛。”

“这不叫忠于自我，叫莫名其妙。全都是心机啊！她只是想享受青春罢了，只是想告诉别人‘我有男朋友’罢了。”

“我问你哦，这件事，你应该也告诉过西胁……”

“我没跟他说过。”

“那怎么办？要是他俩真的变成男女朋友的话……”她条件反射地压低了音量，尽管根本不可能传进融的耳朵里。

“我也在想这个啊！如果等开始交往之后才说，好像在蓄意破坏他们的感情一样。”

“不过，搞不好他们物以类聚，真的看对眼了也说不一定啊！你又不是非说不可。”

忍的语调充满了愤慨：“甲田，你好无情哦，居然说他们物以类聚……不过，你说对了，就是这样没错，搞不好他们就是冲着这点看对眼了。不过，融要是表现出那一面的话，或许就会变得很讨厌。”

“嗯，两个人在一起之后，相像的地方就会放大，这种事的确有可能发生。”

“好可怕！”

“你该不会是为了这个，才不去把西胁带回来吧？”

“算是原因之一。你想想，我去介入，不就像在嫉妒吗？内堀绝对会这么想。一想到那种情况，我就火冒三丈。”

“我懂了。也难怪你会生气。”

“户田，户田！”千秋转过身来喊着。

“什么事？”

“西胁在找你哎！”

“咦？”

抬起头，转过身的融正在招手。一瞬间，忍迟疑了。

还来不及反应，一起转过头来的亮子立刻对融耳语了几句，挥挥手，一溜烟地跑开了。贵子不禁佩服，队伍拖得这么长，她居然能一口气跑到最后面！她参加了什么运动校队吗？

融先是傻傻地望着亮子跑开的身影，然后才朝这边走来。

忍与贵子一时之间面面相觑。恐怕是因为融提议要找忍加入，亮子觉得尴尬，才会离开跟朋友会合的。跟忍和融两个人同时聚首，毕竟还是太不自在了。

“忍，你为什么不过来找我？”融哀怨地说。

“还说呢，你们不是沉浸在二人世界里吗？”

“都是你没回来，所以她才不肯走！讨厌死了，我紧张得要命，现在好累啊。我一直在等你回来救我，你却一直不行动，我只好自己叫你啦！”

“是吗？我看你突然握住她的手臂，帮她站起来，还以为那是叫我们不要当电灯泡的暗号呢！”光一郎用轻佻的口吻说。

“我又不是故意的，是她差点要摔跤啊，我总不能把她推开吧！”融发出彻底虚脱的声音。

“那就是你的礼物？我可以摸摸吗？看起来好棒的毛巾哦！”梨香目不转睛地盯着挂在融脖子上的毛巾。

“毛巾还有好坏之分吗?”

“那当然，可说是天壤之别！这条可是高级货。你们看，上头还绣着寿星的名字呢，TORU.N。好羡慕哟！”

融默默拿下毛巾，塞进背包里。

“哎呀，这下子，我的干劲全都没了！”光一郎伸了个懒腰。

“老爷，咖啡替您温好了。”忍用严肃到滑稽的语气，把罐装咖啡交给融。

“咦？怎么会有这个？”

“是高见特地从饮料贩卖机买来的，说是要帮你庆祝生日。”

“真的？我好高兴。大家也都有吗？”融急忙环视周围，确认每人手上都握有咖啡罐。

“没错，我们本来想开场午夜派对的。”

“现在不就是午夜吗？”融的语气难得地显出雀跃。

“我们已经没有激情啦。”

“别这样嘛，来庆祝啊！总之，先干杯吧！同学们，让各位久等了。”

“等到头发都白啰！”

拉环总算被拉开，铝罐碰撞着。噗噗声和哐哐声交叠着。

“干杯！”

“呼！”

大伙喝起了咖啡。甜味沁入心肺，给人一种活过来的感觉。

“嗯，真好喝！”

“好甜！不过，这种时候喝刚刚好。”

“喝完这个，等下反而会口渴吧！”

“刚才吃的都是甜食，休息前得去刷个牙才行。”

在平常显得过多的糖量，对于累到极致的身体反而是一剂良药。

“唉，紧张死了！比起碰到这种事，自由步行全程跑步还比较轻松！”

融伸了个懒腰。光一郎立刻插嘴说：“所以，到底发生了什么事？她有没有说‘请跟我交往’？”

“没说什么大不了的事啦，就是问问自由步行的时候要干吗之类的。”

“哦？那，你们约好一起走到终点了吗？”忍的语气带着试探。

“怎么可能！我当然会跟你一起跑啰。膝盖好像也还撑得下去。”融搂住忍的肩膀。

“真的吗？”

忍的回答里透着单纯的喜悦。听到他的声音，贵子心想，他真的很喜欢融呢。

融是幸福的。贵子走在两人身后，心里喃喃说着。

他拥有母亲、朋友、异性给予的无偿的爱（内堀亮子是否出自真心，就不得而知了），而且视为理所当然。但奇怪的是，他可能认为自己一点也不幸福，觉得自己一无所有。

“对了，那个男生跑哪儿去啦？杏奈的弟弟。”千秋突然伸长了脖子张望。

“刚刚美和子来过，可是现在没看到他哎！”贵子条件反射地回答。融的背部明显一震。

“会不会是回去了？毕竟他也走了很久，而且朋友又在车上等他。”梨香表示同意。

贵子心想，我做错了。天色这么暗，融似乎原本并没有发觉自己就在附近。她不禁蜷起了身体，怯怯地躲到角落。

突然，融转头看向这边。

贵子当然无法清晰看见他的脸，只能靠着手电筒的微光，隐约辨认他的下颚线条。她想掉过头去，却办不到。准确地说，两人根本搞不清对方的目光朝向何处。

“生日快乐！”不知何时，这句话溜出了口。

“谢谢。”换回的是一句沉静的回复。

虽然能见度几乎是零，贵子条件反射地伸出手，响起铝罐碰撞的小小声响。

融立刻转头向前，跟忍、光一郎聊了起来。

唯有贵子，在黑暗中一脸错愕地举着罐装咖啡。

脑袋里似乎有某个明亮的物体闪过。

我的赌注。

像时钟般的声响不断在脑中敲击着。

我赢了。

贵子兴奋之余，一口气喝光了剩下的咖啡。

那真的只是一个微不足道的赌注，甚至称不上是赌注，而是一个小小的心愿罢了。

跟西胁融说话，然后得到他的回应。

这个不起眼的愿望，就是她为团体步行定下的赌注。

多无聊的一个赌注啊。然而，这么稀松平常的一件事，却是她升入高三以来——不，应该说是她有生以来——始终无法跨越的障碍。

赢了。我赢了。

兴奋的心情持续了一阵子，不久却又像泄了气的皮球一样消沉了下去。赢了的话，就必须朝下一个目标前进。对她而言，那才是真正挑战的开始。

贵子抚弄着空咖啡罐，独自在黑夜中陷入沉思。

为什么我要跟那家伙干杯呢？

融边用大拇指抚摸着咖啡罐，边思考着。黑暗之中，仅有指尖的触感显得真实。

真不可思议。不由自主地，手就做出了那样的动作。当时，一直存在于自己内心的嫌恶却隐藏了踪迹。

幸好没有任何人目击这一幕。

他看了看走在前方不远处的光一郎和忍，要是被他们看见了，不知道又会怎么调侃自己了。

对于咖啡甜味的踌躇加上罪恶感，让融刻意少量地缓缓吞咽。早就变温的咖啡，黏腻地沾满舌头与牙龈。甜味格外让人意识到肉体的疲劳。

生日快乐。谢谢。

咖啡罐相碰的感觉。

生日快乐。谢谢。

铝罐发出铿锵的碰撞声。

生日快乐。谢谢！

一回神，发现自己正不断回味着这段对话。明明是平凡无奇的两句话，却忍不住想一听再听，直到磁带伤痕累累。

虽然因为黑暗而看不清她的脸孔，依然能够回想起她触手可及的气息。

只要身边有人过生日，任何人都会说这种应酬话的。融说服着莫名喜悦的自己。别傻了好不好？你在兴奋个什么劲啊！

不过，真的是这样吗？一如往常地，另一个自己同时低语着。

如果换作是我，会同样祝贺她吗？我一定只会接过咖啡，在黑暗中喝着，完全无视她的存在。

她的生日是什么时候？这个疑问突然浮现。这个念头，也让融重新意识到两人同年级的残酷与不公。

生日快乐。

不知从何时开始，母亲说完这句话，视线总会在半空游移一秒钟。现在想想，应该是从她知道那对母女的存在开始的。每回庆祝儿子的生日，她总不免想起那个与儿子血脉相连的女孩也同样长了一岁。

融也一样，每当听到母亲的祝贺，总会感觉到自己背后有另一个女孩存在着。

偏偏两人还是同年级，这该怎么解释呢？那个老家伙，做事真是顾前不顾后。融在黑暗中露出苦笑。

成人的社会真是不可思议。一张口，大家都能说出一串冠冕堂皇的大道理。看似拥有严厉的规范，背地里其实信口开河、乱七八糟。看看每天的报纸和电视新闻就知道了。表面上对女人和小孩嗤之以鼻，宣称不会把男女情爱当作人生的重心，却让情妇生的小孩跟妻子的儿子同年入学。

老爸也很没面子吧！

他瞬间回想起父亲穿着西装的身影。他是一个在本地银行工作、看起来勤勉踏实的男人，形象和世人所能想象到的最典型的银行职员一模一样。

虽然融不曾开诚布公地指责他，但是一个被儿子发现自己在外面有私生子的父亲，内心做何感想呢？任何解释都只是借口。“跟妻子的感情早就淡了”也不构成理由。因为，两个孩子是在同一年被制造出来的，就算被说是乱撒种的坏男人，也无从辩驳。年纪都一大把了，还不知道好好避孕，跟把古川的表姐妹肚子搞大的高中生是半斤八两。

从前，融并不讨厌父亲。他对于个性温和、条理分明、做什么事情都有头有尾的父亲是心怀尊敬的。这是因为融一向喜欢将该做的事情做好的人，也期许自己能够成为这样的人。正因为父亲是这样的个性，关于甲田母女一事，融的感受其实是意外大于被背叛的屈辱。

父亲是个自尊心很强的男人，对于穿着打扮也相当讲究。"'看人先看脚'这句话很有道理，男人的鞋子非常重要！"这句话是他的口头禅，而他总会在周末认真地为皮鞋上油。

你爸爸好狡猾啊！

不知被何事触动，母亲曾经这么喃喃自语过。在照顾父亲住院的那段时间，也是在融隐约意识到父亲来日不多的时候。

母亲并没有继续这个话题，现在回想起来，她其实省略了很多话，比方说父亲因为自己的过错而蒙受莫大压力，因此染上胃疾；患病之后，却觉得自己已经赎清了罪孽；或是他留下两对妻儿，一个人逃离这个尘世。

某处传来咖啡罐互相碰撞的声响。

没错，逃开的人是老爸。

融执着地用大拇指摩擦着空罐。

他从照顾两对妻儿的责任逃开，也从独自忍受妻儿轻蔑的痛苦逃开。

如果老爸缺乏责任感一点，或是更圆滑一点，事情也许还有转机。有太多的男人，对于自己的罪过异常迟钝。如果他是个东窗事发后干脆公开，或是愿意向妻子下跪道歉的人，或许还有一条生路。但是，他不是那么圆滑的男人。正因为他是个处事认真、自尊心强的男人，才只能以那样的方式解脱。

融凝视着忍和光一郎走在前方的背影，仿佛上面映着父亲的背影。

他一定很痛苦吧！

这个不经意间涌现的念头，让融自己都很错愕。生平头一次，他对于父亲产生这样的看法。周围是漆黑的，连忍的背影都必须用尽力气才看得清楚，回忆却不断扩大，在脑中形成一连串影像，挡都挡不住。

越想把它们赶走，影像就越鲜明。

其中重复出现好几次的画面，是出现在父亲葬礼上的甲田贵子。这对从前只有着模糊想象的母女突然现身，带来的冲击非同小可。母女俩的身影窜进视野时的震撼，到现在都记忆犹新。

不舒服。不舒服到了极点。一脸泰然的母女俩，激起他熊熊的怒火。融目不转睛地瞪视着她们。

然而，融至今不愿承认，自己感到不舒服的真正原因是什么。

因为甲田母女看起来太酷了。

身穿笔挺黑色套装的母亲品位出众，眉宇间有一股英气；穿着制服的女儿也稳重成熟，聪慧全写在脸上。相较起来，包围在愁云惨雾里的他与母亲，就显得格外寂寥与悲哀了。那一瞬间，觉得自己的母亲不如别人，让他感到屈辱和不快。

换作什么样的女人，就不会让自己尝到那种败北与屈辱的滋味呢？

他想象着这个假设。

如果是更邋遢一点的女人，或许就能够释怀了。如果是个美丽却浓妆艳抹、风尘味很重的女人，或是举止装模作样、对他和母亲心怀怨恨的蠢女人，都还可以原谅。重点是，对方必须值得自己轻蔑，若是令人同情就更好了。这么一来，融就可以接受父亲只是为了喘口气，才跟不同类型的女人玩玩，可以居高临下地怜悯这个情妇。这么一来，他就不会这么煎熬，可以轻易把她们逐出自己的世界。

只有那个母亲的话姑且不论，更让融看不顺眼的是贵子。他无法原谅贵子跟自己考上同一所名校。他做梦都没想到，她会跟自己处于同一个生活水平、站在同一个战场上。如果贵子欠缺读书细胞，甚至是个不良少女，不知道有多令人安心。

融发现自己使劲掐着空罐，于是叹了口气，试着放松手部肌肉，却无法如愿。他运用挥拍的诀窍，左右摆动手臂。

两个家庭间的雷同，让融痛苦万分。

如今，他清楚意识到了问题的症结所在。

当然，如果相差太多也不正常。原来老爸有这种嗜好——两个母亲间若是差距过大，只怕自己受到的打击也会更大。不过，两人要是相像，也并不是件可喜的事。能够轻易想象那对母女会有什么样的对话、贵子过着什么样的生活，并不是融所愿意的。

生日快乐。

母亲的声音与贵子的声音重叠。

这真的是件值得庆贺的事吗？对贵子而言，我的生日是件喜事吗？她究竟是基于什么念头，才会说出那句话呢？

融不厌其烦地甩动着空罐。

不到一个小时应该就能抵达长时间休息站，却觉得行程毫无进展。

整个队伍精神萎靡，气氛沉重。

众人都保持着沉默，步伐也变小了许多。连自己在做什么、朝哪个方向前进都忘记了，只是依循着惯性迈开脚步。在看似不变的风景里，在黑暗里，拖着疲倦的身躯走着走着，会渐渐感觉像在做一场梦。心与身体分离，只有大脑在编织一场梦境，身体像是不属于自己。背包和身体凝结成一块岩石，仿佛只要稍微一动，就会龟裂、粉碎，所以每个人的上半身都是僵直不动的。

唯一存在的，是如同诅咒一般的意志力。

这个长长的队伍，就靠着这个强迫意识支撑着。

总之就是走。什么都不要想，只要把腿往前伸就对了。

已经没有精力去思考为何要这么做、为何会来到这里，只是朝着目的地，不断地前进。

尽管如此，还是有极少数的学生保有思考能力。

“我说，贵子。”

贵子花了比平时更长的时间，才发现千秋正在喊她。平常就已经后知后觉了，在这种情况下，听力更是急速退化。

融的生日派对老早就散场了，大家已经沉默了好长一段时间。

“什么事？”

这一句简短的回答，也要耗尽吃奶的力气。说话是需要体力的，把自己的身体往前推就已经够吃力的了，每走一步就贯穿全身的疼痛，是一场永无止境的噩梦。话虽如此，现在只要一停下来，一定会瘫成一块烂泥。一步步前进，再努力挺住快要倾倒的身体……现在他们重复的就是这样的步骤。

“贵子，你在跟芳冈交往，对不对？”带着疲倦却也不失一贯淡然口吻的千秋问道。

贵子想表现出惊讶，却累得做不出表情来。

她在内心轻轻地苦笑了。我这个人真的很没用、没毅力、幼稚，就像小孩子一累就会心情不好，不想开口说话。

“我们没有交往啦。”她总算挤出回答。

“真的没有吗？”

她隐约回想起，自己曾说过等到午夜再谈这件事，却没料到会在这种被掏空的状态下谈论男女关系。

“真的，我们只是出去了几次，喝茶聊天而已。”

“这样啊！”千秋无力地回答。听来她也很想多灌注点感情，却累得无法控制语气。

对于在步行节的疲劳巅峰气喘吁吁地聊这种话题，贵子突然觉得很好笑。

“千秋，你真厉害哎，居然还有力气聊八卦，我已经不行了。”

“什么嘛，是你说要到午夜才肯说的哎。”

“可是，你也不必在最累的时候问吧。我也想用更可爱的语气说：‘讨厌，人家才没有呢！’”

“没错。喘成这样，也没办法装清纯说：‘告诉我，你跟他有没有在一起嘛？’”

“女人味早就阵亡啦！”

两个人低声笑了起来。

这么一笑，身体中沉睡的某个部分就微微睁开了眼睛。当然，之后又立刻陷入了熟睡。

“人家传得很凶呢。”

“我听说了。”

沉默片刻，两人才再次开始对话。

即便如此，交谈并没有中断。

“我倒觉得，你们的组合挺有趣的。”

“他的确是个怪人啊！说话很有意思。”

像在边想边说似的，话一句一句地落出来。毕竟每说一句话都必须耗费相当多的体力，已经没办法像白天那样口若悬河了。

“他是天文社的吧？跟你同班过吗？”

“没有哎。高一的时候，我有个朋友在天文社，他们社团活动的时候我去找她玩过，所以才知道有芳冈这个人。”

芳冈佑一有种理科男生的特征，冷静、木讷、对世俗漠不关心。

他总是一副与世无争的模样，脸上看不出情绪，却也不是书呆子。十几岁的年轻人，却有着超越年龄的老成。尽管如此，他出乎意料地擅长聆听，也能说会道。

贵子跑去参加天文社的活动时，也看到他耐心地对任何有疑问的人一一讲解。之后，两人偶尔碰面总会聊上几句。

所以当他邀自己一起去天文馆的时候，贵子没有多想就答应了。如果察觉他对自己有意，贵子是一定会拒绝的；但是他的态度坦荡，纯粹就是想邀一个人作伴而已。既然如此，装矜持只会显得肤浅，加上贵子也对天文馆有兴趣，没理由推脱。

“我啊，很喜欢观察别人的脸。”

“哦？”

参观完天文馆的归途上，佑一淡淡地这么说。一般而言，男生跟女生并肩而行，多少都会有点紧张、有点虚张声势、有点胆怯，但是佑一像个站在讲台上的老师般从容。

“一个人的脸，其实可以看出他的一切，包括个性，或是成长的环境。”

“对啊。”

意见一致，所以贵子这样应着。

“甲田，我觉得你的脸很有趣呢。”

被人当面这么说，贵子怔住了。看他的表情，似乎不是在开玩笑，反而十分正经。贵子郑重其事地问：“你说的‘有趣’是什么意思？是我长得很难看？”

“不是的，我不是在讲美丑的问题。”

这样形容一个女孩子的脸，会不会有点过分啊？贵子很想吐槽，不过不知道佑一是否能理解这类玩笑，所以就作罢了。

“看起来很单纯，实际上很复杂，完全摸不透呢。”

佑一专注地端详贵子的脸。

“摸不透？那是什么意思？”

贵子越发困惑了。

“首先，我就摸不透你的家庭成员。不好意思，我想请问一下，令尊的职业是？”

“我们家没有爸爸。我妈妈是开公司的。我跟妈妈两个人住。”

“哦，原来如此，难怪。”

佑一重重地点头，表情透着像是解开数学题时的满足，让贵子不禁觉得好笑。

“顺带一提，我妈妈是单亲妈妈，没有跟我父亲结婚。”

会加上这一句，是因为她很确定佑一不会用有色眼镜看人。

“哦？是这样啊。原来单亲妈妈是这个意思啊。”

不出所料，佑一对于这个字眼只有学术性的反应。

“我就是所谓的私生子。”

能够顺畅地说出这种话，也是因为对象是佑一的缘故。

然而，他的反应令贵子讶异。

“应该叫作‘爱的结晶’吧？原来如此，甲田是‘爱的结晶’啊！所以才会有张这样的脸。”

佑一说完这段话，就边点头边陷入了沉思。

她吓了一跳。她没料到佑一会知道这样的字眼。“怪人”跟“豁达的人”两种感想同时交错，让她莫名地感慨。

“能不能姑且帮我保守这个秘密？有些人是会拿这种事来做文章的。为了保险起见。”贵子说。

“这种事，何必去跟别人讲？”

佑一用“干吗拜托我这种蠢事”的表情看向贯子。这个举动让她发笑，也令她感动。

走了一段路，佑一像是想起什么似的抬起头来。

“甲田的脸之所以耐人寻味，我想，是因为你很宽容的关系。”

“啊？”

贵子再次惊讶地看向佑一。

“我每次看着甲田的脸，都找不到适合的字眼可以形容。现在听你一说，我才算想起来了，原来那就是‘宽容’啊！以我们的年纪，很少有人能够拥有这种表情的。甲田，你从一开始就原谅了一切呢。”

佑一淡淡地吐出这一连串的话。

“从一开始就原谅了一切？那是什么意思？”

佑一的话，不经过解说还真难理解。

“大家都是很贪婪的。我们的内心虽然都很胆怯，但是也很贪婪，会见猎心喜。我们会告诉自己将来必须得到世界，却不希望自己原有的东西被夺走。所以，我们会因为害怕而变得狰狞。不过，甲田既不狰狞，也不胆怯呢。”

贵子苦笑了。

“应该说，我从一开始就放弃了才对吧？”

“不对，不是那样的。甲田的立场是原谅。你既不会试图从别人那里夺取东西，就算被拿走什么，也会原谅对方，而且是在对方拿走之前。”

当时，我好像不知道“立场”是什么意思。

总之，佑一的话是新鲜而有趣的。他用“从一开始就原谅了一切”来形容她，让贵子印象深刻。

没错，自己在起点就已经被置于“负”的位置，这点是从小就意识到的。虽然母亲以坦然的、不需要自惭形秽的态度将我养大，在我心底某处，始终觉得自己是矮别人一截的。所以，我从来不会想去责备别人、轻侮别人。这种“怎么样都无所谓”的懒散性格，就是来自自卑，佑一针对的应该是这一部分。对于能够看穿自己潜意识情感的佑一，贵子坦率地产生敬意。

之后，贵子开始时常与佑一谈天。

对佑一而言，两个人的见面完全称不上约会，对贵子也是一样。

有些男孩子会为了装大人，刻意谈论艰深的话题；但是佑一的话都是出自纯粹的好奇心，倾听他的理论分析很有意思。在一群朋友当中谋取平衡的感觉虽然也不坏，但是偶尔对“随波逐流”感到不耐烦的时候，听听佑一思路清晰的话，会觉得轻松不少。

两人的关系被误认为“正在交往”，也是无可奈何。贵子并不认为别人能够理解这种关系，因此就算朋友问起，也一向是随便带过。

“他真的很聪明哎。”贵子正呆呆地回忆着，千秋开口了。

“是很聪明啊。他说，将来想成为天文学家。”贵子继续呆呆地回答。

“我对天文一窍不通，”千秋像是突然想起什么似的说，“我还在理科班的时候，就很讨厌天文了。‘依照这张图，半年后的几月的天空是什么状态’，一看到这种问题，我头都晕了。”

“我也是。”

沉默降临。

不知道这段对话是否还会继续。

我并没有原谅。她突然这么想。从自己今天（应该说是昨天）对西胁融的态度来看，她一点也不宽容。佑一的眼光果然有问题。不，因为他心地善良、头脑冷静，所以看事情的眼光总是太过温柔了。

我放弃了。我选择逃避。我害怕被别人否定，害怕别人不接受我，所以总是一开始就放弃。我并没有原谅任何人，也不打算原谅任何人。相反地，我比现在走在这里的任何人都胆怯、贪婪。

“喂，那千秋你呢？”

“嗯？”

贵子无意识地发问：“可以让你爱得死去活来甚至为他抛弃人生的对象，是谁啊？”

“啊？”千秋有点惊讶。要不是因为疲倦，她应该更惊讶才对。

贵子一面与疲劳战斗着，一面继续问：“白天的时候，你不是说过，很羡慕可以遇到‘爱得死去活来甚至为他抛弃人生的对象’吗？当时我就在想，你心里应该有一个人，让你有这种想法吧。”

千秋张口结舌。“贵子，你反应虽然慢，有时候却很敏锐嘛。”

听到她恨恨的语气，贵子轻轻笑了。哎哟，一笑就觉得好累。

“是我认识的人吗？”

“嗯。”

贵子的心跳略微加速了。因为太过疲倦了，精神活动仿佛只在身体的底部流动。就像在海底左来右往的深海鱼，总算浮出水面透气一样。

“西胁融？”说出这个名字，对心脏果然是种负荷。

“才不是呢。”被这么一反驳，膨胀的气球泄了气。

“是谁啊？”

一段绵密的沉默过后，千秋叹息般回答：“是户田。”

“咦！”老实说，贵子真的很意外。因为对千秋在西胁融面前露出的羞涩表情太过印象深刻，完全没把户田忍列在考虑范围内。

“这样啊！”

当这份感觉率直地化成叹息，从贵子口中流出，千秋转过头瞪了她一眼。

“千万别说出去哦！”

“当然，我不会跟任何人说的。”

“而且，我也不打算告诉他。”

“为什么？”

千秋轻轻摇摇头。

“无所谓，只要我自己知道就好了。就算对他告白，我也不认为会有什么结果，我也不期待有什么结果。接下来，不就是考试，然后毕业了吗？只要现在有一个让我挂念的对象，那就够了。”千秋慢慢地、低沉地说。

这次换作贵子张口结舌了。

她太了解千秋的心情了。“喜欢”这种感情是找不到答案的。没有人能告诉自己一个完美的解决方式，靠自己也只能像无头苍蝇一样乱撞。唯一能做的，就是将它像宝物一样收藏在心底。

喜欢的心情要如何分段呢？到达什么样的状态，才称得上是成功？要怎么做才能得到满足？就算告白、就算约会、就算怀孕，听起来都不像是正确答案。既然如此，与其冲动行事而后悔，倒不如收藏在自己心里算了。

“呼，真让人羡慕啊。”贵子只说了这句话。

“贵子没有这样的对象吗？”千秋的语气带着试探。

“没有啊！”她回答得很干脆。

“真的？真的没有？”

“真的。我累坏了，没办法说谎。”

这是贵子的真心话。以现在的状态，说谎耗费的气力更大。与其浪费多余的体力，不如说实话来得轻松。

千秋或许也有同感，轻轻点了点头。

沉默再次取代一切。

“不知道悦子找到犯人没有？”千秋突然想起什么似的低声说。她回想起了白天传阅的那张照片。

“不管是谁都无所谓，我并不想知道。”贵子喃喃道。

“嗯。”千秋也点点头。

时间观念真是种不可思议的东西。

回忆起来只有短短一瞬间的事情，当时却是如此漫长。只走一千米就已经想掉眼泪了，那么长的距离却串联起当下的每分每秒，实在难以置信。

或许，这样的奇妙感觉并不只限于今天。

好比这充实却短暂的一年光阴，好像昨天才刚入学的高中生活，甚至是接下来的一生，或许都在不断重复这种“不可思议”。

恐怕，等到过了几年之后，自己又会发出同样的牢骚。

为什么回想起来，只像是一瞬间的事呢？那段岁月真的是由相同的一分一秒串联起来，为什么我会觉得是理所当然呢？

夜的底部变成白色了——这好像是近代文学史学过的《雪国》里的一句话？

不过，以现在的状态，应该说“夜的表层变成白色了”才对。

而且，只要再走一会儿，就能到达那层白色的部分了。未来变成白色，这样的形容非常符合现在的心境。

贵子用越来越迷糊的脑袋思考着。

恰巧，休息的学校位于上坡路。虽然看得见学校的灯光，无法移动的双脚却怎么也走不到目的地。

不过，察觉得到嘈杂声渐渐接近了。

不，其实还听不见，但是从看到夜的表层开始变白的那一刻开始，快要听到的预感就一直存在着。

可以感觉到大家的急迫。

就快了，就快到终点了。现在脑子里压根就没有自由步行的概念，完全没想到必须再次奔跑，直到抵达母校为止。

总之，就快结束了。不用再走路，可以躺下来休息了。

这个愿望像远方的灯塔一样闪耀。想早点到达，脚却不听使唤，只能将愿望硬生生地吞下，只能盯着自己的脚尖，保持着前倾的姿态。这条路会通往那个地方，这条路一定会结束。

虽然心里明白这个道理，身体却忍不住爆发了。

说什么还有一点点，距离根本就没有缩短嘛！到底什么时候才能让我休息？从刚刚就一直在骗我。饶了我好不好？再这样的话，我就当场倒下给你看！

头脑努力地劝慰着身体。

我没骗你。这次是说真的。这次真的没说谎。真的，再走一点点路就可以躺下休息了。所以，拜托你再忍耐一下吧！

爬在坡道上的学生们的脸，已经不像人类的脸了。连疼痛都已麻木，没有力气喘息，只有口中发出咻咻的声音。膝盖软了，双脚没有力气，表情不见了，声音也没了，变成一群比能面①更面无表情的生物。

然而，终归，任何事物一定会迎向终点。只要不休息，持续走下

① 能面，一种表演时所戴的面具。能，日本的一种表演艺术。

去，总会走到光明的地方。喧嚣声已经不是幻听了。

之前沉默的行军像是一场梦似的，充满朝气的嘈杂声响遍坡道上的不夜城。

“太——”

“好了！”

“真的——”

“走到了！”

“走了好久哦！”

“哇！”

贵子、千秋和梨香三人接力说着台词，互相搀扶着踏进了校门。

“啊，好刺眼！”

那是另外一个世界。

校园、教室里全都点着明晃晃的灯。过度的亮光，让眼前一闪一闪的，眼睛又干又痛。

贵子看向忘记了好一会儿的手表。

凌晨两点十分。虽然曾经为了准备考试撑到这个时间，但是能这样活动身体的机会，还是非步行节莫属。

明明应该累到不成人形，学生们还是在校内四处走动，或是在洗手台洗脸、刷牙，看起来精力十足。完成团体步行后的满足感四处可见。

看着这群人，今年的团体步行已经平安结束的真实感才慢慢涌现。

不过，身体还没有接受这个事实。尽管大脑已经下达“不用再走了”的命令，但一直被不断折磨的记忆，以及“再忍耐一下就好”的命令更为鲜明，导致身体充满了怀疑。

不过，一旦精神放松，身体就钝了，想动也动不了了。不久之前还在行走的事实快要不复记忆，两脚无法协调，各自为政。

有坐在地上无法动弹的学生，也有大声谈笑的学生。

在超越极限的状态下，大家各自度过自己想要的时间。

因为小睡最多不过两个小时左右，越早睡着越有利，偏偏过度运转的脑袋怎么也停不下来。

三年级学生的小睡地点是体育馆。

穿过人挤人的走廊，进入明亮的体育馆，只见地上铺满了凉席，半数以上的学生已经躺平了。除了大家都同龄、都穿着运动服之外，简直像是台风过后的灾民收容所。

虽然床位姑且是按照班级排列的，不过团体步行刚结束，队伍早就分崩离析了，只见自由步行时打算一起走的学生组成了许多小团体。

执行委员正在回收各班的旗帜。天亮之后就是个人步行的时间，不再需要旗帜了。它们将成为历史，成为毕业纪念册里班级介绍页的一角。

美和子在哪里呢？

贵子找遍了体育馆，却不见美和子。是去刷牙了吗？

“跟往年一样，很难想象两个小时之后，我们又得开始跑了。”梨香夹杂着叹息说。

“真的，怎么会有这么荒唐的活动啊！”千秋呻吟着卸下背包。

梨香和千秋似乎已经决定在个人步行时间为伴。

“那，我就跟美和子一起走好了。”贵子朝两人轻轻摆摆手。

“没问题，接下来继续加油吧！”

“再见！帮我们向美和子问好哟！”

两人也朝她挥手。

贵子决定不放下背包，就这样去盥洗。

男生果然还是比较强壮啊。

看着走廊上东奔西跑的学生，贵子突然灰心丧气起来。光看着人在走动，就觉得累极了。不过停下来几秒钟，就好像踏在云端上一样飘飘然。要是在这种地方摔一大跤，未免太过难看，非得当心不可。

话说回来，学校真是一个有很多石阶的地方。贵子用奇怪的姿势，一跳一跳地移动着双脚，走在全然陌生的校园里。

现在连户外最大的洗手间也大排长龙，却不得不加入这串行列。

贵子尽量找了个看起来最短的队伍。厕所一定也是人挤人吧！

在喧嚷中什么也不想地站着，脚底扩散的疼痛便开始肆虐。走路固然会痛，静静站着也很不舒服。一旦停止走动，原本麻木的疼痛立刻抓住机会大鸣大放。

这样，真的能够再走二十千米吗？况且刚开始还得跑步。

虽然有点迟了，但是贵子再次体会到步行节的残酷。

这种活动，居然有办法持续几十年啊。反过来说，如果不想着“大家几十年都是这么撑过来的”，实在无以为继。跟这么一大群人一起走一整晚的路，这辈子应该不会再有第二次了吧！就在贵子傻愣愣地环顾四周时，突然，美和子雪白的脸庞跃入视野。

她正站在连接体育馆和教学楼之间的走廊上，跟谁在说话。

啊，原来美和子躲在这种地方啊。

贵子差一点就要抬起手，却在看见同行的少女后立刻放了下来。

那是内堀亮子。

美和子脸上挂着困惑的表情。内堀亮子正热切地向美和子诉说着什么。

贵子的胸口一紧。这种时候，她们在说什么呢？

美和子一脸难办地歪着头，摊开双手回答。亮子的神情固执，似乎又对她强调了些什么，但是美和子只闭上眼，摇了摇头。

亮子起初很不以为然，最后还是露出放弃的表情，说完一句话后就跑开了。美和子以五味杂陈的表情目送着亮子的背影。

“美和子！”

听见贵子喊她的名字，美和子猛然回头，露出松了口气的笑脸，小跑向贵子。

不愧是美和子，居然还有力气跑步。

“辛苦啰！我找你好久了。我要刷牙，你等我一下哦！啊，你先回体育馆休息好了。”

美和子露出诧异的表情，急忙摇摇手说：“不用了，我就在这里等你。我跟你说，刚刚内堀来问我，要不要跟她一起自由步行呢。”

“什么？”

“她说，想找西胁同学他们一块儿走。”

“西胁同学他们，指的是西胁和户田？”贵子谨慎地问着。户田忍说他曾经和亮子有过一段。千秋喜欢户田忍。户田忍不希望西胁融和内堀亮子变成一对。原来如此，通观全局，原来忍才是今天的幕后关键人物啊！

“不是，她说的是网球社的成员。”

“西胁融说要跟户田忍一起跑呢。”

“真的吗？不管怎么样，我是不会跟她走的。”

“那两个人，看起来倒是挺相配的。”

“哦，你是说刚刚的事情？”美和子露出疲惫的微笑，“她在这方面倒是蛮强势的。那个时候也是，突然就冒出一句：‘我有礼物要送你，跟我一起来！’自由步行的事也是，我很早之前就说过要跟贵子一起走了，她却突然……”

“她邀你一起走，应该没有把我算在内吧？就是要你丢下我的意思？”

“没错。她说：‘甲田同学可以跟同班的人一起走啊。’”

“简直……”

贵子吞回了“莫名其妙”四个字。因为，责备亮子好像不免带有嫉妒的嫌疑。

“我当然是拒绝啰。一生最后一次的自由步行，我好期待跟贵子一起走的，开什么玩笑嘛！”

“就是说啊。是不是因为礼物战术成功了，所以想制造机会多跟西胁融相处啊？”

“为什么要把我也拖下水呢？”

“大概是不想单独一个女生闯进网球社的男生队伍吧？美和子一向很受男生欢迎，人缘又好，她八成在打‘多了一个美和子，男生就不会拒绝’的如意算盘。”

“嗯……”美和子皱起眉头。她是个讲究礼仪的人，无法忍受这种自私自利的行为。

话说回来，那个女孩心机真的好重，居然故意去邀美和子自由步行，某种程度上也是想找我麻烦吧！

贵子直觉如此。她应该听过我跟西胁融正在交往的传闻吧？对她而言，这是一石二鸟之计。不过，居然在高三的最后一次全校活动中要这种把戏，她到底是什么样的人啊？忍用“心机很重的女人”来形容她，果然一点不假。

一股怒气直冲脑门，贵子一瞬间忘了疲劳。

“贵子，我去一下厕所。”美和子似乎已经调整好心情，用平常的口吻说道。

“嗯，我要去刷牙，你先排队吧！”

“好。”

美和子说完快速走向队伍。这是美和子的一项特质，她总能立刻切换心情，不会死缠烂打地说别人坏话，也具有单独行动的勇气。

哼，你想拆散我和美和子，才没那么容易呢！你就好好去追你的西胁融吧！不过，他可是决定跟被你抛弃的户田忍一起自由步行哦。活该！

排队途中，贵子的斗志莫名高涨起来，刷牙的动作也格外带劲。

当贵子跟美和子再次回到体育馆时，馆内已经被寂静包围。

大家到底是累了，纹丝不动地睡成一团。因为现场太过死寂，简直像是尸横遍野。

“哇，大家真的睡死了。”

“我们也快点睡吧！”

两人一边窃窃私语，一边踮着脚尖，找寻空着的床位。

在角落发现大小合适的空位，两人立刻放下背包，并排躺下。

没有枕头，更没有棉被，就只是大通铺而已。

“听说杏奈的弟弟来了？”躺在身旁的美和子压低声音问。

“嗯，就是顺弥，果然还是很像杏奈呢。”贵子回应着。对了，他也在队伍里面啊。贵子完全忘了这件事。

“他很有趣。虽然五官跟杏奈很像，但是个性完全不同。”

“因为他是美国人嘛。”

“没错！”

一瞬间，贵子回想起跟杏奈、美和子三人躺成一排的感觉。

“他已经走了吗？”贵子问道。后来就没见过他了。

“好像是中途就回朋友的车上了。不过，他说会追着我们走完全程。可能是把车子停在某个地方，在里头睡觉吧！”

“他跟他朋友真的好闲哦。要是杏奈也一起回来就好了。”

“嗯，对啊，我也这么想。”

“这么说的话，他搞不好会先到终点等我们哦。不过，我们到时候一团混乱，恐怕没办法陪他哎。”

“没关系吧。如果他真的在终点等我们，就拜托他送我们回家啰。”美和子理所当然地说。她在这方面真的很精明。

“还有几个小时，步行节就要结束了，总觉得难以置信。”贵子枕着手肘，侧躺着说。

美和子直勾勾地盯着天花板。白皙的她也经不住日晒，鼻子和脸颊都红通通的。

“就是啊，一转眼就结束了呢。走的时候明明辛苦得要命。”美和子沉静地点点头。

“高中所有团体活动就此画下句点了，像做梦一样。”

“嗯。”

虽然困，却无法入睡。

身体已经入睡了，大脑也哀求着想要休息，却有种“现在还不能睡”的感觉。应该有一件事，是我非向美和子问清楚不可的。

正在搜寻记忆的同时，嘴巴却不听使唤地动了：“我问你哦，顺弥有没有跟你说什么奇怪的话？比方说杏奈喜欢的人是我或美和子的兄弟之类的。他一定是搞错了，美和子的兄弟就算了，怎么可能扯上我呢？”贵子打算用开玩笑的语气带过。

但是，美和子立刻“哦”了一声，点点头。

“就是西胁的事吧！”她若无其事地接话。

半睡半醒的贵子倒抽了一口气。

嗯？这种时候怎么会冒出这个名字？咦？这样好吗？这个答案虽然没错，好像不应该出现吧？

贵子试着拼命思考，无奈变成一堆糨糊的脑袋却不听使唤。

美和子泰然地转过脸来，面对已经停止思考的贵子，嚅动嘴唇：“如果是说他的话，顺弥没有搞错啊。西胁的确是贵子同父异母的兄弟嘛。”

只睡着了一瞬。

真的，头才刚沾到凉席，下一瞬间就是两个小时后了。

想挺起身体，每一处关节却像没上油的齿轮，无法动弹，好像在一个地心引力是地球的十倍的星球上。

眼睛睁不开，超越了酸痛的极限，眼皮如同生锈的铁卷门，发出老朽的摩擦声。

“啊……”

“好难受！”忍在身旁发出呻吟。

呻吟声此起彼落。像是毛毛虫从冬眠醒来（虽然不太记得毛毛虫会不会冬眠），四周渐渐出现动静。

跟陷入熟睡前的景象一模一样。

外面还是一片漆黑，体育馆还是灯火通明。另一项完全没有改变的，就是覆盖住整座体育馆的浓浓疲倦。

试着转动脖子或肩膀，却发现比粗制滥造的模型更加僵硬。

“呜！”

“怎么马上就要出发了啊！”

当然，大家并没有早餐可以享用。点过最后一次名，过了四点半，就必须离开这个地方了。

融想站起来，却吃了一惊。左膝盖莫名地感到沉重。

轻轻伸手一摸，肿胀并不明显，温度却很高。

这下惨了。

他护着左膝，缓缓站起身来。

走了走，发现疼痛并不严重，他松了一口气。不过，阵阵不吉利的抽痛不曾间断。

一股不安涌上心头。自由步行。二十千米。真的有办法走完吗？

比起中途放弃、坐上大巴，无法跟忍一起走到终点的恐惧更加强烈。

“是左脚吗？”忍似乎一直从旁观察着，用冷静的声音问道。

融吓了一跳，转头看忍，发现他已经醒来，正盘腿坐在凉席上。

“不至于不能走，还没痛到那种地步。”融露出僵硬的笑容。

忍拉过自己的背包。“我带了冰敷贴布。你有弹性绷带吧？”

“嗯。”

“贴上这个，感觉应该会好很多。”忍从背包取出气味刺鼻的贴布。

把贴布裁成两半，分别贴在膝前和膝后，冰凉的触感相当舒服，再用弹性绷带固定住，连精神都为之一振。

“谢了。这样应该就没问题了。”

“能跑吗？”忍面无表情地看着融。

融严肃地点点头说：“嗯。我会跑到不能跑为止，之后就改为步行。你可以丢下我不管，没关系。”

“是啊，到时候我就丢下你啰。”

愿意说出这句话，显出忍的善解人意。

“我去一下厕所。”

“不可以蹲下来哦！”

“我是要小便啦！”听到忍的提醒，融笑着回头答道。

我果然还是想跟这家伙走到最后啊！

静悄悄的校园，再次充斥着热腾腾的喧闹。

校门边挤满了人。无数的黑色脑袋，没有队伍也没有团体，只是一个没有秩序的大集团。

蒸腾的热气，沉淀在依旧黑暗的夜空底层。

只剩下“北高中学生”这个标签。没有班级、男女、年级的分别，北高中全校学生即将从这里出发，一心朝学校前进。

执行委员不断重复着抵达终点前的注意事项。

但学生们光顾着兴奋和紧张，根本没听进去几个字，不管是必须在规定时间内通过中继站、出发五个小时后校门口就不再受理报到，还是报到截止后会统一用大巴载运落后的学生。

尽管大脑和身体都处在半昏迷状态，紧张和兴奋还是让身体不由自主地颤抖着。

贵子的紧张中还掺杂着混乱。

“西胁的确是贵子同父异母的兄弟嘛。”

美和子说这句话时的表情和声音，烙印在贵子的脑海中，难以磨灭。

原来美和子知道这件事。

贵子偷瞄了身旁气定神闲的美和子一眼。

当时，美和子无视受到打击的贵子，说了句“我要睡啰，晚安”，就转过头去自顾自地睡了。贵子僵在当场，却也在不知不觉中入睡。

醒来之后，美和子并没有多做说明，除了“我们快点去洗脸吧”“重新贴一下创可贴好了”这样的对话，或是将随身带的巧克力放进贵子嘴里的动作，就不曾在忙碌的准备中多说些什么了。

美和子知道我的秘密。她是什么时候发现的呢？

杏奈也是吗？

想到这里，贵子浑身一震。

没错，杏奈也知道这件事，所以她才会说出那样的话。

朋友的兄弟。

美和子和杏奈都知情，却隐瞒不说，恐怕是知道我很介意的缘故。

那么，杏奈寄给我的明信片，又是怎么回事呢……

嗯……怎么想不起来明信片上写了些什么？

一回想，各种回忆就从四面八方跳出来，让头脑更加混乱了。

美和子愿意告诉我是怎么一回事吗？

贵子再一次偷瞄美和子的侧脸，只见她仍然一派轻松，目不斜视地望着前方。

在以沙哑的嗓音、应付了事的态度唱出的校歌声中，拉拉队员咚咚地敲着大鼓。我能够跑完全程吗？融的注意力集中在冰凉的左膝上。

虽然现在几乎感受不到异样，但是一旦开始跑，情况又会发生什么变化呢？要是一不小心用力过度，甚至有可能再也无法行走。

“怎么办？是要一口气跑完，还是慢慢走？”旁边的忍低声问道。

“跑。”融毫不迟疑地回答。

“反正一样要跑，不如刚开始冲刺一段，跟别人拉开距离。”

“我知道了。”

忍话不多，点了点头。

“那就冲吧！”

“好！”

忍开始活动脚踝。

远方有人朝自己挥着手，是硬地网球社的朋友们。

融也朝他们挥手。趁着休息时间，融已经告诉他们自己会跟忍一起跑。

他们也是跟融度过许多岁月的好伙伴。不过，很可惜，融绝不会后悔现在的决定。

融拍打着大腿暖身。

不经意地，他看向左前方，发现神色紧绷的贵子和美和子。

加油啰，两位。

他在心里由衷地祝福。

下达开跑指令的执行委员长站上了讲台，气氛越发紧张起来。嘈杂声瞬间消失。学生们一小步一小步向前挪移。想要名列前茅的学生都会尽量往前站，好赢在起跑线上。此刻，最前面一排恐怕正弥漫着杀气。毕竟一千两百名学生同时起跑的马拉松大赛，起跑的时机非常重要。怀抱着破纪录野心的人，一定想在卷入人潮之前一马当先。

执行委员长的嗓子也哑了。

“接下来，我们即将展开自由步行。希望大家都能够平安无事地通过学校校门！请注意安全！那么，请开跑！”

大鼓敲击声与雷动的欢呼声重叠在一起，响彻了尚未泛白的天空。

脚步声群起，在校园的墙壁间来回弹射。

“哇”的欢呼声迟迟不散。目送学生离去的老师们的掌声和学生家人的喝彩声交叠，异样的亢奋持续了好几分钟。

“走吧，贵子。”看到前方人群总算开始移动，美和子立刻招呼贵子。

“来啰！”

贵子也匆忙起跑。话虽如此，由于整个集团一起移动，所以周遭的风景完全没有改变，感觉相当奇妙。

开始了，开始了。

脑中不断回绕着这样的声音。还没做好心理准备，身体却被牵着走了。

接下来还有二十千米。距离校门口还有二十千米。

我真的能够走到终点吗？

美和子和杏奈怎么会知道我的秘密?

这么长的距离，我有办法跑完吗?

贵子的心里已经乱成一团。

“走吧，融!”

“没问题!”

两个少年也迈开了步伐。

身体、风景同时缓缓挪移。

学生们的呼吸融化在了空气中。

众人的运动鞋敲击柏油路面的声音，像骤雨般包裹住全身。

不知为何，这种体验使人亢奋。大家的兴奋、紧张和热气，将一股精力注入身体。

能够抵达吗?能跟这小子一起抵达终点吗?

融的心里充满了不安。

然而，现在能做的只有全力以赴，跟这小子一块儿肩并肩，跑到不能再跑为止吧!之后的事情，之后再想吧。我已经决定跟忍同行了，不管发生什么，我都不会感到遗憾。

走出校门，清新的空气扑面而来。

连离得老远的大群学生的背影，都看得一清二楚。

日出近了。

融边感觉着这一切，边不停奔跑着，把膝盖的疼痛抛在脑后。

原本密布整条路面的学生渐渐散了开来。

起跑不到五分钟，头尾便出现了好大的差距。

而起跑时弥漫四周的紧张与兴奋也烟消云散，只剩下枯燥、严峻的竞赛。

曾经重重叠叠的脚步声也消失了，唯有自己连成一气的足音和呼吸声在体内回荡。

天空开始晕出微光。

像是一层层掀去薄膜、隐藏在夜晚下方的东西迷迷蒙蒙地浮出表面。接着，周围的景色就在不经意间变得清晰了起来。

星期六的早晨，干线道路上没有车辆驶过。静谧的晨雾中，跑在前方的学生身影左右摆动。大家此时都还有体力跑步。虽然后方已经出现部分放弃竞争的学生，前方的人却很明白，一旦停下就再也无法举步，所以都抱着能跑就跑的心态。

在体育馆醒来时还感到微寒，现在却出了一身大汗。

美和子应该还游刃有余吧？

贵子偷瞄了一眼身旁的美和子。

虽然看不见她的表情，却听得出她的脚步轻盈，比自己从容太多了。

正因为两人结伴，更加说不出想放弃的话。

凭的是一股毅力，以及让还有余力的好友停下来走的罪恶感。

好痛苦。想停下来，想走路。

脑袋里这样嘶吼着。不，又不像嘶吼那么气势惊人，像坏掉的唱片不断重复着诅咒，这样的形容较为贴切。

身体早就发出抗议。以平常的标准，现在早该弃械投降了，却只靠着惯性和随波逐流移动着双脚。短暂的小睡是不可能恢复体力的，只不过为了麻痹感官，让身体以为还撑得下去罢了。

这样，不可能持续下去的。

脚好重，完全抬不起来。尽管勉强朝前移动，却是每踏一步就伴随着类似痛楚的疲劳。

好痛苦，好难受，好想停止。

汗水渗进眼里，头发也紧紧贴在头上。

唉，我不想再这样浑身大汗了。没碰上生理期，真的是前世修来的福气。

一些可能撞期的女生，有人还去药房买药，好让经期延后。这是学姐学妹间相传的秘诀。光是活动本身就够累人了，谁都不希望再为生理现象伤脑筋。

跑了一段时间后，意识模糊了起来，脑袋也放空了。不过，一旦留意到这件事，诉说着痛苦和折磨的字句又会立刻塞满整个头脑。两种效应以极短的周期轮替，消磨着身心。

忽然，脸颊感到一阵暖意。

橘色的光芒照进眼里。

日出了。

看得到远方一座大铁桥。柔和的晨光映出正在爬一段缓坡的学生们。

放弃跑步、开始走路的学生也陆续出现，三两成群，低着头摇摇晃晃地走着。

早晨似乎有雾。光线迷蒙，有气无力。

从日暮到日出。她想起这样一句话。

昨天见到的海边日落，好像是段久远的回忆。

步行节就要结束了。

突然，一股类似后悔的情绪涌了上来。

就快要结束了。本想在步行节上解决某件重要的事，感受某种特别的体验，却在什么都还来不及做的时候就要告终了。

贵子的内心百分之九十九期盼赶快结束活动，回家洗澡，然后深深埋进被窝。然而，剩余的百分之一希望这场活动不要结束，希望它再持续得久一点。

“好像破掉的荷包蛋哦！”美和子气喘吁吁地朝贵子喊着。

看见她脸上的阳光，贵子也看向太阳。

两人穿过铁桥，凝视被黑色铁架分割成数块的初升旭日。

从浑沌的云块之间渗出的太阳，确实很像被筷子夹破、流出蛋黄的荷包蛋。

“美和子，我不行了。”贵子抓住这个机会，气若游丝地说。

“再跑一会儿吧。等跑到第一中继站，再改用走的。”美和子铁着心肠驳回贵子的请求。

“第一中继站在哪儿啊?”贵子悠悠地问。

“就快了。穿过这座桥，应该就在下一个国道的红绿灯路口。跑到那里之后，就只剩下十四千米了吧!”

“呜……”

“加油!”

在美和子依然清新有劲的鼓励声中，贵子虽然很想掉眼泪，还是几乎断气地继续往前跑。

铁桥上吹拂的山风，却在下桥后瞬间停止了。

就算抵达了第一中继站，就算跑得这样要死要活，也不过换得六千米的里程数吗?还剩十四千米。一想到这个数字，就觉得灵魂都快出窍了。计算一下目前的进度所耗费的体力，之后的距离简直比去西天取经还要漫长。

还是早点结束好了。我想快点回家，在自己的床上呼呼大睡。

几分钟前的后悔早不知跑哪儿去了，贵子怀着怨恨在心里起誓。

不过，追过那些走路的学生却有一种快感，就连男生都放弃了大杂烩式的团跑，三五成群地走着。也有些学生明明还有体力，却为了跟朋友专心聊天而选择走路。看着那些一脸轻松、有说有笑的男生，贵子心里既怨恨又羡慕。

当男生们喊着“美和子”以示鼓舞时，美和子也笑脸盈盈地挥手致意。完全忘记摆出社交表情的贵子，再次领教到好友的过人之处。

走在路旁的学生的背影，已经透着浓厚的散场意味。

对于一、二年级学生来说，这是今年最后的活动；对于高三学生来说，这则是高中生涯最后的活动。迎向终点的气氛就是这么来的。

大家的背影都好轻盈。那是一种翻山越岭后的充实感，虽然累得人仰马翻，但是昨天和今早的紧张已经消除。担心是否能走完全程的心情，团体步行时的默契，此刻也被走向归程的轻松和懈怠取代了。

这让贵子有点不是滋味。

还没有结束。还剩十四千米。贵子一方面有股想朝着大家背后大喊的冲动，一方面又叫苦连天，发出“美和子虽然那么说，我连十米都跑不下去了”的哀号。

尽管如此，时间仍然一分一秒地流逝，视野逐渐变得明亮起来。

熟悉的早晨包围着世界，带来一种从非日常的世界回归普通世界的乡愁。

太阳真是伟大，单凭一己之力竟能把世界照得如此明亮。

缓缓上升的太阳固然很像蛋黄，而贵子目前的脑袋，也像蛋黄一样呈现半液体状态。

其他人应该都还在睡吧？脑海中的一角想着。

就连一向早起的妈妈也还在睡梦里。读其他学校的朋友们，以及星期六不用上班、上课的人也是。就算是今天必须上班的人们，也还不需要离开被窝。

大家都在呼呼大睡，为什么我们要满身大汗地在这里跑步呢？

穿过铁桥之后，干线道路开始爬上丘陵。

在重见光明的世界里，下方的风景是一片蒙着晨雾、像是旧风景画般的杂木林与田野。

单调的道路持续不变，感觉似乎一直在原地踏步，完全没有前进。

队伍已经完全溃散，学生们三三两两地分布在宽阔的步道上。跑步的、走路的似乎各占一半，队伍应该拖得相当长了。

领先的同学这时应该已经到达遥不可及的地方了。那些打算破纪录的学生，都计划在一个小时左右抵达母校。世上总会有些人，做的事情让人难及项背。

时间仿佛永无止境。

痛苦仿佛无穷无尽。

在这样的状态下，我能忍受到几时呢？不，我办不到。

脑中流泄着古典文法里的反语句型。学习真是一件恐怖的事情。

道路的另一端，出现了白色的块状物。

心里好像燃起了一丛小小火光。

聚集成一团的学生身影越来越清晰。

没错。

那里就是第一中继站。

虽然感觉好久没见到这么一大批学生，不过仔细看看，挤在中继站前的也不过数十人罢了。大家匆匆签到后，就又迅速出发了。

几名执行委员向还没开门的加油站借来两张桌子，排成一列，比对着学生和名册。仔细一看，却有学生靠坐在墙边休息。

美和子和贵子一边调整着呼吸，一边走向执行委员。

两人就着各自的班级名册，分别签到。

原本以为应该领先不少人，却发现将近半数的同学都已经签到，贵子十分丧气。没想到连高见光一郎都签到过了，简直匪夷所思。

我居然会输给那个僵尸一样的家伙。

在失望的同时，勉强维持的紧张感也完全溃散，疲劳倾泻而出，汗水也决堤似的直流，擦了又擦，还是不断从额角淌下。

贵子深深叹了一口气，看向美和子。

“大家都跑得好快哦！我已经拼了命，还是落后一大截。最夸张的是居然还被高见光一郎领先了。”

“这个打击真的好大。”美和子正色回答。

“所以说，昨天的团体步行他是假装虚弱啰！”

“他干吗假装虚弱啊！”

两人一边抱怨着，一边并肩向前走。

“贵子，你还跑得动吗？”美和子朝贵子一瞥，观察她的状况。

“我不行了，我已经油尽灯枯了。”

美和子似乎也放弃了两个人一起跑的初衷。

“好吧，那我们就快走好了。拖着脚走路，反而更累。”

“遵命！”

看到美和子精神振奋地迈出脚步，贵子匆忙跟在后面。背脊一挺直，刚刚暂时忘记的肌肉疼痛立刻发出哀号。这种时候，才会沉痛地感到正确的姿势有多么耗力。

贵子碎碎念着：“还是要像美和子这样重视自我管理的人，才有办法读公立大学理科系啊。再怎么想，那么多书都不是正常人读得完的。要是不订好计划，慢慢把进度消化掉，不知道怎么应付得了那么大的考试范围。”

“怎么突然提起这个？”美和子一脸大惑不解的表情。

“你一定是那种前半个暑假就把作业做完的人吧？”

“才不是呢。我的本能会告诉我什么时候再不做就惨了，然后我才开始动工的。我是那种在别人面前装得很努力，事实上临时抱佛脚的人。”

“那也是一种天分啊！哪像我，一直想着要做、要做，现在不开始就来不及了，一直挂念着，结果还是玩到最后一秒钟。”

“或许吧。”

“而且，我玩得一点都不尽兴！既然决定要玩了，就应该开心地玩才对；但是我又一直想着功课，玩也玩不专心，这就是最糟糕的那类人。”

美和子呵呵地笑了。

“或许吧。”

“我每次一想到，将来的人生都会是这个样子，就觉得很郁闷。如果准备高考也像这样，该怎么办？现在已经可以看出征兆了。”贵子说着说着，自己都不寒而栗。

暑假那令人讨厌的感觉。终点就在眼前了。它一天一天地朝自己逼近。现在开始还来得及。要是早点动手的话，只要有个开头，事情都还有转机。心里虽然明白这个道理，却怎么也提不起劲来的恶性循环。就算坐在书桌前，也会做起别的事情，净绕着任务打转，却迟迟不切入核心。就这样一天拖过一天，直到真的陷入为时已晚的窘境，才在无穷的悔恨中，发现该解决的功课量多得惊人。于是，夏天结束了……

怎么有这么懒惰的人啊！贵子突然陷入了自我厌恶。

自己为什么没办法像美和子或是其他女生一样，踏踏实实地做事呢？为什么老是放纵自己胡思乱想，浪费不必要的时间呢？

“不过，贵子的运气很好啊！”美和子直率地说。

“哪有？”贵子严肃地转向美和子，“我做的事情，一直都跟运气没什么关系啊！如果我参加运动社团或是围棋社团组织的那些和输赢有关的活动，那你这话还能理解。”

贵子从高一开始，就是不折不扣的“回家组”。顶多会在校庆的时候，到朋友的社团帮忙插花而已。

美和子稍微歪歪头说：“这个嘛……要举出具体的例子，我也说不上来。倒也不是那种事事都能如意的顺利，但是总能达到还不错的水平，不用吃很多苦，目的就能达成。”

“什么意思啊?”

“第一点，就是贵子有很多好朋友。”

“比如美和子?”

“没错，比如我。”美和子毫不谦虚地重重点头。

贵子一边苦笑，一边也暗自赞同。的确，自己的社交手腕虽然并不特别好，却总能认识志同道合的朋友。尤其是美和子，更是其中一等一的好朋友。要是少了她，贵子的高中生涯就会完全不一样了。更别说美和子总会在各方面拉贵子一把。

不经意地，贵子想起了另一个少女。

“杏奈也很想跟我们一起走的。”

听见贵子喃喃地说，美和子微微转头。

“去年黄金周的时候，我不是和杏奈一起去你家玩吗?你记不记得?”

“嗯，当然啰。”

母亲因为工作，必须离家好几天，加上又巧遇连休假日，所以才邀请两人来过夜。美和子和杏奈已经跟贵子的母亲见过好几次面，母亲也觉得两人既懂事又可爱，对她们印象一直很好，甚至还说“总比把贵子一个人留在家里安心多了”。

“那个时候，贵子的妈妈跟我们说了一件事。”

“什么事？”

“关于西胁。”

在听到这句话之前，贵子完全忘了这件事。

“西胁的确是贵子同父异母的兄弟啊。”

贵子回想起在体育馆时睡在身边的美和子的眼神。

贵子有种大梦初醒的感觉。

对了，还有这么一件事。

她条件反射地挺直腰杆，肌肉再次发出哀号，扭曲了贵子的五官。

“贵子，你那个时候不是去附近的蛋糕店买蛋糕了吗？就是那段时间，你妈妈说‘有件事只跟你们讲’，然后就告诉我们了。”美和子的口吻很平淡。

“哎，是那个时候啊？我完全没注意到！”

贵子被两个朋友装没事的本领吓傻了。一想到美和子居然偷偷观察着自己对西胁融的反应长达一年以上，就羞得无地自容。不一会儿，脸就滚烫起来。

“你妈妈还说：‘我想，那孩子应该不会主动告诉你们这件事。’”美和子目不斜视地边走边说，“真的被你妈妈料中了。不愧是当妈的。”

贵子露出苦笑，没有作声。

然而，她还是将疑问说出了口：“我不懂，为什么她要说出来呢?”

贵子知道美和子瞄了自己一眼，却不想抬头。

以母亲的立场来看，这不是一种耻辱吗？告诉女儿的朋友又能如何呢？让自己面子挂不住不说，她难道没想过，女儿会引以为耻吗？责难母亲的心情，冷冰冰地浮现。

仿佛看穿了贵子的心事，美和子用冷静的声音说：“‘我想那孩子可能对西胁融抱有罪恶感。’这是你妈妈说的。”

贵子一惊。

罪恶感。尽管自己没有察觉，母亲却是这么认为的吗？

“‘那本来是应该由我承受、由我背负的，跟贵子一点关系也没有。但是，她会有罪恶感，她就是这样的孩子。虽然贵子不会跟任何人坦白这件事，能不能请你们两位谅解她呢？我知道，我这么做是在强迫你们分担责任，也知道这本来是我当母亲的责任。但是，我无法知道学校里发生了什么事，所以才希望身为好朋友的两位，能够理解那个孩子的想法。’她是这么告诉我们的。她还说：‘贵子就拜托你们照顾了。’”美和子用她一贯冷静的嗓音，清楚地说着。

贵子的喉头一瞬间缩紧了。

惊讶、愤怒、羞怯、高兴、烦躁，所有的情绪交织成一股难以名状的感情，以高速在体内穿梭。

妈妈。

贵子勉强咽下这份感情，故作开朗地问：“然后呢？你听了之后有什么感想？”

美和子转动了一下眼珠，换上怒气冲冲的表情。

“当然是吓了一跳啦！不会吧？真的吗？大概就像这样。当着你妈妈的面，我俩还装作若无其事，直到回家以后，才跟杏奈一起哇哇大叫。”

贵子想象当时的画面，不禁扬起嘴角。

在公交车站，两人笑容满面地挥手道别，等到贵子不见踪影了，才相视大叫：“不会吧！吓死我了！那两个人是这种关系！”

这样的场景好像活生生在眼前上演。贵子笑着点头说：“也难怪你们会吓到啦！”

“尤其是杏奈，受惊不小！”

“我明白，她八成是想象到将来会跟我变成亲戚吧！”

一瞬的空白后，两人同时沉默了。

贵子试探地看向美和子：“美和子，你应该早就知道杏奈喜欢的人是西胁融吧？”

美和子微微点头。

“嗯，虽然没有听她亲口说过。”

“美和子一向都很敏锐。你是什么时候发现的？”

“我想想，是什么时候呢？好像是大家在谈论男生的时候吧。我好几次都发现杏奈的视线跟着他转，所以才觉得‘应该就是他了’。”

美和子在这方面也独具慧眼。

“杏奈出发去美国前寄的那封信，应该就是给西胁融的吧？”

“我想应该是。”

出发时明明说好要快步走，两人的步伐却都松懈了下来，而且还非常一致。

四周已经完全亮起来了。原本以为是个阴天，云层却渐渐散去，太阳又重新露脸了。气温似乎也在同时上升，结在路旁草叶上的露珠闪闪发光。

“好像又要变热了哎。”

“虽然比在雨中冲刺好，但是晒黑就惨了。”

美和子皱起眉头。天生皮肤白皙的她，一晒太阳，手臂和脸就会红通通的。回家之后，想必会痛得要命。

“西胁融真的很受欢迎呢！”

听到贵子的喃喃自语，美和子咧嘴一笑，看着她的眼睛说：“你在吃内堀亮子的醋？”

贵子大感意外。

“我干吗要吃醋啊？”

“老实说，我之前有点嫉妒你呢。”

“为什么？”

“有西胁这种兄弟，不是很棒吗？”

感到胸口一阵闷痛的贵子，摇了摇手说：“别闹了！他可是恨死我了。”

美和子讶异地转过头。

“才没那回事呢！你在说什么啊？”

“去年，如果我们在走廊碰到，还可以无视对方的存在；但是自从今年同班以来，他一天到晚都在瞪我！昨天晚上也是，因为要拍集体照，我碰巧走到他附近，就一直被他冷冰冰的视线射到，恐怖极了！”

“贵子，你不是被传过跟西胁是一对吗？”美和子没有附和贵子的牢骚，反而丢出一个问题。

“好像是吧！西胁融听说这件事的时候，一定气疯了。”贵子的回答伴着叹息。想起那冰冷的眼神，心情又沮丧了起来。

不过，美和子只是一边用食指抚着下巴，一边看着半空中。

“这就是所谓的‘无风不起浪’，你们之间还是有什么共同点，才会让别人觉得你们有暧昧吧！”

贵子无力地笑笑。

“昨天户田也一直追着我问，说什么‘你们一定有什么吧’‘跟我坦白说说看啊’，害得我紧张坏了！”

“所以说，户田还不知道西胁跟你的事啰？亏他们两个那么要好。”美和子露出意外的表情。

“就是啊。可见，西胁融是绝对不会告诉任何人的。”

对他来说，这个话题代表的只有屈辱。

并没有听见贵子这句心声的美和子，重重点了点头说：“瞧，你们这一点就很像呀！都太介意彼此了，才会出现那种传闻的。”

“怎么能不介意？父亲外遇对象的小孩跟自己同班，不介意才怪呢！”

“我想，西胁的想法应该跟你一样吧！”

“一样？”

“我猜，他可能也对贵子抱有罪恶感吧！看不出来他怨恨贵子啊！”

“罪恶感？为什么他要觉得亏欠我啊！他才是受害者吧！”贵子的口气充满了不以为然。

美和子却用自信的表情迎向贵子。

“对于自己是受害者这件事，他或许觉得很愤怒，但是我不认为他会把恨意转嫁到贵子身上。我觉得，他是因为对于把你当成加害者感到愧疚，所以才会对你冷淡的。”

“你的想法未免太凄美了。你别看他那样，他也有很残酷的一面。户田也这么说。”一想起他的眼神，贵子实在很难苟同美和子的意见。

“会吗？我是西胁的粉丝哎！总之，我是这么想的。”

“他跟内堀很登对啊，两个人有些地方挺像的。”

“可是我讨厌她。”

美和子皱起漂亮的脸蛋，贵子不禁看向她。

“你说内堀亮子？”

美和子点点头。

“那个女生很奇怪！昨晚那种态度，简直莫名其妙！”

“我倒是挺羡慕她这种个性的。”

“这么说也没错啦。像她那样忠于自我，人生或许会很美好。”

因为美和子把怨言都抢去说了，贵子才能对内堀亮子展现宽容。

“所以说，贵子从来没有跟西胁说过话吗？”

“没有啊。”

“不是同班一年了吗？”

“就是没有啊！”

美和子戏剧化地叹了口气。

“你们不都是家里唯一的小孩吗？难得有了手足，居然这么浪费！”

“别说是高兴，没打架就已经不错了。”这是贵子率直的心声。忽然，她想起杏奈的弟弟。杏奈果然也知情，却帮自己保守这个秘密。除了跟母亲谈心时，稍稍泄露了一点之外。

贵子甩了甩手。

“等等，我再转回原来的话题，杏奈的弟弟也问过你，对不对？就是杏奈喜欢的男生是谁、好像是朋友的兄弟之类的。”

“嗯，问过。”

“你告诉他了吗？”

“怎么可能！我只是叫他猜猜看。”美和子摇着头，表达强烈的否定。

贵子东张西望了一番。“他跑到哪里去了？搞不好还在睡觉？”

“应该是在车上吧。我有种感觉，他应该待在终点附近。”

射在脸颊上的阳光，开始有了温暖的杀伤力。

喝点水，擦擦汗。

西胁融的话题虽然一时让精神一振，但是成为事实之后，气力就莫名被放尽，脚疼也变得更加剧烈了。

“你就要这样毕业吗？”过了一会儿，美和子开口问。

“什么意思？”贵子明知道美和子的意思，还是装傻反问。

“你想就这样跟西胁形同陌路，然后毕业，从此不再见面吗？”美和子换了个说法。

某种东西刺进胸口。贵子不知道它是什么。

“或许吧。等到毕业之后，我们大概再也不会见面了。何况，他的志愿又是公立大学。”贵子慢条斯理地回答。刺在胸膛上的异物，还没有消除。

“我觉得那样很奇怪哎。”

美和子永远有话直说。贵子虚弱地反驳：“一点都不奇怪，那样才比较自然。如果我跟西胁融很要好，那才奇怪。”

“如果是我的话，应该会跟他做朋友吧！然后光明正大地表现出我们感情很好，还炫耀给两边的母亲看。”

“如果是美和子，是有这么做的可能。”贵子缓缓地点头。

的确，如果同样的事情发生在美和子身上，她会那么做的。

她会爽朗地向班上同学宣布："我俩是同父异母的兄妹！"还跑去西胁家，站在大门口向西胁融的母亲打招呼："您好！"贵子完全可以想象，她挺直脊背，落落大方地说："我们之间跟妈妈她们是两回事，不需要放在心上！"在美和子率真的注视下，西胁融一定也会放下心防，赞同她的说法。

"我老妈不喜欢看到我们要好啦！你也收敛一点，至少别跑去找我妈吧！"

西胁融一边推着自行车，一边以共犯般的笑容与美和子聊着天。就像他在千秋面前展现的那种阳光笑容。走在旁边的美和子，则摆出一脸事不关己的表情。"哎，我又没有做错事，找自己的兄弟讲话，是犯了什么法吗？真拿你没办法！"他虽然苦笑着，看起来却是甜在心底。

我真像个傻瓜！贵子觉得自己无聊透了。

她嫉妒着想象中的美和子，嫉妒着那个如果站在自己的立场、一定会跟他成为好朋友般的兄妹的美和子。而以西胁融的角度来看，有个这么美丽、有主见的同父异母姐妹，就算两人血脉相连，也难免会产生淡淡的爱恋……

贵子急忙将这些妄想和醋意逐出脑海。

果然是个性的问题。因为他碰到的是我，所以两人的关系才会如此尴尬。

自惭形秽的感觉，让贵子在心里轻轻叹了口气。

“告诉你，我已经跟男朋友分手了。”美和子突然冒出一句。

“啊？”

轻描淡写的语气，让人一瞬间听不懂话里的含义。

“就是志贺。”

“啊？”

听到美和子若无其事补上的这一句，贵子发出惊叫声。

“怎么会！什么时候的事？”贵子追问着。当然，美和子还是不动声色。

“上个星期。我们已经决定不再碰面了。”

“为什么？你们不是感情很好吗？”

反而是贵子乱了阵脚。

美和子再次抬头望天，思考了半晌，才开口回答：“嗯……我现在还是喜欢他，不过我们彼此都很清楚，就算继续交往下去，也不会有更进一步的发展。”

“不会吧……”

“你不觉得，最近诞生的情侣特别多吗？好像在找一起度过孤单升学考准备期的伴似的。我们其实不需要现在急着分手，交往到毕业也是一样，不过我们都一致同意，那样对双方都不好，所以才想做个了断。”

“做个了断啊……”

这样的遣词用字，或许该说很有美和子的风格吧！

志贺清隆和游佐美和子是从高一的秋天开始交往的，也是全校知名的天作之合。志贺清隆不仅成绩名列前茅、擅长运动，相貌也很出众，是那种任谁都会另眼相看的好青年。美和子就不用说了，她向来以才貌兼备的千金小姐著称。尽管仰慕他们的人多如牛毛，但是看到这对完美组合，没有一个人有勇气介入。

“讨厌，我觉得你比我浪费多了！像你们那样相配的情侣多罕见啊，为什么非分手不可？”

贵子发出近似哀号的惋惜声。

美和子笑了。

“因为对象是你，我才说实话哦。其实，我也是那么想的。”

“什么？”

“我猜，他应该也有相同的念头吧！我俩都太傲慢了，双方都觉得彼此是绝配。当然，我确实觉得他很不错，也有很多优点吸引我，但是，我们只不过借由对方吹嘘自己有能耐找到这么好的对象罢了。我们只不过为了自我满足才凑在一块儿：‘瞧，我们真是天造地设的一对！’”

虽然贵子早已习惯她的坦率，却仍然被这近乎残酷的率直震慑住了。

“从去年开始，我们就多多少少发现这一点了。不过直到今年，才真的大彻大悟。一旦有了自觉，双方都无法忍受继续这段关系。”

“大家……知道这件事吗？”贵子吞吞吐吐地问，“如果传出去的话，一定会有许多人找上门来，想当你们的下一任男女朋友！”

“我们就是不想惹这种麻烦，所以说好到毕业之前，对外还是声称男女朋友，”美和子毫不在意地回答，然后轻轻瞪了贵子一眼，“所以，你要帮我保密哦！别让人家知道我们已经吹了。”

“嗯，好。”贵子莫名地狼狈。

美和子一瞬间面无表情，望着前方说：“我总觉得好空虚哦。一段感情到头来只是自我满足，结果难得的高中时代，居然一场真正的恋爱都没谈过。”

“你想得太多了，高中时代就谈过真正恋爱的人，才是奇葩呢！”

贵子语带怨恨。她能够明白美和子的感受，不过曾经与那么帅的男生交往，也依然让人羡慕。贵子感受到自己的扭曲，既可耻又悲哀。

美和子干脆地回答：“不过，很多人不也为恋爱而恋爱吗？我却连这点也办不到。我从高一开始跟他交往，还自以为这就是恋爱，沉浸在自己的幻想里。”

“嗯……该说这是奢侈的烦恼吗？”

突然，眼前浮现出千秋的脸孔。

千秋说过，并不打算向户田忍表白，只要心里存在着这么一个对象就够了。

到底什么程度的喜爱算是为恋爱而恋爱？又该具备什么样的条件，才算是真心爱着另一方呢？差别到底要如何计算？

“我也会觉得寂寞啊，”美和子不带感情地说，“上个星期跟他在谈分手的时候，我觉得好寂寞。毕竟，我们共享了整整两年的时光。不过，最让我感到寂寞的，还是我居然觉得‘轻松多了’。到头来，我等于自己承认了‘对象不是他也无所谓’啊。”

很难得地，美和子的表现相当压抑。

一股不知是愤怒、后悔还是其他的负面情绪，在她体内形成一个旋涡。

“即便如此，那难道就不算是恋爱吗？”这是贵子的回答。

美和子欲言又止地看向贵子。

然而，贵子的话已经如鲠在喉，不吐不快。

“我一直在想，我对西胁融的感觉到底是什么？但是，我从来都弄不清楚。是对兄弟的手足之情吗？是罪恶感吗？是谄媚吗？是怨恨吗？我想了好久好久，一直都理不出一个头绪。从你的角度来看，我俩好像都对彼此抱有罪恶感，不是吗？但是，我们身为当事人，都不这么认为。所以我在想，这个道理是一样的。有人看了觉得是恨意，有人看了觉得是罪恶感。恋爱也是类似的东西。你遇见了一个任何人都觉得很优秀的对象，想跟他在一起，事实上也相处了两年，这不就够了吗？”

美和子起先瞠目结舌地看着贵子，然后突然露出害羞的表情，背过脸去。

“你说得也对。”她低声简短说了一句，就默默向前走去。贵子猜想，她八成是想起刚分手的男友了。以贵子的立场，心里想的却是，完美的人也有他们的烦恼啊。

我的烦恼，应该算是西胁融吧！

干线道路的分支再次在前方画出大大的弧度，只见它在远方延伸成了田间小径。在车流量渐增的压力下，知道路途即将恢复宁静，让人不禁安心。

妈妈希望我怎么做呢？

这个疑问突然涌现。

仔细想想，自己居然至今没有思考过这个问题，实在不可思议。妈妈是希望她跟西胁融和平相处还是不相往来呢？即使回想母亲对美和子和杏奈说过的话，或是至今为止的态度，还是摸不着头绪。当告诉妈妈她跟西胁融分在同一班的时候，妈妈也毫无反应。

"贵子就拜托你们多照顾了。"

没想到，那样个性的母亲居然会对她们这么说。

冷静之后，才发现意外中也带着欢喜。外表总是一派超然的母亲，果然还是普通的母亲。一想到她暗自担忧着女儿和西胁融的关系，就让贵子感到心疼。不过，从她拜托美和子和杏奈这点看来，她看人的眼光的确很精准。

以我妈妈的个性，我跟西胁融要好，她应该会高兴才对。

如此的确信突然涌现。

或许，她表面上还是装作若无其事，即使在晚餐时冒出"我今天遇到西胁融了”“我跟他说了什么什么”，她的回答一定只是淡淡的“哦，这样”或是“嗯”。但是，尽管在她的内心深处对女儿及外遇对象的儿子抱有复杂的感情，最主要的情绪还是安心。

真佩服妈妈，居然有办法一个人撑过来。

感慨浮上心头。

跟丈夫分手后，接管了他的公司，女儿的亲生父亲则回归自己的家庭，之后过世。到头来，母亲始终是一个人。

不依赖任何人，也很超然。

贵子每每在脑海中刻画父亲的形象，都是那个跟母亲分手的男人，西胁家的男人从未出现。虽然都不曾谋面，但是一试着描绘亲生父亲，总被西胁融的相貌干扰。所谓的父亲形象，终究只是一个不具实体的符号。

“我真的很讨厌走国道哎。”当道路分岔、四周转静，美和子吁出一口气说。

“对啊，旁边有车子咻咻咻地飞驰而过，总觉得静不下心来。”贵子也点头赞同。对每个人来说好走的路、走起来舒服的路，都不尽相同。国道宽敞平坦的路面虽然走起来轻松，但是一旦车流量大，就会让人有种手无寸铁般的不安。

“我还是觉得啊，贵子应该去找西胁同学讲话才对。”美和子旧事重提。

“是吗？”贵子一边回答，一边惊讶于自己居然反应平和。是因为刚刚在猜测母亲心态的缘故吗？

“刚刚听了你的话，我也反省了一下，觉得我真是一个顽固、自私的家伙。我应该老实承认，我跟他是因为感情发展不顺利而分手的，就是这样而已。但是，你和西胁融的关系无关选择，一辈子都不会消失，不是吗？既然如此，你就硬碰硬地去试试看也无妨嘛！如果因此决裂，那就当没缘分；但是搞不好会变成知心好友也说不定啊！我可以感觉得出来，你们某种深层的特质是共同的，也许真的会成为彼此的知音。”

“嗯。”

尽管发自内心地同意美和子的论点，回答的音量还是缺乏自信。一想到与他攀谈的画面，贵子就胆怯了起来。

我果然是个没用的胆小鬼。那个赌注，我根本就提不起勇气去下。

“等到步行节结束，我会去找他讲话的。”贵子小声地说。

“写信怎么样？如果面对面会不好意思的话，用文字也许比较能够冷静哦！”

听美和子这么说着，脑中不知为何浮现出杏奈的脸庞。

嗯？为什么呢？

思考了几秒钟，才想起杏奈寄来的明信片。

那段文字清晰地跃出记忆：

我想，我可能也跟你们走在一起呢。其实，我去年许了一个愿。我会在纽约为贵子你们祈祷，让你们所有的烦恼都能够解决，并且平安走到终点。

若是杏奈知道西胁融和我的关系，那些话的意思是……

“嘿，美和子！”

“干吗啊？”

贵子突然高声一喊，把美和子吓了一跳。

“杏奈寄给我一张明信片。”

“什么时候？”

“大概十天前。上面写着‘去年许了一个愿’，你知道她指的是什么事吗？”

“愿望？关于什么的愿望？”美和子一脸讶异。

“她说，希望我们的烦恼都可以解决。”

“我们？我们有什么烦恼啊？”

贵子发出“啊”的一声，猛然醒悟过来。

原来如此。杏奈信里的“你们”，指的原来是贵子和西胁融。知情的杏奈一定是期待两人的关系能够改善，才会写下那些字句的。

这么说来的话，杏奈去年许下的愿望就是……

去年的步行节。

杏奈也参加的那次步行节。

言下之意，就是她在当时做了某件事情啰？

“什么嘛，我完全听不懂你在说什么哎！”

胡思乱想之际，美和子窥进她的双眼，催促着进一步的解释。贵子结结巴巴地说明了自己的想法。

“嗯，原来是这样。不过，那个所谓的愿望……我知道杏奈比谁都重视步行节，所以她在去年的步行节上做了什么特别事情的假设，我也不是不能理解，不过，她到底做了什么呢？都已经事隔一年了哎。那个愿望，要怎么在今年的步行节实现呢？”美和子的意见合情合理。

“你说得确实没错，不过，我觉得她一定做了什么。她可是杏奈哎！没有发生的事，她是不会写在明信片上的，她不是那种讲话不负责任的人。”

“话是没错。嗯……到底是什么呢？”对杏奈的个性了如指掌的美和子也感到很纳闷。

“对了，大家都不见了哎。”

“真的！”

两个人望向空荡荡的前方。仔细一瞧，远方还能发现几个人影，不过与前面一个学生的距离已经拉得好长了。

“我有点怕哎。我们没走错路吧？”

“没错啊，路边也有告示板。”

紧张兮兮的两人朝后面一看，虽然有段不算短的距离，也有十几个学生朝她们的方向前进，这才抛开心中的不安。

“以整个队伍来说，我们大概在哪个位置啊？”

“完全看不出来。”

“跑在最前面的，搞不好都快到学校了吧？”

“等我们走到了，他们大概已经在家里睡大觉了。”

“我每年都在想，自由步行从开始到结束的时间真的好长啊！”

尽管自觉速度变慢，但是已经被掏空的身体很难再次提高效率。不仅步幅变小，腿也抬不起来。“拖着脚走”就是形容这样的状态，光是前进就够折磨人了。

更惨的是气温逐渐上升，暑热蒸腾。已经所剩无几的精力，很快就会被蒸发光。

“你看，是不是有人倒在那边？”美和子抓住贵子的手臂。

“什么？”

前方的道路上有个白影，确实摆着躺下的姿势。

“真的哎，不知道是躺着还是坐着。”

两个人一边凝神望着那道白影，一边前进。

慢慢地，白影越来越大。随着脚步渐近，才看出那是一个几乎倒卧在路肩的男学生，以及另一个看护着他的男学生。

“怎么搞的？是不是身体不舒服啊？”

“附近没有执行委员吗？”

“真正需要的时候，反而经常找不到人呢。”

两人细碎地交谈着，渐行渐近，突然，美和子紧紧握住贵子的手。

“怎么了？”被美和子的力道吓了一跳的贵子，看向她问。

“你看！那个人是不是西胁？”

贵子吃了一惊，再次看向坐在路肩上的学生。

以这样的距离，连她也能看得清清楚楚了。

那是挂着扭曲的表情、颓然坐在路肩的西胁融，以及一脸担忧地注视着他的户田忍。

刚开始是很顺利的。

比起有很多顾忌、拖拖拉拉的团体步行，这种加快速度的奔跑反而充满解放感与爽快感。

绷带扎得够紧，也没有疼痛。

当周围啪嗒啪嗒的脚步声变得稀疏、学生的队伍也散开的时候，身体暖了起来，感觉呼吸也变得顺畅了，最后只剩下自己和忍的足音。

黎明渐渐变成了清晨。

在缓缓变化的风景中，跑在只有自己的呼吸声与忍的脚步声里，身体充满了一股不可思议的饱实感。

秋天的朝阳射在脸上，只有那个部分感到冰冷的暖意。

感受着跑在身旁的忍光线中的轮廓。

或许是过于兴奋的关系，完全感受不到疲劳，好像可以一直这么跑下去，直到永恒。

好幸福的感觉。

有生以来，他从未意识到自己心中存在着“幸福”这个字眼，现在它却千真万确地浮现了。什么也不必担心，只要奋力抵达终点就行了。不需要去在意排名或结果。只要奔向终点，回家补眠。

他们默默地跑上铁桥。

跨越河川后，感到空气流动了。沿着河流吹来的风，与水流一起使早晨的空气里多了许多喧闹。卡车偶尔疾驶而过，铁桥也随之晃动。

昨天还在心中翻搅的纷乱思绪和杂念，全都抛到九霄云外去了。

无意间，他想起昨天忍说的话。

“我觉得啊，你很了不起！”

身旁的忍，保持着一贯泰然的神色跑着。

“不过，杂音也是成长的一种要素啊。虽然杂音很吵，有时候还是得静下心来听听。”

他是什么时候说出这段话的呢？是白天还是晚上？不对，应该是晚上。我记得旁边很暗。是昨晚的事情。然而，却像是古老的记忆一样久远。

“也许它们对你来说只是‘噪声’，但是过了当下，你就听不见这些声音了。就算你之后倒带重听，也没办法再听见了。”

老实说，当时他完全无法理解忍想表达的内容。他只是呆呆听着朋友难得的吞吐语调，以及热切的口吻。

不过，他现在似乎有了一点体会。

现在就是现在。现在不是为了未来而存在的。

我或许是个笨蛋吧。高中生活所剩无几的时候，我才发现这个道理。

融不禁边跑边苦笑着。一笑，外露的牙齿被风吹得好冷。

能像这样跟合得来、值得尊敬的朋友一起完成高中生活最后一场祭典，他非常满足。

或许就是从这一瞬间开始大意的。

快速通过中继站后，两人以一定的节奏跑着。以全班来说，他们也是名列前茅。两人没有交谈，再次奔驰在道路上。

国道上的车辆逐渐增多了。

由于是周末清晨，所有车辆都是全速前进。走在车道旁，会兴起莫名的竞争意识。虽然速度比不上车辆，被超越时还是有点气愤。

因为看过地图，知道通过国道后又会通往乡间小路，所以两人的速度都不知不觉加快了。

体力差不多要耗尽了吧？

肾上腺素似乎已经快要停止分泌。退出社团活动也有一段时间了，耐力确实大不如前。

前方出现了岔道。一个男学生默默地独自跑着。白色的道路偏离绕了一个大弯的国道，再次进入田间。

松了一口气的结果，就是速度减慢了。

四周是一片熟悉的晨间田园景色。他知道自己全身汗涔涔，从头到脚都在散发着热气。在这种时刻，总能体会到身体简直像是一座火炉。

这种半吊子的微妙倾斜特别累人，又容易摔跤。如果倾斜方向相反或许还好，偏偏放眼望去，似乎都是偏向左侧的坡道。每踏出一步，左脚就不断累积着不舒适的异样感。

融试着不去想，异样感却转化成为深层的疼痛。

糟糕。早上起床时感受到的疼痛又回来了。

尽管他不想承认，却只能如此判断。

终于来了。这么想着，却还是必须忘记疼痛，争取时间。

尽管如此，不适还是反映在速度上了。只见忍的背影逐渐与自己拉开距离。

忍轻轻甩了甩头。在融正想出声喊他的一瞬间……

身体猛然一倾，脑海里同时闪过一道火光。

左脚感受到的与其说是疼痛，不如说是某种物体被切断的感觉。

“糟了！”他忍不住喊出了声。

“融？”

听见忍的声音的下一秒钟，他就跌在干燥的路面上了。

糟糕！他再次在心里喊着。

刺痛着掌心的小石砾，触感反而更为真实。他连忙举起手，细沙啪啦啪啦地掉落。

“喂！你要不要紧？”忍跑近察看。

融眨了眨眼，保持蹲在路面的姿势，将意识集中在脚上。

疼痛严不严重？他的心跳得好快。

是不是伤到膝盖了？不过，疼痛并不明显。在安心的同时，又感到一阵不安。

不对，不可能没事。刚刚摔倒的时候，有一股冲击是极为致命的。

“是膝盖吗？”忍蹲了下来，观察他的左脚。

“不是，应该不是膝盖。”融战战兢兢地试着站起来，脚踝却闪过电击般的剧痛，让他喊了一声后马上坐倒。

不对。伤到的是脚踝。因为条件反射地保护膝盖，反而让脚踝严重挫伤了。

“喂，后面的人过来了，我们往旁边避一下。”

注意到由后方追上的同学，两人吃力地移动到路旁的草丛。融用右脚当支柱支撑身体，尽量不动阵阵作痛的左脚，一屁股坐进草丛。

“真倒霉！结果还是受伤了！”融发出恼怒的吼叫。

“让我看看。”

“好像是扭到了。”

融脱去鞋子，把两腿伸直在草堆上。伸直的时候并不会痛，但是一转动脚踝，就会产生锥心的刺痛。完全是挫伤的症状。

“这下糟了，看来非得上救护大巴不可了。”

话一说出口，沉重的后果立刻迫上心头。

就要在这里结束了吗？怎么会这样？短短一分钟前，还满心以为可以和忍一起跑向终点的。眼前一瞬间变暗了。

这种结束方式未免太惨了。开什么玩笑？我都跑这么远了。

他想起高一的时候，看到的那个不愿意上大巴而哭泣的学长。原本以为那不过是个与自己无缘的倒霉例子，难道我现在也陷入了跟他同样的处境？

脑袋里当当地响着绝望的钟声。

另一方面，又有另一个劝慰的声音诉说着。

只剩下一点点了，有什么关系呢？你已经把团体步行走完了，你已经消化掉行程的绝大部分了。你做得够多了。别给忍添不必要的麻烦。

然而，钟声并未停止。喂，开什么玩笑？没有抵达终点，怎么算参加了步行节？不是有句俗话说“结果好，一切都好”吗？

来自四面八方的声音涌进脑中。忍一贯风平浪静的口吻突然盖过了所有的声音：“我还有冰敷贴布，帮你贴一下。”

传来忍在背包中翻找的声音。

他冷静的语调，让融吃了一颗定心丸。

“如果是扭伤的话，只要暂时不动，过一阵子应该就可以走路了。”

“还是得坐大巴吧？”

“如果真的不行的话，我就带你去坐。我们已经领先不少了，大巴大概要很久才会来。”

忍盘腿坐在草地上，融撕开贴布的胶膜。药味扑鼻而来。

注视着他的动作，慌乱的心才总算找回平静。

没错，应该还要过两个小时大巴才会抵达。这里并不是终点。

融不禁发出一声叹息，上半身也随之一震。

“剩下多少路程？”

“我猜，大概十千米多一点吧。”

“唉，还有不少路。”

接过忍手里的贴布，轻轻贴在脚踝。冰凉的触感虽然舒服，却也让他发现受伤的部位热得发烫，更确定患部之后一定会红肿。

从昨天开始，就又是剪绷带，又是贴贴布的，净在做这些医疗措施。

“你只要想成走十次一千米，就不会那么恐怖了。”忍喃喃地说。

“要走十次一千米啊？能不能打个折？”

沉默悄悄降临。

风声在耳边响起，扑在脸颊上的风是冰凉的。

不知为何，两人之间有种不自在的紧张。两个人都在想着同样的事。

我得主动开口才行。融这么想着。

如果是我的请求，忍应该会愿意陪在我身边的。说不定，他也希望能这么做。不过，我还是非说不可。

心里虽然明白这个道理，话却说不出口。

我必须主动开口。让忍承担这份压力的话，我会后悔的。

窘迫感节节高升，看得出彼此都神经紧绷。

“你可以先走，不用管我。”融好不容易挤出这句话后，清了清喉咙。

“‘不用管你’是什么意思？”忍的反问带着怒意。

“我们之前不是说好了，如果我中途跑不下去的话，你就继续跑吗？”

“现在确定了你不能走吗？我们又不打算破纪录。”

“可是，我也不确定休息之后是不是一定能走啊！等到大巴来，那就太晚了。”

话一出口，紧张感就溃散了。悬宕的事项一定要提出来讨论，才不会变成僵局。

“你们在干吗啊！”

“还不快点跑！”

朋友的声音纷纷从头上落下，又渐行渐远。

“我们在休息！”

这样顶回去后，却换来“傻瓜”的笑骂声。

依这个情况，我们会越来越落后的。之前的努力全都白费了。

融有点不甘心。

不对，是非常不甘心。一时不注意，居然会沦落到这种下场。

懊悔的情绪一点一滴地膨胀。我不甘心！我好不甘心！大笨蛋！真是“错一秒，误一生”啊！

觉得自己未免太不争气，融轻轻咂着嘴。

阳光的力道逐渐增强，晒干了汗水，也让头发变得烫手了。

“总之，我们暂时先观察一下情况。要不要留下你先走，之后再决定。”忍一边喝着运动饮料，一边用“这个话题就此结束”的口吻下了结论。

“嗯。”

融不打算再反驳，于是两人在草丛上伸直了腿，望着除了宽阔之外别无他物的无趣风景。

“好无聊的风景哦。”融低声说道。

“就是啊！”忍也表示同意。

空无一物的田园里，只有零星几栋被树篱包围的民宅。电塔穿越了田地，峰峰相连。这景象确实称不上风光明媚。

“不过，我想我们这辈子大概再也不会坐在这里，从这个角度观赏这片风景了。”忍照例淡淡地说。

“对啊。也不会因为扭伤脚，坐在这里发呆了。”

一想到这里，心情顿时五味杂陈了起来。昨天才走过的大部分道路，都是之后不会再经过、不会再踏上的。像这样的“一生一次”的体验，之后还必须重复多少次呢？今后又会遇到多少个人，是今生再也不会重逢的呢？他有种莫名的恐惧。

十分钟过去了，二十分钟过去了。

时间意外地难捱，让融不耐烦了起来。心里已经够急了，根本没办法好好休息。眼看原本落在自己身后的同学一个一个超前，也让他充满了焦虑。忍或许也察觉到了他的感受，为了纾解他的压力，刻意聊些无关紧要的话题。

在等待的时间里，他的脚踝渐渐肿大，散发着前途堪虞的热度。尽管使出了贴布这个法宝，尽管要他静静坐着别动，他的左脚踝还是上演着一场惊天动地的战争。感觉不像自己的脚，对于冷热的判断逐渐麻痹，只知道那个部位的冷与热正在互相角斗。

为什么东西只要一出问题，就会发烫呢？

融怔怔地想着。

机器也是一样，一出毛病，就会变得好烫。当问题发生，或许那个部分就会展开一场异乎寻常的战斗。因为在战斗，所以发烫。

过了三十分钟后，融按捺不住了。

“喂，我们出发吧！”

“你行吗？”

“如果试过不行的话，我就一个人等大巴。”

融悬着左脚，试着用单脚站起来。

“踏下去的时候小心点。”

“唔……我腹肌好痛！”

当融因肌肉酸痛而皱眉，试着把全身重量注入右脚的时候，他吃了一惊。

因为，他看见了迎面走来的两个女同学。

或许是见到他的表情，忍回过头去，也发现了这两个女生。

“咦？是游佐和甲田哎！”

“西胁，你怎么了？身体不舒服？”最先开口的是美和子。

“是啊。这小子真傻，居然被自己绊倒！”忍边扶着融站起来，边点着头说。

“扭到了吗？要不要紧？可以走吗？”美和子蹙着眉问。

“不要紧，不要紧！我刚刚已经休息好久了。”

跟他乐观的语气相反，当他小心翼翼地站起来，试着挺直脊背时，脸上立刻堆起痛苦的表情。

在旁边看着的三个人，也跟着皱起了眉头。

“痛吗？”贵子忍不住出声问。

“还行。”

融模棱两可地回答后，开始慢慢试着走动，却痛得跳了起来。

“呜！”

“这样不行啦，还是上大巴好了。”

“不行，不行！再让我试一次！”

融急忙摆摆手，再次缓缓踏出一步。比起刚开始的时候，他的脚步稳了，表情也不痛苦了。

“嗯，就是这样。”

“不要勉强啦！你就快点坐上大巴，让我左拥右抱两位美女，幸福地奔向终点吧！”

“混账东西，我才不会让你那么爽！”融的口气变得粗鲁，脚步也加快了。接着，他停下，重重点着头说：“很好，没问题了。我掌握到诀窍了！只要把脚直直放下，就不会痛。”

“真的假的？”

“没骗你。不过，我的脚踝要再固定得牢靠一点才行。绷带再借我一点。”

“喏，膝盖也再固定一下好了。”

融再一次坐回草堆上，美和子跟贵子则盯着他的脚尖。

贴着贴布的左脚踝，明显比右边粗壮许多。

“哇，肿得好大哦。”

“好像很痛。”

“一点都不痛，一点都不痛。”融逞强地说。

“西胁，要不要我帮你拿背包？少了行李的重量，我觉得会好很多哟。”美和子提议。融连忙摇手。

“没关系，没关系！怎么能够麻烦你？反正里面没什么东西，真的不重啦！”

“但是至少也有水壶吧？对了，把水壶、饭盒之类的东西分给大家拿好不好？多背一只背包可能很吃力，但是只多背一样东西，负担就没那么重了。你们说对不对？”美和子嫣然一笑，征求着贵子和忍的意见。

在她的笑脸攻势下，两个人不假思索地连连点头。

“没错，这个提议简直棒极了！融，你就心怀感激地接受吧！”忍用认真到做作的表情说。

融则挂着一副难以言喻的表情，交替看着美和子跟忍的脸。

不愧是美和子。说不定，她是在特意帮我们两个制造机会。

望着美和子跟融边走边有说有笑的背影，贵子对她不露痕迹的战略佩服得五体投地。

由于她提议让大家分摊融的行李，于是水壶交给美和子，饭盒交给贵子，外套则交给了忍，自然而然地形成了四人同行的局面。

直到最后一秒钟，融还在抗拒把行李分出去。刚出发的时候，他还板着一张脸；但当美和子靠近他身边，自然地攀谈后，他脸上的阴霾就散去了。照目前的状况，受伤的脚似乎还撑得下去。

“美和子公主真了不起啊！”旁边的忍吹着口哨说。发现他和自己想着同样的事情，贵子忍俊不禁。

“干吗啊？一个人在笑什么？想到什么事情偷笑？”

因为忍弯下脖子盯着自己看，贵子摆摆手说：“没有啦！”

“真是活该！”

“嗯？你说谁？”

“就是内堀亮子啰。”

“为什么这么说？”

“她本来想挤进美和子现在的位置。”

“是吗？”

贵子告诉他内堀亮子向美和子提议一起自由步行的始末，也转述了内堀亮子建议让贵子跟其他同学一起走。

忍非常愤慨。

“妈呀，好狠，太讨厌了吧！”

“你也这么想对不对？所以一想到她那么处心积虑地想跟西胁一起走，就觉得她活该。”

“嗯，我也这么想。我也要骂，活该！”

“活该！”

“怎么啦？你们在说谁活该？”

见到美和子转过头来，两人赶紧闭嘴。

“没事。”

“怪怪的！”

美和子真的是顺风耳哎。贵子暗地里吐了吐舌头。

“甲田，步行节就要结束了，这说不定是你最后的机会哦！”

听到忍压低声音的悄悄话，贵子苦笑了。

“你真的是锲而不舍呢，户田。”

“请用坚韧不拔形容我。”

“也对，步行节就快结束了呢！”贵子叹了口气。

“嗯，要结束了。”

“高中生活也是。”

“嗯。”

“虽然不怎么精彩，也没交到男朋友，还是过得很快乐。”

“不会吧？甲田，你不是有男朋友吗？”

“谁啊？”

“不就是芳冈吗？”

“才不是，我们是朋友，但不是那种关系。”贵子用力摇了摇头。

“嗯，其实我也这么想。”

“干吗？你在套我的话哦！”

“芳冈那个人很不错，但是太老气了，感觉他好像已经看破红尘了，不像是我们的同龄人。”

“对啊，他很成熟，所以跟他说起话来，会感觉心情很平静。”

忍突然正色，看向贵子。

“甲田，我觉得你很有趣哎。”

“为什么这么说？”

“你跟那样的人也能做朋友，简直是软硬通吃嘛。”

“说通吃就言重了，用来形容美和子还差不多吧？”

贵子用下巴比了比走在前方的美和子的背影。

融的背影，美和子的背影。

这个组合应该也不错吧？

贵子突然冒出这个念头。

这么一想，原有的嫉妒竟神奇地烟消云散了。

美和子应该能够修正融性格中的自以为是，融应该也会尊重她的意见，有事愿意找她商量。

“户田，你不觉得这个组合很不错吗？”

贵子指了指前面两个人。忍露出不以为然的表情。

“甲田，你是不是有受虐倾向？别去管别人的事了，先想想自己吧！”

“这句话，我要原封不动地还给你。如果这么说的话，你也应该别管西胁融，多关心一下自己啊！比如西高中那个女生的事情……”

话说到一半，发现忍的神情一瞬间变得僵硬，贵子立刻闭上嘴，向他道歉：“对不起，我太多管闲事了，我以后绝对不再提半个字。”

“没关系啦！你说得也没错。”忍苦笑着。

“我们两个，好像很像哦？”

“或许吧。只不过，这个时代已经不流行悄悄退让这种剧情了。”

“我一向都不赶潮流的。”

“我想也是，甲田的确给人这种感觉。”

突然，脑海里闪过千秋的表情。热切的、无奈的，却近似豁达的表情。

不知为何，她现在有点懂得千秋的心思了。

千秋一定就是喜欢他这一点吧。任何时候都不以自己的感情为优先，也不外露，能对别人持续而无微不至地关心。看似冷淡，其实潜藏着某种炽热。

贵子似乎感受到了千秋的心酸。

千秋的品位挺不错的嘛。不过，她应该会如同自己所说的，在不表白的情况下毕业吧！

那种感觉有点惆怅，又有点甜美。

究竟有多少个女孩，是抱着这种说不出口的情愫而毕业的呢？

她想起刚刚美和子说的话。

我觉得好空虚哦。

那张带点自虐，却凛然不可侵犯的侧脸。

结果，从头到尾都是我的自我满足。难得的高中生涯，居然连一场真正的恋爱都没谈过。大家都有着各自不同的苦恼。是憧憬？是恋爱？是自尊心作祟？不断反复着自问自答，然后一语不发地离去。

“我也觉得，我是不是太内敛啦？因为融比较爱出风头，好处都被他独占了。”忍喃喃说着。

“就是说啊！其实户田人很好的。我觉得比西胁融好太多了。”

“真的？既然你都这么说了，我们要不要凑一对算了？”

忍说这句话的眼神一瞬间非常认真，让贵子慌了神。

然而，忍立刻就捕捉到她的慌张，“哈哈哈”笑了三声，摆摆手说：“你考虑考虑吧！随时欢迎你啰。”

“嗯，我会考虑的。”

贵子配合他营造的气氛，笑着回答，却有点心虚。

或许是受到千秋的影响吧。不过，贵子以一种女孩子与生俱来的第六感，得知忍刚刚的话是百分之百认真的。

没想到居然演变成这种情况。

融一边跟美和子谈笑，一边留心着左脚，心里的感受是不可思议的。

不久前的绝望简直恍如隔世。之前还紧张兮兮，担心是不是要被救护大巴送走了；现在却走在明亮的阳光下，跟女孩子有说有笑。

脚的状况比预想的好。尽管偶然动到固定住的部位时，会产生一股剧烈的疼痛，不过只要缓缓以直角平放地面，就几乎一点感觉都没有了。

虽然融再三婉拒，还是拗不过美和子分担行李的提议。结果，现在身轻如燕，走起路来轻松多了。尽管让女孩子背行李的行为让融觉得有失男子气概，不过现在还是打从心底感谢美和子。

她真是个好女孩，看得出来家教很好。

融一边看着美和子的笑容，一边重新肯定着这个想法。

在辛苦的步行节尾声，居然还能露出这么从容的微笑，需要的不只是体力，还有毅力。

当他敬佩着美和子的同时，也意识到自己相当在意身后的动静。

就在后方，贵子和忍正愉快地聊着天。

她就走在我的后面。

这件事让他的整个背部成了一座雷达，异常敏锐。

不过，融并没有不高兴，他也意识到了这一点。

过去有过的不适感、嫌恶感都不复出现，反而有种“适得其所”的安心感。

“昨天晚上你和某人打得火热的场面，我都看到啰。”美和子若无其事地说。

“啊，她跟你同班对不对？”

他想了一会儿，才知道美和子是在说内堀亮子。不过，由于这话出自美和子口中，倒也不会令人反感。

“她还邀我跟她一起自由步行呢！”

“哦？”

“我拒绝她了，因为，我早就跟贵子约好了。”

“你们本来就很要好嘛。”

“对啊。我很喜欢贵子，最后一段路的旅伴当然是她。”

莫名地，融的心跳多了一拍。

虽然清楚那只是一份对朋友的情谊，“喜欢”两个字还是触动了融的心。

“西胁同学，你跟户田也很要好啊。我原本以为，你会跟网球社的人一起走。”

“嗯，毕竟是高中最后一次活动了，我也想跟合得来的人一起走啊。”融也直率地附和。

美和子笑着点点头：“我也很喜欢贵子的妈妈呢。她很有女人味，却又很强悍、很洒脱，是个很棒的人。”

这一次，融被吓到了。他忍不住转头看向美和子，却发现，自己正面迎上了一双急切想要表达什么的眼睛。

融无法挪开视线，美和子也没有退缩。

她的眼神虽然强烈，却不带责备，也没有自以为是的好意。

不会吧？难道她知道那个秘密？是贵子告诉她的吗？

融陷入了混乱。

美和子轻轻移开目光，直视着前方说：“贵子真的是太迟钝了。”

美和子的口吻少了之前的斯文。

“她对别人的事情很容易紧张，在旁边担心这、担心那的，自己的事却什么都不说。而且，她藏心事的功夫真是差劲。她就算有什么烦恼，也不懂得跟别人分享、诉苦或是发泄，只会一个人闷在心里，真的很傻！很不通人情！很见外！亏她还有我这个贴心的好朋友！”美和子从鼻子哼了一声，“不过呢，这种迟钝也是贵子的优点之一啦！”

融还没从混乱的山谷里爬上来。

因为，他完全不明白美和子笑眯眯地接近自己又唐突地说出这种话，到底目的何在。不知不觉地，他的腋下淌出冷汗。

“这种事情真的让人很心酸哎！自认最要好的朋友，却不肯把最大的烦恼告诉自己。”

融的喉头一紧。

美和子的话刺进了他的心。因为，他发现美和子其实是在暗指忍和自己。

她知道。她果然知道我和贵子的秘密。为什么？从她刚才说的话分析，似乎又不是贵子说出去的。

“游佐。”他好不容易挤出一句话，嗓音沙哑。

美和子瞄了他一眼。那是跟刚刚一样充满挑战意味的锐利眼神。

“什么事？”

“你该不会……”

他还来不及把话说完。

“美和子，贵子，早安！”

一个开朗又洪亮的声音响彻云霄。

四个人同时转往这句悠哉的招呼发出的方向。

“咦？”

“哟，你还在啊！”

“早啊！”身后的贵子和忍，用天真无邪的语气回应着。

突然被打断谈话的融和美和子，朝发出声音的方向一看，都不禁张大了嘴巴。

“哦，是顺弥啊！原来你躲在这里！”

美和子也笑着对他挥手。

在二十米前的三岔路口旁，停着一辆白色休闲车，车顶铺着毛毯，一个头戴棒球帽的少年正坐在毛毯上使劲地挥手。另外一个躺在毛毯上的少年似乎正在熟睡。

他雪白的脸孔跃入眼帘。

突然，此情此景与穿 T 恤的少女的身影重叠了。

长得好像。融有种仿佛胸口遭到重击的感觉。

他就是杏奈的弟弟啊。

“你真的还在哎！睡得好不好？”

美和子和贵子你一言我一语地询问跑来的少年。

“嗯，睡得不错啊。我好久没露营了，觉得好好玩哦。只可惜昨天是阴天，没看到什么星星。是杏奈跟我说可以看到满天星斗的，害我好期待！”

少年看起来神清气爽，露出灿烂的笑容。

这种自由自在的气质，跟他姐姐简直一模一样。还有那种超然物外的神情，也是一个模子里刻出来的。

融突然感到深深的怀念，还有一股寂寥的、无依无靠的惆怅。

他有种强烈的悔恨，似乎自己舍弃了太多太多的东西。

“早饭吃了吗？”

“嗯，我们在河边生火煮水，吃了方便面。”

“你们真的好能干！”

他真的是个率真、充满生命力的少年。尽管他跟贵子、美和子不过昨晚才认识，却能聊得那么开心。他的率真看在融的眼里，显得格外耀眼，让融觉得自己像个风烛残年的老头。

“嘿，你们看起来比我想象中有精神多了！”

少年露出兴致勃勃的好奇表情，直盯着融和忍的脸看，然后向他们挥手致意。

“嘿！”

“嘿！”

受顺弥影响，忍不住脱口而出同样的问候。这家伙根本是个美国人！

“我是顺弥。”

“我是西胁融。”

两人客客气气地自我介绍后，顺弥突然露出想起某事的表情。

“西胁融？”

被少年目不转睛地细看，融的心扑通扑通地跳着。美和子也好，这小子也罢，怎么都喜欢直视别人的眼睛呢？

少年两手叉腰，歪着头思考。

“你认识杏奈吗？”

“当然认识啊。”

“嗯。”

少年执着地端详着融的脸。然后，他转头看向贵子，咧嘴一笑。

“贵子，我知道那件事是什么意思了！”

融发现贵子听到这句话后显然立刻露出惊慌失措的表情。

她在紧张什么？

少年重新看向融，露出亲昵的微笑，然后投下一颗炸弹：“我问你哦，你有一个姐妹，是杏奈的朋友对不对？听说她跟杏奈很要好！”

“啊？”发出疑问的是忍，“你是不是搞错啦？融才没有什么姐妹呢！”

被暗算了。

贵子在心里叫苦不迭。

没想到，会出现这样一个意外。朋友的弟弟特地从美国前来参加这种鸟不拉屎的乡下学校的步行节，然后笑脸盈盈地当着本人的面说出这种话。有谁能料想得到呢？

融完全愣住了。

因为问题太过直截了当，他找不出回避的答案。

贵子也是一样，两人都僵在原地，无法动弹。贵子沉痛地意识到，自己此时此刻的表情，一定跟融一模一样。

“才不是呢，他应该有姐妹啊！”少年真是天真烂漫到了极点，“我听说，他们因为家庭原因，所以读同一年级！”

哇呀呀呀呀！贵子再次在内心发出哀号。

融的心里，想必也回荡着同样的痛苦呻吟。

“同年级……”忍才刚把话说出口，就愣住了。

他迅速转头看向贵子。事出突然，贵子完全来不及修饰表情。

那张傻愣愣的脸上，恐怕正写着“被你发现了”几个大字吧！

忍见到贵子的表情，似乎瞬间领悟了一切。他的眼中浮现出确信的神色。短短的几秒内，他的脸越涨越红。

忍发出一声压抑感情的叹息。

“喂！融，真的是这样吗？”忍挺步向前，质问融。

看到融的表情，似乎让他更加确定了。

“原来是这样啊！”

忍露出非常受伤的表情。

对不起。贵子的心中浮起道歉的话。真的很对不起，户田。

忍依然挂着受伤的表情，瞄了贵子一眼。

“为什么不干脆告诉我呢？”忍喃喃地说，然后垂下头。

接着是尴尬的沉默。

只有戴着棒球帽、肤色白皙的少年一脸无辜地交替看着眼前四个人的脸。

“我是不是说了什么不该说的话？”顺弥战战兢兢地问。

大大咧咧的他，毕竟还是注意到大家因为他的话而默不作声，现场的空气顿时冻结了。

“没有，你没有说错什么。你能够帮忙说出来，反而很好呢！”美和子轻松自在地回答。

“是吗？真的吗？贵子！”

顺弥望向贵子。贵子点了点头，为了让他宽心而摆出笑脸。

“嗯，是真的。”

“这样啊！”顺弥露出松了口气的表情。

没错，对我们来说的确是无所谓。

贵子暗自补充，然后不动声色地偷看前方两个人。

融和忍从刚才那幕后就并肩走着，但是据贵子的观察，两人完全没有交谈，只是默默无语、微微低着头前进。

这也难怪。贵子在内心叹息着。

忍刚刚那种受伤的表情。

让最好的朋友露出那样的表情，就算是融，也会感到良心不安吧？不过，他也有可能是因为觉得这个秘密是种耻辱，才无法对好友说出口的。

贵子能够轻而易举地猜出两人现在的想法。

忍也很后悔责备了好朋友。然而，他对于从未被告知这么重大的秘密，恐怕还是无法释怀。更何况，他还曾经力促贵子和融在一起。关于这件事，他一定感到在贵子面前抬不起头来。

贵子虽然觉得对忍心怀愧疚，但是再怎么样也不可能由她去说破，也只能当作是无可奈何了。

“等我回到美国，跟杏奈说这件事，她一定会骂我的。”

突然，顺弥仰天耸了耸肩。

“放心，她不会骂你的。”

“别跟她说不就得了？”

美和子跟贵子轮番安慰。

“话是这么说，可是，我老是不小心就会说漏嘴！我好像天生就藏不住秘密。”

“我明白。”

听到美和子呵呵笑了，顺弥搔了搔鼻子。

“因为杏奈是个乖宝宝，我经常会忍不住逗她生气。”

“哦？”

“杏奈在想什么，外表不是都看不太出来吗？”

“或许吧。”

“我就是看她那样很不顺眼。为什么不坦率一点呢？”

“嗯，我懂，她的个性的确是这样。”

“我觉得，杏奈之前应该是很喜欢那个男生的，”顺弥用下巴指了指走在前面的融，“我不懂她干吗不说，你们说是不是？杏奈做事一向思前想后，所以很少会那么喜欢一个人的。既然那么喜欢，为什么不说呢？”顺弥显露出不耐烦。

“呵呵。”

看到他的表情，美和子点了点头。

“什么嘛！顺弥，听你一直在抱怨，结果这么替姐姐着想！所以，你是特地从美国来代替姐姐表白的吗？”

“咦？”顺弥一脸惊讶，“我没那个意思。”说完这句话，他的眼珠绕了半圈，做出示威的样子。

“真的吗？其实那才是你的目的吧？”

“嗯……是这样吗？嗯……我懂了，或许是哦。”

听着美和子的连番追问，顺弥虽然露出意外的表情，最后居然被说服了。

美和子真的很会看人哎。贵子在一旁佩服不已。

确实，这个男孩嘴上说跟姐姐感情不好，开口闭口却净是杏奈，还到处调查杏奈喜欢的对象是谁。他的表现，一方面是对于循规蹈矩的姐姐的反抗；另一方面，也是基于想为晚熟的姐姐尽一份心力的体贴吧！

“啊！”突然，美和子大叫一声，停下脚步。

“怎么啦？”

两个人一起看向美和子。美和子扬起嘴角笑了。

“干吗？你在笑什么？”

贵子这么一问，美和子立刻拍了拍顺弥的肩膀。

“放心好了，你回家转告杏奈这件事，她绝对不会生气！”

“为什么？”

“总之，放心啦！你转告杏奈，她的心愿成真了。”

“咦？什么？什么心愿？”顺弥睁大眼睛，一脸不解。

“就是杏奈的心愿嘛。”

“这样说她就知道了吗？”

“对，她一定知道。”美和子用力点点头。

“嗯，杏奈的心愿啊……啊，我一不小心走得太远了，我该回车上去了，等一会儿在校门口等你们！”

顺弥一回头，发现车子已经变成小小一点，连忙站住。

“咦，你要迎接我们？”

“如果我们拿到走完全程的证书，要送我们回家哟！”

美和子趁机拜托。

“好！那就一会儿见啰！”

顺弥挥了挥手，脚步轻快地离去了。

向顺弥挥了挥手，贵子立刻转向美和子，错愕地问：“喂，到底是怎么回事？什么叫‘心愿成真了’？”

美和子神秘兮兮地笑了。

“我总算弄清楚，杏奈写给你的那张明信片的含义了。”

“什么？怎么搞懂的？”

贵子慌起来了。刚刚才告诉美和子这件事，怎么她这么快就想通了呢？所以，我真的特别迟钝啰？虽然这也不是一天两天的事了。

“观察顺弥的举动，我就大概猜到了。”

“什么嘛？到底是什么意思？”

“杏奈去年施的魔法，我想就是顺弥。”

“顺弥？他哪里像了？”贵子大感意外。

“我想，杏奈应该很了解顺弥的个性。如果叫他不准做什么，他反而偏偏要去做；跟他说‘反正你不懂’，他就一定要把它弄懂。他不是对杏奈说的话都很介意吗？所以才会大老远跑来日本，甚至还混进步行节里。”

“嗯。”

“他说，去年他跑来步行节，结果被杏奈狠狠骂了一顿，对不对？还骂他：‘你懂什么！’”

“嗯，我也听说了这件事。”

“我怀疑，她可能是故意的。”

“故意的？”

“我觉得杏奈是假装生气，然后故意把喜欢的男生因为家庭原因、跟同父异母的姐妹同年级的事情告诉顺弥。依他的个性，被杏奈骂得那么惨，一定非参加步行节不可；然后又听到了这样的线索，就会非把那个男生找出来不可……杏奈可能是预料到这样的发展吧？”

“怎么可能！”

贵子笑了，美和子却是一脸认真。

“不可能吗？其实杏奈在这方面是很有心机的，只是别人不知道而已。顺弥也知道你我是杏奈最好的朋友，所以他会先找到我们，再从我们开始探听，这是很容易想到的吧？”

“话是这么说……”

“他是那种‘明知山有虎，偏向虎山行’的人，个性大方，又讨人喜欢，没有道理找不到西胁融。事实上，也真的被他找出来了。一旦找到，他一定会当面问本人关于同父异母姐妹的事。这么一来，西胁融和甲田贵子就不能再装傻了——我推测她的计划应该是这样。”

“嗯……那也太出神入化了。她有办法计划得这么周密吗？”

贵子不认为杏奈是那么阴险……不对，是那么工于心计的人。

美和子哼了一声说：“结果不就证明了一切吗？我是不知道她有多少胜算，至少对她来说，这的确是个‘魔法’。”

“好厉害的魔法，不愧是斯坦福大学的新生！”贵子虽然嘴上这么说，却还是半信半疑。

“姑且不论杏奈的计划到底精细到什么程度，”美和子直勾勾地盯着贵子，“可以确定的一点是，杏奈应该很希望你能和西胁融和解吧！”

“嗯，我也这么想。”贵子对这个意见率直地表示同意。

杏奈想必是因为喜欢融也喜欢贵子，才不忍看到两人陷入这样的情境吧。也因此，她才会从美国专程送来弟弟这颗不定时炸弹。杏奈很了解贵子和融的个性，所以认为不下猛药是无法打破僵局的。

而杏奈的弟弟，就成了最佳的催化剂。

对于杏奈用心良苦的感动，这个时候才真切地涌上心头。

她尽管人在美国，却这么为我们担心。

在感激的同时，贵子也不免想着，因为对方是西胁融，她才会精心策划吧？

“没错，这样就对了，”贵子再一次颔首，“我刚刚还觉得他闯了一个大祸呢。不过，确实就像美和子说的，他能够帮忙说出来，反而对大家都好。”

“我就说吧。”

“只是不知道西胁融是不是也这么想。”

“他一定也有同样的想法啦！”美和子自信满满地宣称。

“真的吗？”

“当然是真的。就算他现在不这么想，以后一定也会这么想的。”

“听美和子这么一说，好像什么事都会成真似的，好神奇。”

“因为事情本来就是这样嘛！”

两人几乎不约而同地看向走在前方的两个背影。不知道什么时候，他们已经领先许多了。

尴尬的沉默迟迟没有散去。

忍似乎并不打算主动破冰。

融知道自己应该开口，却不知道该说什么。

另一方面，自从听完那个男孩爆炸性的话语之后，膝盖和脚踝几乎都不疼了，让融非常讶异。人类似乎一分心，就会忘记疼痛。自然而然地，走路的速度也加快了。

单调的道路。

美和子与贵子将杏奈的弟弟夹在中间，似乎在后方和乐融融地谈笑。

真是的，也不想想别人的感受！

融虽然直想叹气，对那个男孩却奇妙地不怪也不恨。尽管难免想骂他一句“混蛋”，更强烈的却是一种卸下肩头重担、如释重负的感觉。

“我一直很想告诉你的。”话语在不经意间就脱口而出了。

“为什么？”忍或许始终在等待这个瞬间，立刻老大不高兴地回了一句。

“因为那是家丑。”

这么一答完，融立刻烧红了脸颊。

好可耻。丢人现眼的不是甲田母女，而是自己的父亲，那个让亲生儿子说出这种话的父亲。那是一份遗忘许久的、血淋淋的感情。父亲的存在，已经好久都不曾激起融的任何情绪了。

“为什么？”忍的回答依然没变。融苦笑了。

“你应该也猜得到吧？是因为我老爸跟她妈妈外遇，才会生下她的。”

“所以，你才讨厌甲田？”

“我没有讨厌她啊。”

“这不是你自己说的？”

“我说过这种话吗？”

“有啊！甲田也说过：‘西胁应该很讨厌我。’”

“我真的没有讨厌她，只是不知道怎么跟她相处而已。”

“我觉得自己很对不起甲田。”

“为什么这么说？”

听到忍的口吻沉重了起来，融看向他的脸。

“我一直跑去逼问她：‘你喜欢融对不对？’甲田一定受伤了。我不但一直刺探她的隐私，还跟高见一起开她玩笑，我真的好笨！”

忍的表情扭曲，恨恨地咂了一下嘴。他的口吻透露着强烈的自我厌恶和悔恨。

让心思细腻的他背负这种自责，令融非常过意不去。

“不要紧的。”

“你凭什么这么说？还不都怪你，不先告诉我。”忍瞪了融一眼。

“这件事情是我的错，我向你道歉。不过，她那个人很坚强，心胸宽广，也知道你不是有意的，所以不会因为这样就记恨你的啦。”

“被你安慰，效果好像不怎么样哎。”

忍喃喃说完，融立刻深深鞠了一躬。

“真的很抱歉！我向你赔罪！因为你一直看得起我，所以我才更说不出口。”

“你爸爸有外遇，跟别人对你的评价有什么关系？”

“当然有关。如果换成是你，你说得出口吗？”

“嗯……”忍经过一番思考后，支支吾吾地说，“也许，没办法吧！”

“你看！”

“可是，我还是想听你亲口说啊！”

“所以我才向你道歉啊，对不起。我太爱面子，没办法坦白，真的对不起。”

“好了啦！”

两人间的紧张总算消除，步调也变得和缓起来。

如此一来，膝盖和脚踝就很现实地立刻开始发烫、抽痛了。

“你的脚还好吧？”

忍感觉到了异样，看向融的左脚。

“勉勉强强。保持这个状况，应该可以走完全程。”融说出内心的愿望。一旦说出丧气话，坏事似乎真的会成真。

“你们没有单独碰过面吗？”忍恢复平常的语气，轻松地问。

“没有。”融间不容发地回答。

“你们也没有讨论过这件事情？”

“没有，”融干脆地回答，露出苦笑，“在今年同班之前，我们根本没进过对方半径三米以内哎！而且，我们在同班之后说的话，加起来还比不上这次步行节时说的多。”

“从某个角度来说，也很符合你的作风吧！”忍先是一脸不以为然地叹了口气，然后突然压低声音，又补充说，“甲田应该也很痛苦吧？”

“不过，她很坚强啊！”融的口气简直像在发怒，“你也知道吧？她那个人心胸宽广，对我一点都没有恨意。要是她恨我的话，我还比较轻松呢！她却可怜我。”

“才没那回事。”

“我觉得她很了不起啊！如果我站在她的立场，绝对没办法那么超然。”

忍用试探的眼神看向融的脸。

“你这是在褒她还是贬她？”

“我自己也不知道。”

“你妈是怎么说的？”

“关于哪件事？”

“就是你们被分在同一个班的事。”

“什么也没说。表面上，我妈妈装作不知道我和她同班。不过她看过班级名册，所以应该知道才对。”

“我想也是。”

视野里完全看不到其他人。白色而干燥的道路沿着河岸不断延伸。与前方同学的距离已经拉得很长了。

“还剩多少路啊？”融悄声问。

“大概八千米吧。”

“还剩那么多哦。”

“是啊。换成走路的话，路就显得长了。何况步幅又变小了。”

周围已经大放光明，是熟悉的寻常早晨的景象。

刚才在跑步中体会到的由黑夜到白昼交界的神秘气氛，此刻找不到半点残留，只剩下周末特有的散漫、和谐的景象。

“剩下的这段时间最提不起劲来了。”忍望向波光粼粼的河面，眯着眼说。

深绿色的河水缓缓流动着。由水的颜色来看，这条河应该颇深。

“你本来打算这样毕业吗？不告诉我真相，也不跟甲田交谈。”

忍依然注视着河面。

“嗯。如果没有那个好管闲事的弟弟，应该就会那样吧。”

“那小子挺有趣的。咦？他不见了！大概是回车上去了。”忍转头看后方，发出惊呼声。

“不过，游佐倒是知道。”融看着前方，喃喃地说。

“是甲田告诉她们的吗？”

“不，我想不是。从刚刚游佐那种意有所指的态度来看，不太像是从甲田那里听来的。”

是她母亲。融突然有种直觉。

会不会是她的母亲告诉那两个人的？贵子不是会向别人求助的人。因此，那位母亲一定希望有人能够保护贵子，以免她被憎恨甲田母女的融伤害。那位母亲一定很清楚，自己和女儿是西胁母子的眼中钉。

“原来如此。太过见外这一点，你们两个倒是挺像的，”忍的回答多少掺杂着讽刺，“难怪大家会起疑，因为你们有太多共同点了。我真的以为你们是一对哎。不光是我，很多人都有这种感觉。”

“我也听说过。”融坦率地承认。

“真不可思议。你们的五官明明一点都不像，却感觉得出来性格很类似。这就是所谓的血浓于水吗？”忍也表达出单纯的感慨。

“应该是吧！”融并没有否认。

“不过，仔细想想，这个情节会不会太奇妙了？同父异母的兄妹，居然刚好被分在同一个班，简直是少女漫画和偶像剧的剧情嘛！”忍发出迟来的惊叹。

“不要把人家的家事当好戏看啦。”融皱起眉头。

“呃……就算同父异母，也一样是兄妹，所以不能结婚啰。”

“废话！”

“禁忌的恋情哎，越来越戏剧化了！”

“你有完没完啊！”

融轻轻撞了忍一下。发现他正用暧昧的眼神看着自己，融说了句“干吗啦”，就立刻移开视线。

忍用难以形容的谄媚语气说：“哎，我问你哦，如果你不知道甲田是你同父异母的姐妹呢？”

“什么？”

“如果你们在不知情的情况下同班，你觉得会发生什么事？”

一瞬间，融莫名地毛骨悚然。

如果不知道的话。如果在不知道的情况下，两人相遇的话。

“我从来没想过这种事。”融虽然感到一股寒意，还是佯装镇静地回答。

“搞不好，你们会被彼此的共同点吸引哦！”

“别闹了啦！恶心死了。”融用不悦的语气顶回去，却发现忍比自己更加恼火。

“有什么恶心的？”忍气呼呼地别过头去。

“你干吗生气啊？”融非常不解。

两人之间再次飘浮着不愉快的紧张感。

河面的大泡沫缓缓流动着，同时反射出天空和水面的光芒，闪闪发亮。

“这种感觉好怪。”融喃喃说着。

“为什么？”忍背着脸问。

“自从知道她的存在以来，我可是一直把这个事实封印在心里。就连否定她的存在这件事，我都不愿意告诉任何人。不过，仔细想想，从昨天早上开始，我们好像一直在讨论关于她的话题。”

的确是这样。从昨天一大早上学以来，到吃午饭的时间，还有日落之后，甚至是更晚，都会有意无意地谈起贵子。

“所以，我才说啊！”忍回过头来，直视着融的脸，“我一直觉得，是你们两个希望被凑在一起。”

“近亲相奸是不对的!”

“我又不是那个意思!”这次换忍顶了融一下,“你们想互相接近、互相了解,这就是我的感觉。”

进入了一个小村落。

好久没走进井然有序的住宅区了,感觉格外新鲜。

步道旁种植着行道树,在朝阳中投下静谧的树影。

周末的住宅区似乎还睡意沉沉,几乎看不到行人。

徐缓的坡道上唯一聚集人群的,就是设置第二也是最终中继站的地方。

它位于邮局的停车场。执行委员们坐在长桌旁,默默无言地对照名册。

学生们零零星星地经过,而当贵子一行人到达的时候,四下签到的学生就只有他们。

“再努力一下就成功了!加油哦!”一个女生执行委员,在签到后对他们高声鼓舞。

委员们果然体力惊人。

“请问大巴在哪里?”融开口问。

“已经出发了,不过离这里还很远。”

听到这个回答,融露出放心的表情。

他的脚不要紧吧?贵子朝他的左脚瞄了一眼。虽然肿起来了,走路的模样却跟其他人没什么两样。照这个情况，应该能够顺利抵达终点才对。

一想到即将跟他一起走向终点，就有种世事难料的奇妙感。昨天的距离明明还比任何人都遥远，今天却能够这样走在一起，简直匪夷所思。

我要把这件事告诉妈妈。贵子想着。

回家以后，我要告诉她："我跟西胁融一起走到了终点哟！"然后扑通一声倒在床上。

一想到倒卧在床上的场景，疲劳就一口气全涌上来了。与终点之间的距离变得难以容忍，心里只有一个念头，就是恨不得早点回家。

"哎呀？"

"怎么有具'僵尸'在这里？"

前方的融和忍，同时发出雀跃的声音。

几个男孩子正蹲在行道树旁。其中一人，似乎就是完全丧失了夜晚神力的高见光一郎。他的模样凄惨，奄奄一息地蹲在地上，加上个子又小，简直像条蜷成一团的小白狗。

"你很厉害嘛！居然还跑在我们前面。"融弯下腰来，幸灾乐祸地笑着说。

"可恶！是天要亡我啊！"光一郎用虚弱的声音喃喃说着。应该是晚上大叫大嚷的缘故，他的声音沙哑又微弱。

"没错，没错，天要亡你啦。你就死心吧！"

“再见啰，傍晚见！”

融和忍无情地朝他挥挥手，准备扬长而去。

“高见，你不要紧吧？”

听到美和子的询问，光一郎抬起无神的眼睛，一发现美和子与贵子，立刻眨了眨眼。

“哎哟？”

“别灰心，我们继续加油吧！”

贵子的鼓舞，让光一郎挂着两个黑眼圈的脸，又绽放出了光芒。

“咦？你们四个人一起走哦？”

光一郎忙不迭地交替看着往前走的融和忍，以及贵子与美和子。

“对呀，我们要一起走到终点。”美和子毫不掩饰地回答。

“这样啊，你们很有一手嘛！还害我担心得要命，这样不对哦，宝贝！”光一郎片刻都静不下来，心花怒放地说。虽然他的喜悦完全是个大误解，可是她们并不想说破。真要解释起来，可不是三言两语就能说清楚的。

“那，我们出发啰！”贵子苦笑着朝光一郎挥手。

“祝你幸福哟，宝贝！”光一郎一跛一跛地站起来，也朝她们挥手。

美和子嗤嗤地笑着。

“高见真的很搞笑！”

“他这个误会可大了。”

“不过，他的个性挺不错的呢。”

美和子原本捂着嘴、憋着笑，却在不经意看向前方后，露出吃惊的表情。

“怎么了？”

贵子顺着美和子的视线看去。

“换成一个个性不好的来了。”美和子带着怒气回答。

站在融和忍面前的是内堀亮子。

当有人突如其来地冲到眼前，融一瞬间无法辨别对方的身份。

不过，因为旁边的忍从喉头发出了“呃”的一声，在确认长相之前，他就已经猜到是谁了。

附近有座小小的儿童公园，执行委员会似乎将它的厕所指定为学生休息用厕所。看到公园里还有其他几个同学，融才发现内堀亮子是埋伏在这里等他。依她的个性，一定早就确认过融是否已经签到了。

“太好了，我还以为碰不到你了呢！”内堀亮子以胜利者的口吻说。

看着她喜不自胜的表情，融不得不拼命把骂人的话吞回肚里。

“很快就到终点了，我们一起走好不好？好高兴哦，最后还能跟你遇上。幸好我稍微休息了一会儿！你等等哦，我去跟朋友说一声。”

内堀亮子提出毫无商量余地的建议后就跑开了。跟在公园一角休息的两个女生简短说明之后，她提起背包，一边朝融天真无邪地挥手，一边再次跑上前。

融心想，真是个厚脸皮的女人。

融和忍尽管恨不得赶快离开，却又办不到，只能你看我、我看你，左右为难着。

“你的脚怎么了？要不要紧？”

“还好，中途不小心摔了一跤。”

“哇，都肿起来了！很痛吧？难怪你会落后。”亮子发出夸张的惊呼声。

“不要紧的。你丢下朋友，没关系吗？你们不是一起走的？”

融压抑着心里的不痛快，转头看向被她抛弃的朋友。

“没关系，没关系，我本来就想跟西胁同学一起走嘛。唉，太好了！要是那样走到终点，就太没趣了！”

亮子露出灿烂无邪的笑容，还挑起眼睛看了融一眼。她的笑容，显露出她自信这个表情能俘获男人的心。

换作其他时候，融或许会有点难以招架。的确，在大部分的场合，对于大部分的男生，那都是一个完美无瑕、充满魅力的表情。

然而，融在那一瞬间暴怒了。

更糟糕的是，他还无法直接将怒意发泄在亮子身上，让他更气恼的是自己的矫情。

当然，对别人的情绪一向迟钝的亮子并没有发现，还是笑容满面地走在他身边。至于也走在旁边的忍，则被她当作空气，好像从一开始就不存在。说到走在后方的美和子与贵子，要不就是没被她看在眼里，要不就是硬生生地被抹杀了。

忍起先还板着脸走在融的旁边，过了一会儿，或许是被视若无睹的感觉很糟，或许是另有想法，就不动声色地落后了。

现在这个时间点跟她独处，搞不好真的就得作伴步向终点了。

尽管融拼命向忍传送着挽留的电波，忍却坚持之后再会合。虽然能够理解忍的心情，融还是禁不住咬牙切齿。

不知道是哪一部分受到影响，融之前一直没事的膝盖和脚踝居然开始抽痛了起来。愤怒、疼痛和绝望让融的脑袋一片空白。

然而，旁边的少女紧紧贴着他的身体，语调兴奋地讲个不停。当然，融一个字也没听进去。

“真不敢相信！”

“怎么有这种人啊！”

“居然来阴的！”

三人看着融和亮子的背影，各自发出诅咒。

因为亮子抢人的手段实在太过强烈、太过暴力，贵子一半的心情其实是佩服的。

“果然还是要有那种气魄，才能在恋爱战争里获胜啊！”

“现在是说这种话的时候吗？”

忍是一肚子火，而其中一部分的怒气，就转嫁到了一派轻松的贵子身上。他极为难得地满脸通红，说话也很不客气。

“融很可怜哎！居然被迫跟那个女生一起走到终点！”

忍朝着亮子的背后，笔直伸出食指。

“可是，就算让我出马，也只是增加她的敌意而已。户田，你就帮他想想办法嘛！”贵子发出哀求。

“我也拿那个女生没辙啦！”忍露出苦不堪言的表情。

“那是不是只好由我出面了呢？”

见到美和子神情毅然地站出一步，贵子慌张了。

“可是，你不是跟她同班吗？如果你现在出面的话，到毕业之前，你们见面岂不是会很尴尬？”

“我倒是不介意。”

“最好不要在高三班上树敌。那个女生，是很会记仇的。”忍也制止美和子。

“那你们说要怎么办？要让那个女的为所欲为吗？”

被美和子瞪了一眼，两个人都退缩了。

亮子仍没完没了地说着话，融走在旁边的宽阔背部，散发出不耐烦到极点的气息。或许是因为脚疼，仔细一瞧，他走路的姿势不太对劲。

他要不要紧啊？看那个走法，应该是很痛的样子。

贵子想象着他的疼痛，不禁皱起了眉头。

这个时候，有人拍了一下贵子的肩膀。

贵子的惊讶大过痛意。

转头一看，眼前是那张挂着黑眼圈的脸。

“这件事就交给我吧，宝贝。阻碍别人情路的讨厌鬼……嘿嘿！”

“高见！”

光一郎先是抛出一个非常糟糕的媚眼（老实说，就像是脏东西跑进眼睛里似的），然后朝贵子竖起大拇指，就蹦蹦跳跳地超越了贵子三人。跟他同行的两个男生也一起往前跑去。

“宝贝，幸福吗？”

他很快就追上了融和亮子，往亮子背后重重一拍。亮子像弹簧般一跳，转头看是哪个冒失鬼。

“哎呀，这位不是本校校花亮子小姐吗？我一直很想跟你多说说话哎！这两个家伙也是。我们都是你的粉丝！陪我们聊一会儿嘛！看在他们对你一片痴心的分上，好不好！”

亮子的眼睛一眨一眨。看得出来她正想开口说些什么。

不过，光一郎贯彻自我理念的暴力模式可不输人。他很快和另外两个男生联手围住亮子，开始报告从昨天早上开始的流水账。

“唉，那群小鸟呀！摇滚乐怎么都不让我睡觉呢！”光一郎用他粗哑的嗓音努力发声，不给亮子任何插话的余地。

只有融一个人完全在状况外，愣头愣脑地站在一边。

咻！吹出这声口哨的不是忍，而是美和子。

“太棒了，高见。不愧是摇滚乐手！”

“一大早的，‘僵尸’就复活了。当心变成灰啊！”忍低声说着。

“我们也去助阵吧，户田！”

美和子朝忍点了点头，忍也跟着点头。

“也好。有美和子公主壮胆，我就可以尽情发挥了！”

两个人丢下贵子，快步向前。

“啊！”

她很快就被抛在后头。

两人超越呆若木鸡的融。擦身而过的时候，忍还抛下一句：“慢慢聊吧！别让那个女生有机可乘！”

“高见！”

“让我们也加入嘛！”两个人一起朝光一郎喊道。

“耶！周六的夜晚就该狂欢啊！”光一郎发出豁出去的呐喊。

“那些家伙在干吗啊？”

贵子站在融的身后，近到能够听清楚他的喃喃自语。

或许是察觉到了动静，融不经意地转过头。

发现贵子的存在后，他“哦”了一声。

浮现在他眼底的情绪，不是惊讶，不是厌恶，也不是紧张，而是安心。

终于走到这一步了。这个时刻终于来临了。他的眼神如此诉说着。

贵子知道，自己的眼中也充盈着同样的情绪。

不是畏怯，不是卑微，不是谄媚，是一种“这个时刻总算来临了”“呼，好长的一段路”的安心。

“你的脚还好吗？我刚刚看你走路的样子很怪。”

贵子看向融的脚。

“老实说，我觉得不太妙。现在挺疼的，”融摩擦着膝盖，老实回答，“你能不能跟我说说话，帮我分心？”

“好啊。”

两个人不约而同地并肩向前走。

前方大声喧哗的六人组还在视野范围内，距离却拉长了。

“那，你想不想听我为步行节偷偷下的赌注？”

“好啊。”

道路穿越了村落，再次来到河边。

在河的对岸，有一片广大的市区坐落在高岗上。在那片市区当中，他们的母校、他们的终点正在静静等待着。

令人惊讶的是，走在他身边完全没有异样感。

原本以为自己会更紧张，气氛会更尴尬的。

贵子试着将现在的感受化为语言，却找不到恰如其分的形容。

该如何形容这种“正确”的感觉呢？这样就对了。事情就应该这样。就像物品回归它应有的位置那么契合。

就连走在身边的融的身上也感受不到过往的拒绝与紧张。这件事让贵子又惊又喜。

如果现在不是步行节的自由步行时间，而是平常的放学时间，恐怕就无法这样平心静气了。正因为处在精力耗尽的当下，两人才能够若无其事。贵子有种想要高声叫喊的冲动。

我现在跟西胁融并肩走在一起。我们走在一起。我们在交谈。这件事可是非同小可啊，各位！

大脑的某一部分异常兴奋，全身却像铅块一样重，让飞扬的心完全离不开地面。兴奋的心情好像一则来自遥远国度的消息。

好像假的一样。没想到真的会有这么一天。

贵子好几次转头确认身旁的人的确是融，无法自制。

而融也感到不可思议，自己居然能在如此率直、自然的心情下与贵子同行。贵子与自己是多么相像啊。为什么过去从没发现呢？新鲜的惊奇感冲击着融，同时也伴随着悔意。要是曾经这样同行一次，就能更早品尝到现在的心情了。不对，换作过去的自己，恐怕无法体会当下的氛围吧！

尽管是默默无语的同行，在意识和情感的层面，两人是非常雷同的。

毫无疑问地，贵子的内在拥有与自己非常相似的成分。虽然无法具体说出它的真实面貌，但她确实存在着与自己相同的许多要素。

“过得好快哦。”融自言自语般说。

“什么事情？”贵子也顺理成章地问道。

“步行节。”

“嗯。”

“从暑假刚过，我们不就一直在想步行节的事吗？与其说是想，用‘挂念’来形容似乎比较恰当。不过，实际开始了，却只耗时短短一天，在‘脚好疼’‘累死了’的抱怨声中就结束了。”

“就是说啊。在开始之前，还期待会有什么戏剧化的情节发生，结果就只是走路而已，什么都没有。大部分时间都是又累又烦，但是结束之后，却只记得开心的部分。”

“没错，没错。”

“不过，我觉得这个活动比每年的班级旅行好多了。我终于能理解毕业生为什么这么说了。”

“嗯，我也比较喜欢步行节。”

单纯的闲话家常令人心旷神怡。

贵子突然想起杏奈说过的话。

大家一起在夜间走路，为什么如此平凡的事，感觉会这么特别呢？

对啊，杏奈，真的很不可思议哎。

当时贵子是这么回答的。

不过是肩并着肩走路罢了，真不可思议啊！如此简单的事情，却如此难以达成，却又如此震撼人心。

眼前绵延着一条泛白的泥土路。美和子一行人聚成一团，隔着不算短的距离，七嘴八舌地喧闹着。高见光一郎、内堀亮子、户田忍，全都走在远处。

彼此信赖的朋友走在视野可及的范围内，光是这点就让人感到满足。

尽管道路没有脱离田地，周围的住宅却密集了起来，可以察觉市中心已经渐渐逼近。远方车流量渐增的国道上，传来车辆来回行驶的声音。

感觉世界格外明亮。

融想着，好耀眼啊！世界是如此宽广，如此耀眼夺目。

“你刚才说的赌注，到底是什么？”融问道。

贵子轻轻歪头，应该是在斟酌该怎么表达。

“嗯……现在想起来，还挺不好意思。”

“有什么关系，说来听听嘛！”

“有一个同班同学，我一直很想跟他讲话。”在一声轻轻的叹息后，贵子下定决心地开口了。

当然，融很快就知道那个同班同学正是自己。

“我想，再这样下去，我一辈子都没机会跟他交谈了。”

“所以呢？”

“我就想趁步行节，跟他说一句话也好。”

“然后呢？”

“如果能够跟他说上一句话，我要做一件事情。”

“什么事？”

贵子先是愣住，随即大笑了起来。

“不要催得这么急嘛！你的脚应该很疼吧？我是故意讲慢一点，好分散你的注意力的！”

“可是，我很想知道后续发展啊！”

融虽然反驳着，也发现了自己连珠炮似的质问，觉得好笑。两个人都笑开了。

齐声大笑之后，心情更加轻盈，世界也更加明朗了。

“我想邀请他做一件事。”贵子略低着头，嗫嚅着说。

融又有股冲动，想问“什么事”，却硬生生地吞了回去。我这个人就是性子太急了。

贵子盯着脚尖一阵子，才抬起头来开口：“刚开始，我是想邀他去扫墓的。”

“扫墓？”

“为爸爸扫墓。虽然我不知道他长什么样。”

融赫然一惊。

爸爸。他没料到贵子口中会出现这样的字眼。

我跟她的父亲是同一个人。

虽然清楚这个事实，但是真的直接面对，还是免不了受到打击。他从未细想过，这个事实背后代表的意义。

走在身旁的女孩子说想跟自己一起去扫墓。这个女孩跟自己半年来都同班。这个女孩跟自己呼吸着相同的空气，与朋友欢笑，在考试时失利，跟母亲吵嘴，喜欢上某个人，和自己拥有同样年岁的生命。而现在站在眼前的这个女孩——还是跟我血脉相连的手足。

“不过呢，我半路又改变了计划，”贵子换上潇洒的语气，“扫墓是很重要，毕竟要是他不曾存在，我们也不会来到这个世上了。不过，我想了很久，还是觉得关于未来的事情比较重要。”

“关于未来的事情？”

“嗯。”

贵子倏地转过头，直视融的脸。他们从未在这么近的距离互看彼此，心跳都乱了一拍。尽管如此，贵子还是没有移开视线。

“找个时间，到我家来玩吧！”

“啊？”

融吃了一惊。原来她是个眼神这么沉静的女孩啊。他在内心的某处想着。

“毕业之后再说好了。等到高考的事忙完之后，要不要到我家玩？”

他一瞬间无法回答。并不是因为不愿意，相反地，他认为这是个非常棒的主意。不过，他的内心有一部分在否定这个感受。那是一个卑微、满脸恨意、退缩悲观的自我。就是这个自我在妨碍融欣然接受贵子的提议。

贵子静静观察着融的表情，然后，她慢慢把脸转回正前方，淡然地说：“还是不行吗？西胁融的妈妈会不高兴吧？”

“倒也不是。”

当他间不容发地否定后，才重新思考，真是如此吗？

脑中浮现出母亲寂寥的侧脸。她的表情，总像在忍耐着某种事物。她的眼神，像是持续扼杀着某种感情般空洞。如果她知道这件事，会有什么反应呢？

融静静陷入沉思。

她或许会不高兴，但是不至于“不能原谅”。母亲无法原谅的对象，说起来应该是父亲吧？比起承诺绝对不要求抚养费、永远不再有关联的甲田母女，对于背叛了家庭的丈夫，反而更加恨意难消吧？

“我会去的。”融如此回答。

贵子似乎把他的沉默误认为否定，露出一脸担忧。当她的眼神因为自己的答案而浮现开朗的安心与喜悦，融的心情也随之开阔了。

“真的吗？你愿意跟我妈妈见面？”贵子瞬间露出想哭的表情。

“是啊！”

听见这句简短的回答，贵子先是稍作沉默，然后小小地吐出一口气。

“谢谢你。我好高兴。啊，真是太好了。”她的声音微微颤抖。

“这么一来，你就赢了。”融故意不说破。

“嗯。”贵子含糊地笑了笑。

“如果你输了呢？是不是从此就不跟我说话了？”他突然想知道

这个问题的答案。

“我想，应该就这样毕业，然后老死不相往来吧！”贵子毫不修饰地回答。他心想，这份坦然很像贵子的风格。她在某些时刻是非常就事论事的。

“这么一想的话，世事还真是奇妙。直到昨天为止，我也以为我们会一直冷淡到毕业的。”真的是很奇妙。就连现在两人并排走着聊天，都是一大奇迹。

“你之前……是不是很恨我们母女？”贵子欲言又止地问。

“我恨的……”融边思考边回答，“应该是这样的状况。我对于自己被迫处在这样的立场，感到很愤怒，一直以来都是。”

“葬礼的时候也是吗？”

“那个时候，我对一切都感到愤怒。对老爸也是，对你们母女也是，对我自己也是，恨透了所有人。”

“是吗？你当时的表情，真的好可怕哦！”

“是吗？”

“嗯，很吓人。虽然我那时也没跟你说过话，不过，我真的觉得我们永远不可能说话了。”

“这样啊！”

融故意装傻，心中却鲜明地浮现出当时激昂的怒气。虽然那份感情现在已经消失无踪了，却带着另一层意义的珍贵。

“我问你，杏奈写了信给你对不对？”贵子转变了话题。

“你指什么时候？”

融早有预感，这个话题迟早会出现，所以他并不讶异。因为美和子、贵子、杏奈三个人是亲密无间的。

“杏奈去美国之前。”

“有啊。”

“是情书？”

“算是吧。虽然里面没有提到半点类似的字眼。”

“很像杏奈会做的事。”

“她弟弟跟她好像。”

“对啊。只不过个性完全相反。不过，他好爱姐姐哦，还特别来找姐姐喜欢的人。”

“真的？这是他的目的？”

“没错。”

“这对姐弟好奇怪！”

“怎么这样说！这么说来，西胁融，你最近桃花很旺哦？”

“我没什么实际感受哎！杏奈的表现那么内敛，会主动出击的又净是一些自以为是的女人。”融用下巴指了指前方一群人。贵子露出苦笑。

“户田原谅你了吗？我的事情，你之前都没有跟他说过吧？”

“他很生气，不过还是原谅我了。”

“户田是个善良的人嘛。”

“嗯，他人很好。”

“在步行节之前不久，杏奈寄给我一张明信片，”融瞄了贵子一眼，因为她的口吻似乎变了，“杏奈知道我俩的关系。”

“游佐也知道吧？”

“啊？”

“刚才她说了一些暗示的话。”

“是吗？直到今天早上，我都不知道她俩已经知道了。听说，是我妈很久以前告诉她们的，我却一直都没发现。”

“很符合你的个性。”

“是吗？”

看到睁大眼睛的贵子，融心想，这点也很符合她的个性。关于自己的事情，她反倒特别无所谓，神经特别大条。

突然，他发现自己很懂这个女孩。明明没进过她的方圆三米以内，也从来没有任何交流，却对她观察入微，好像很早之前就熟悉了她的一切。

“杏奈她啊，好像很希望我们能和好的样子。用‘和好’这个说法也有点怪怪的。”

“这样啊！”

没来由地，两个人都沉默了。

不知何时，国道传来的车流声变大了。忙乱的日常，以及按下暂停键的现实，都逐渐迫近眼前。

注意到这件事的贵子，也同时发现了自己的惊慌。

这样的状况，该不会只限于现在吧？融会坦率地与自己交谈，莫非只是步行节这个远离日常的世界赐予的魔法？搞不好，到了明天，他又会对自己投以冰冷的眼神？

这种毫无根据的不安汹涌而来。

想留住这段时间，永远不放它走。

尽管知道这是不可能的愿望，贵子还是忍不住祈求着。

“世界上就是有一些家伙，喜欢管别人的闲事啊！”

融对贵子的悲痛毫无察觉，悠闲地说着。

“嗯。”贵子强压下情绪，心不在焉地回答。

贵子知道，他指的是包括杏奈、美和子、忍在内，特意安排他们独处的朋友。对于融的话语，贵子暗自埋怨着。他果然把别人的好意视为理所当然吗？他认为无偿的爱是自己应得的吗？发觉自己或许跟内堀亮子或是其他讨他欢心的女孩没什么不同，贵子突然陷入自怜。

“杏奈要上斯坦福大学？”

“嗯。”

“她看起来傻里傻气的，一点都不像会念书的样子，事实上却挺聪明的嘛。”融的语气显得很惊奇。

没错，杏奈的头脑是很好。贵子在心里嘟囔着。

她能够千里迢迢地把弟弟派来，让从未说过话的我们这样并肩而行，算是绝顶聪明了。刚刚还在感叹，感激杏奈的牵线，现在却怨起她的多事了。好不容易能够和融交谈，却似乎是另一种忧郁的开端，这让贵子害怕了起来。

相较于贵子的愁云惨雾，一旁的融却在想着完全不同的事情。

在他的内心，世界变得更加辽阔了。地平线渐渐越退越远，超越了海洋，隐约可见远方的世界。

那是种无以名状的感觉。

融感到自己仿佛被世界整个包围。

这是因为他领悟到了，原来自己对于杏奈这个少女、她所残留的空气，以及跟她串联在一起的游佐美和子和甲田贵子，都曾经深深地爱过。

“曾经爱过”这个词汇对他十分陌生，之后大概也没什么机会用了。不过，他实在找不到其他合适的形容。

至今为止，他拒绝了所有类似的东西，也假装看不到它们的存在。他的计策应该是成功的。

但是，在心里的某处，他还是爱着这些少女的。他的爱不是针对某个个人，也不属于恋爱的情感，而是她们整体的存在。她们让他感受到的气息，都强烈地吸引着他、煎熬着他。

我真的是个大傻瓜啊。融率直地承认了。

不论是忍在半夜用生气的表情说的话，还是游佐美和子当面指责他的话，老实说，他当时都不认为跟自己有关。为什么他们会那么认真地试图说服我呢？融反而感到很不可思议。

不过，他们才是对的。他们让他知道，只想心无旁骛、比谁都快快成为大人的自己，其实才是最幼稚的。

然而，他们远比融来得宽容。看着融独自逞强，他们却不离不弃地爱着融，无时无刻陪在他的身边。

融觉得自己好没出息，无地自容。

“我应该活得更像高中生一点才对。”融忍不住脱口而出。

“咦？你说什么？”贵子回过头来。

“我太吃亏了，应该多享受一下青春的。”

“你在说什么啊？”

“抱怨。”

贵子看着融打从心底后悔的表情，沉在谷底的心突然稍稍被触动了。

忍的声音唐突地重现脑海。

该怎么说呢？或许可以用青春的摇摆不定、光芒，或是年少轻狂来形容吧！

忍带着玩笑的口吻，与融百无聊赖的表情重叠在一起。

难道……

贵子凝视着融的脸。那是一张完全没有防备、像个孩子闹脾气般的脸。

这件事，他现在才发现？这个男生居然迟钝到这种地步？

贵子错愕到想笑出声来。

这个男生看似冷静，自视甚高，其实非常笨拙，又想不开。

“世上有多少高中生，是真的享受过青春的呢?”贵子自言自语般反驳。

融愤愤地看向贵子：“你不是享受过吗？你不是跟芳冈在交往?”

“才没有呢！我们只是一起喝茶的朋友。”

听到贵子断然否认，融说了句“又来了”。

贵子苦笑着说：“芳冈他啊，是个伟大的学者。我们聊天的内容，都是行星的移动、家族成员、脸的构造……这种高尚而又有气质的话题呢。”

“也对，我也大概知道他。”

融立刻被说服了。事实上，他一直觉得书呆子芳冈和贵子的组合很奇特，完全嗅不出恋爱的气息。结果，果然是一场误会。

“我既没有参加社团，也不太喜欢用功，我才是那种虚度光阴的无聊高中生。”

“是吗?”

“大部分高中生，都差不多是这个样子吧?”

“真的吗？我总觉得别人都过得很青春洋溢哎。”

“可是，你现在不就很青春吗?”

“啊?”

看到融睁大眼睛，贵子轻笑了一下。

“你不觉得，我们现在做的事就很青春吗？在高中的最后一次团体活动，到了最后一段路，才总算跟心仪已久却没有交谈过的同班同学说话。”

融先是愣住，然后跟着笑了。

“也对。而且，对方还是同父异母的姐妹，简直就是连续剧嘛！”

“够青春吧！”

两人发出自嘲的笑声。

“那，连续剧接下来会怎么发展呢？”

融的低语，让贵子陷入思考。

“当然是跟步行节一起步向尾声啰！因为他们只有彼此这一个兄妹，所以他们相视微笑，约好今后要互相扶持，画下完美的句点……大概就像这样吧？”

“原来如此。然后两个人的母亲一起来迎接他们，大家在泪水中和解，然后连续剧就以大团圆收场了。”

融突然正色看向远方。

“可是，现实的挑战是从现在才开始。”

贵子顺着融的视线望去。

光线洒满了整个世界。

三三两两走着的朋友们，尘土飞扬的道路，逐渐逼近的市区喧闹。

此时此刻，他们却注视着肉眼看不到的东西。

虽然看不到，却是同样的东西。

那是之后，他们必须面对的漫长岁月。在他们交换了言语、确认了彼此的存在之后，那将是一段孕育新关系的岁月。已经无处可逃了。这份一生无法切断、才刚刚萌芽的关系，才是真正的新世界。

两人都有种预感，它的滋味绝对称不上甜美。

两人都很明白，觉得这份关系烦人、令人憎恶、无奈、累赘的瞬间总会到来，也明白尽管如此，他们还是会在彼此造成的伤害当中互相勉励，度过之后的人生。

两人无言地走着。

用同样的眼神，同样的表情。

他们正走向一个没有退路的地方。

“这样就够了吗，贵子？”美和子一脸忧心地问。

“够了。我已经把现在想说的话都说完了，”贵子重重点点头，给她一个笑容，“谢谢你，美和子。”

听了这个回答，美和子似乎还是无法释怀。她似乎难以理解，他俩好不容易有机会独处，却比预料中更早分开。

贵子却感到心满意足。

融和贵子决定回到忍跟美和子所在的队伍。以目前来说，这样就够了。关于两人过去的感受，今后还有无数机会可以慢慢分享，而步行节的最后一段路，还是想跟最知心的好友一起迎向终点，这是两人一致的结论。

至于内堀亮子，倒是跟包括光一郎在内的三个男生聊得欢。她似乎也不是非融不可。

“总而言之，只要是男生，其实谁都可以吗？”

“不知道。算了，她高兴就好啦！”

贵子和美和子背地里批评亮子。

“刚刚太紧张了，现在好累哦！”

贵子叹了口气。

“第一次跟他单独说话，感想如何？”

“比第一次约会还紧张！”

贵子原本以为自己很冷静，直到回到美和子身边，才发现出了一身冷汗，双腿也因为疲劳以外的因素而颤抖着。发现自己出乎意料地紧张后，一放松，睡意就排山倒海而来了。

美和子呵呵一笑。

“我想也是。不过，你们不是聊得很融洽吗？”

“是啊。我发现，他比我想象中要死脑筋、笨拙多了。”

“你们真的很像呢！”

“像吗？”

“像得不得了！我不是一直这么说吗？真是的，你都不相信我的判断！”

美和子的语气像在闹别扭。

“我不是不相信你啦！”贵子慌忙辩白，“我只是觉得，人真的很难懂。我以前没跟他说过什么话，只凭着想象猜测他是怎样的人，结果实际一交谈，才发现根本不是那回事，就是个普通人罢了。”

“那不是很好吗？看清事实的真相。”

“对啊！告诉你哦，我跟他约好了，毕业后要请他来家里玩。”

“什么？到你家玩？”

“没错。”

“好大的进展！恭喜你啰！”

“嗯，我好高兴。”

“得跟杏奈报告一下才行。”

“嗯。”

“等到上了大学之后，我来追追看西胁好了。”

“好啊，是你我就无所谓。不过，杏奈怎么办？她好像还没放弃哎。”

“恋爱竞争本来就是残酷的，就算对手是杏奈，我也不会手下留情。况且，我已经占了地利啰。”

“很难讲哦！依杏奈的个性，搞不好会从大洋彼岸想办法阻挠呢。”

“譬如派顺弥过来？”

“没错。你们约会的时候，他又会开车跟在后头哟！还跑来跟你说：‘美和子，杏奈说她很烦恼哎！’”

两人想象着那个画面，大笑起来。

“说完话以后，你俩的表情好像都变得柔和了呢。”美和子盯着贵子的脸说。

“是吗？”

“对呀！你看看西胁，他的眼神是不是不一样了？他平常看起来笑口常开，其实眼神中并没有笑意，所以大家才不敢亲近他。”

“这样啊，我都没有发现。”

贵子将目光转向走在前方的融和忍。

看到的是融开心聊天的侧脸。

或许是受到美和子的影响，他的眼神看起来的确温和了不少。不知是因为放松，还是夙愿已偿，一向包覆着他的紧绷气息好像一扫而空了。心情真是一种奇妙的东西。

“他上大学以后，一定会比现在更有女人缘。所以，我要先给他留下深刻的印象才行。”

“放心好了，美和子给他的印象已经够棒了！”

“还不够呢！”

贵子在对美和子的活力苦笑的同时，脑海一角也在想着，融的妻子，就要叫我小姑啰？你眼睛可要放亮点啊！

当当当，远处传来铁道口的警示声。

“终于要最后冲刺了。”美和子低声说着。

跨越那个铁道口后，会有一条长长的坡道。那就是通往母校最后的路了。

“你的膝盖没事吧？”等待电车通过的同时，忍在融的耳边大喊着。

“嗯！应该撑得下去！”融也扯着嗓子回答。

当融和贵子追上来会合，忍半句话也没说。应该是看到两人神清气爽的表情，觉得很满意吧！

“话说回来，那个女生也算派上用场了。”

忍沉着一张脸，看向跟光一郎三人同行的内堀亮子。

“或许吧！”

融也用宽容的心情看向她的背影。现在一看，才觉得她的背影格外稚嫩。

她是个孩子。尽管有个想要的玩具，但是其他有趣的东西出现在眼前，就会忘记原本的坚持了。

铁道口的栅栏向上升起。

融一边走着，一边看向绕个大弯的铁轨。

老旧的铁道一直通往三年来上下课必经的桥下。接着，他们会爬上坡道，越过那座桥，结束今年的步行节。

膝盖的感觉已经超越疼痛，逐渐麻木，就像是用过头的弹簧一样。脚踝也已经习惯了痛觉，或许是死心，或许是用尽了力气，不再主张自己的痛苦。

能够撑到这里，真有你的。融对自己的脚心怀感激。原本多少带着走不完全程的心理准备，却撑到了最后一关。

感谢，感谢。他在心里朝不特定的对象说着。

我要感谢全世界。

“最后这条坡道怎么这样啊？所有行程里面，只有它最陡！”忍喃喃抱怨着。

“简直是故意整我们嘛！”

“一点都没错。”

爬坡的步伐已经超越了“摇摇晃晃”的程度，达到“连滚带爬”的境界。事实上，坡道的倾斜度的确夸张到两手都快碰触地面了。

“要是在这里倒下，可不是开玩笑的，”忍正经八百地说，“在距离终点几百米的地方弃权。”

“我可不想在这里等大巴！”

两人一边抱怨，一边以疼痛的身躯对抗地心引力。

“毕业之后，我要去她家拜访。”融气喘如牛地说。

忍露出惊讶的表情：“你要去甲田家？”

“对啊，去跟她妈妈打个招呼。”

“呼，很不错嘛！”忍心满意足地点点头。

“对吧？”融也带着莫名的骄傲点头。

“你会告诉你妈这件事吗？”

“应该会。”

“会不会有事啊？”

“应该还好吧？”

“反过来也可行吗？”

“‘反过来’的意思是？”

“就是甲田去你家玩啊！”

两人在喘气声中的低语中断了，融看向坡道顶端。

贵子走进我的家门。两人一起站在门前的情景浮现眼前。

那是个新鲜的场面。“这里就是我家。请进，没什么好担心的，别客气！”

他想象自己正邀请身穿便服的贵子进家门。

想象中的贵子很成熟，不但化了妆，还穿着套装，或许是已经进入社会的模样。一瞬间，影像有种带着血肉的真实感。

“我从来没想过哎！我觉得现在或许还不太行吧——嗯，应该还要过很久之后，很久。”融像复诵咒语似的，不断说着“很久”。

忍望着脚尖，听着他的回答。

“不过，总有一天会的。”

融将话语跟二氧化碳一起吐出。

融凝望着坡顶上的“总有一天”。在很久很久之后、势必会来临的那一天，确实就竖立在陡峻坡道的顶点。

“好累哦！”

“太过分了，居然在最后的最后来这么一招。”

贵子和美和子也用手撑住大腿，一步一步艰难地前行。

窘迫的呼吸和剧烈的心跳，都不像自己身体发出来的。

很快就要结束了。贵子想着。

步行节要结束了。

走完这一段，就看得见校门了。

睁开被汗渗入的眼睛，朝坡顶一瞥，只见到小小一方天空。

步行节要结束了。

体育课的马拉松训练、整齐划一的头巾、长满水泡的脚、海边的落日、罐装咖啡的干杯、艾草麻薯、梨香的独脚戏、千秋的单恋、某人的表姐妹、跟男人分手的美和子、忍的误解、融的眼神……一切的一切都会成为过去。

某种事物即将终结。一切都将终结。

脑中有千百种画面像跑马灯似的绕呀绕，却混乱到无法编织成语言。

“不过……”贵子低声说，“某种事物的结束，永远都是另一种事物的开始。”

停在路边的车里，流泻出古老的流行歌曲。

司机将帽子盖在脸上，舒舒服服地躺在放低的驾驶座上熟睡。他的两条光溜溜的腿交叠在一起，搭在敞开的车窗上，完全没有醒来的迹象。

温暖的阳光。清爽的秋日周六上午。

没有行人。也几乎没有车辆通过。稍远处，有一座通往高中校门的古桥。

桥跟前的左侧斜坡上陆续出现身穿白色运动服的学生们。每张脸上都写满了安心与虚脱。

坡道看来似乎很陡，每个人都满脸通红。校门接二连三地吸入他们疲惫不堪的身体。

这个活动真的很奇怪哎。

坐在车顶的少年，注视着这一切。

坐在摊开的毛毯上，他一边就着收音机流泻的音乐哼歌，一边喝着可乐。

他在等待那两个已经变得熟悉的少女出现。

时间过了十点。如果选择的地点没错，她们差不多应该出现了才对。

少年看向粗犷的户外运动型手表。他盘腿坐在毛毯上，伸展一下筋骨，还打个呵欠。

跟完整段行程虽然很累，可是很有意思。贵子与美和子都很漂亮，跟她们聊天也很有趣，真高兴能和她们变成朋友。日本的女孩子都个子娇小，真可爱。

我要怎么向姐姐报告呢？少年思索着。

他并没有告诉身在美国的姐姐，自己像去年一样跑来参加步行节了。

如果告诉她自己跟贵子、美和子，还有她喜欢的男生讲过话，她会露出什么样的表情呢？

想象着可能的画面，让他既期待又害怕。

那个男生长得蛮帅的嘛。原来姐姐也是外貌协会的。

少年回想起刚刚站在眼前的男生的脸。

这么说来，美和子要我转告姐姐什么事啊？

少年停下伸展体操，试着回想少女交待的任务。

是不是“你的心愿成真了”？那是什么意思啊？算了，回去后再找姐姐问清楚。

伴随着震天响的哄笑声，三个男生和一个女生爬上了坡道。

那四个人体力真好。

少年敬佩地注视着他们。

四个人指着校门，发出欢呼声。其中一个嗓子沙哑、脚步不稳的男生，比手画脚地提议着什么。其他三人一开始不以为然，但是破锣嗓男生并不死心。

看着看着，他们开始像小朋友般手牵着手，一起过桥。其他三人看起来很害羞，只有率先提议的破锣嗓男生情绪高昂，一个人踩着诡异的节拍，边跳舞边消失在校门内。

这个滑稽的场景，让少年忍不住笑了出来。

某处传来鸟鸣声。

少年朝声音的方向抬头，在温柔的日光下眯起了眼。

好舒服。好想就这样来场午后兜风。

少年朝天空张开双臂，让全身都沐浴在阳光下。

夜晚的远足就要结束了。虽然那样也很有趣，我还是喜欢在大太阳下走。

这么想着的时候，似曾相识的两个男生突然跃进视野。

啊，是他！

少年挺直腰杆。

那是姐姐喜欢的男生。不过，怎么感觉跟之前不太一样？是我的错觉吗？

少年歪着头纳闷。

刚刚站在面前的他看起来一脸不悦，好像很难亲近；现在却神情爽朗，还带着满面的笑容。

奇怪，现在不是最累的时候吗？

少年凝神盯着两个高大的男生缓缓过桥。

道路再次空无一人。

少年无所事事。

好悠闲哦！想睡觉了。

少年瞄了一眼熟睡的朋友。他还是一样，丝毫没有睁开眼睛的迹象。胆子虽大，缺乏防盗意识这点却必须减分。

小鸟在叫，天空好高。

终于，引颈期盼的两人现身了。少年重新坐直。

两人走了比马拉松多一倍的路程，憔悴到快被阳光融化的模样令人同情。

少年大声呼喊两人的名字，使劲挥手。

对方也发现了他，困顿的脸庞立刻发出光芒。

这让他受到鼓舞，一跃下车。

在这个明亮的秋日，沐浴在平凡的周六阳光下，少年朝着女孩们奋力狂奔。